Tobias Grado
– RAHEL VICTORIA –
Mord uns Spiele

≈

Thomas Grado

– RAHEL VICTORIA –

MORD UND SPIELE

≈

*

Impressum

Copyright Text: Thomas Grado, 2019

Kontakt: grado-at-photeur.net (www.photeur.net)

Coverdesign: Photeur Berlin (H. Kløver, Brunnenstrasse 159, 10115 Berlin-Mitte)

Bilder und Rechte: John William Godward (1861-1922), The Signal, 1899, oil on canvas, J. Paul Getty Museum, Los Angeles. Image is available for download, without charge for use or publication, under the Getty's Open Content Program. // Roman dagger (by ‚Michel Wal') & Ribchester helmet (by ‚Victuallers') from wikimedia. Files are licensed under the Creative Commons Attribution-Share Alike 3.0 Unported, 2.5 Generic, 2.0 Generic and 1.0 Generic.

Printed in Germany

Herstellung und Verlag:
BoD – Books on Demand, Norderstedt

ISBN 978-3-75196-870-6

EIN KURZES VORWORT

In diesem historischen Roman erzähle ich aus einer lange vergangenen Epoche Europas. Es ist die Regierungszeit des Kaiser Antoninus Pius, sie dauerte 23 Jahre, von 138 bis zu seinem Tod 161 nach Christus. Aus dieser erstaunlich langen Zeit sind zwei Verschwörungen bekannt. Von keiner sind Einzelheiten überliefert, doch die Anstifter wurden den Quellen nach vom Senat zum Tod verurteilt oder in den Freitod getrieben. Der friedliebende Kaiser wollte in beiden Fällen nicht, dass nach den Komplizen gefahndet wurde, „denn es könne sich dadurch nur herausstellen, wie vielen er verhasst sei" (Quelle: Aurelius Victor, Liber de Caesaribus, 360/61 n. Chr.).

Eine dieser Verschwörungen ist das Thema meines historischen Romans. Die Mitglieder der kaiserlichen Familie – einschließlich der Konkubine Galeria Lysistrate – sind historisch belegte Personen. Die Familie von Rahel Victoria ist von mir erfunden. Um alle Figuren gleich lebendig zu machen, orientiere ich mich an den gut erforschten Lebensumständen des zweiten Jahrhunderts.

Rahels Bericht an den Thronfolger und Philosophen Marus Aurelius (Mark Aurel) ist ebenfalls meine literarische Erfindung. Doch er ist vorstellbar, denn Frauen ihres hohen Standes war es möglich, relativ freizügig zu leben. Sie konnten mit den Mächtigen des goldenen Zeitalters Abenteuer zu erleben und darüber schreiben, denke ich.

Der Tag hatte bei den Römern zwölf Stunden. Die erste davon begann zum Aufgang der Sonne – *hora prima*. Die letzte endete, wenn die Sonne unterging – *hora duodecima*. Die Länge der einzelnen Stunden hing von der Jahreszeit ab.

Die Nacht war in acht Abschnitte unterteilt, Wachen genannt. Vier davon lagen vor Mitternacht, vier Nacht-wachen danach bis zum Sonnenaufgang.

Eine kurze Einführung in die hohe Kaiserzeit gibt es am Ende des Romans. Gute Unterhaltung, wo immer du beginnst.

Im Juni 2020,

Tobias Grado

*

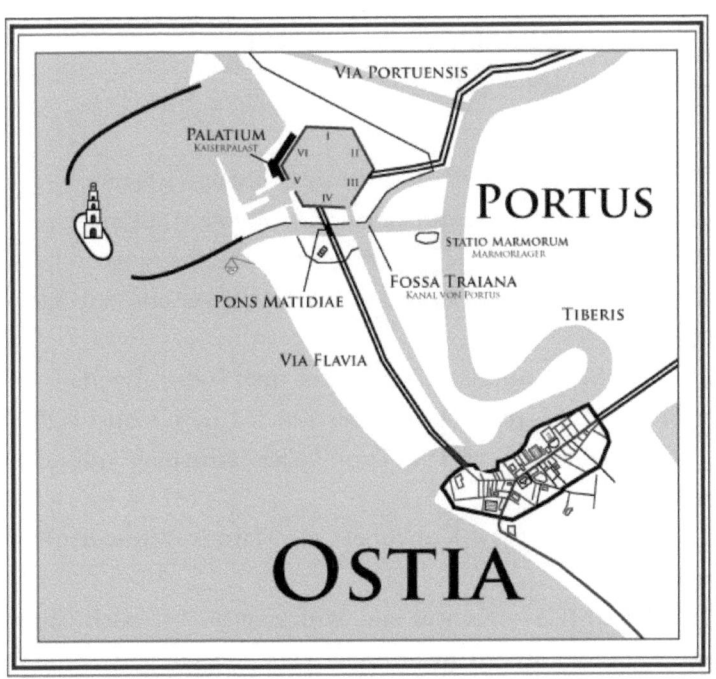

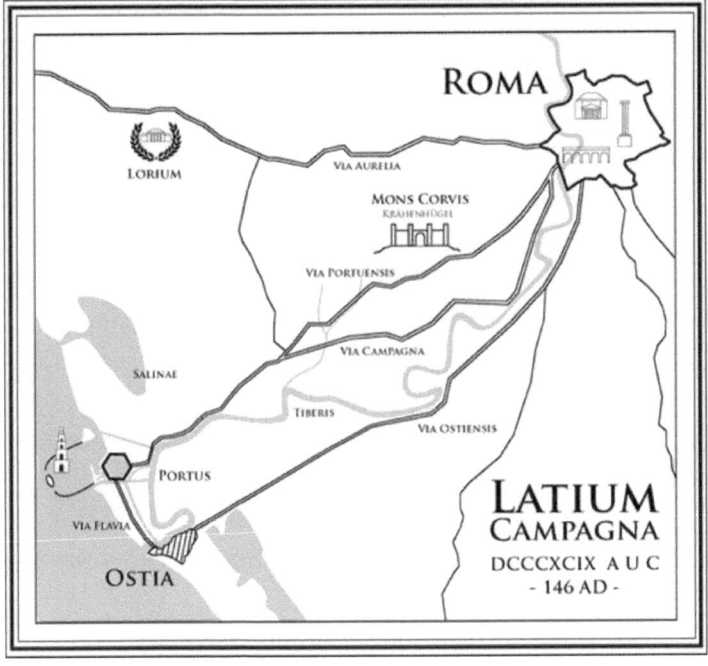

DRAMATIS PERSONAE
Die Personen der Handlung

RAHEL – auch: Rahel Victoria, Tochter des Publius Victorius

PUBLIUS VICTORIUS – Kommandant der Marine von Portus

MARJAM & SARAH – Rahels jüngere Schwestern, Zwillinge

DACIUS MAXIMUS – Offizier und Anführer der kaiserlichen Agenten (Frumentarii)

KASCHTA – Rahels Leibsklave, Nubier aus dem Süden Ägyptens

ANTONINUS PIUS – römischer Kaiser 138-161 nach Christus (historische Person, lebte von 86-161, Titus Aelius Hadrianus Antoninus Augustus Pius)

GALERIA LYSISTRATE – Konkubine des Kaisers Antoninus Pius (historische Person)

MARCUS AURELIUS – Konsul und Mitregent ab 147 nach Christus, römischer Kaiser ab 161 (historische Person, lebte von 121-180, Marcus Aurelius Antoninus Augustus, auch: Mark Aurel)

NARCISSUS MOLITOR PLETORIUS – römischer Senator und ehemaliger Sklavenhändler

LELIUS MORARIUS CRASNICUS – Sklavenhändler und Komplize von Pletorius

FABIA – Tochter des Magistrats Gaius Fabius Agrippinus (historische Person) von Ostia

AELIUS GALENUS – griechischer Arzt und Anatom (historische Person, lebte ca. 129-200 nach Christus, Galenos von Pergamon)

LUCCEIA PRIMITIVA – Priesterin des Venuskults in Ostia (historische Person)

MARCUS GAVIUS MAXIMUS – Präfekt der Prätorianergarde (historische Person)

SCINTILA – Zuhälterin und Sklavenhändlerin

NICEPHORUS – Zenturio (Primus Pilus) der Stadtkohorte von Ostia

MAURUS – Fischer an der Mündung des Kanals von Portus

CHIRON – Privatlehrer von Rahel und Sekretär ihres Vaters

*

AVA – Rahels Ornatrix (Friseuse und Kosmetikerin)

LELA – Rachels Köchin, Avas Schwester

QUINTUS – Sklave am Hof des Kaisers, Britannier

RUFUS – Frumentarius (Agent) in Dacius' Truppe

SEXTUS AGGRIPINUS – Fabias Onkel, Bruder von Gaius Fabius Agrippinus

BUTICOSUS – Bademeister und Zuhälter in Ostia (historische Person)

Nomenclator (Namensnenner) des Kaisers, Palastdiener, Priester und Eingeweideleser, Prätorianer & einfache Soldaten, Feuerwachen (Vigiles), Sklaven, Söldner, Ex-Gladiatoren

PROLOG
OSTIA
ANTE DIEM XIII KALENDAS NOVEMBRIS
AB URBE CONDITA DCCCXCIX
(Ostia Antica, 20. Oktober 146 nach Christus)

Ich konnte das Gelächter der Prätorianer nicht mehr ertragen. Sie klangen wie ein Rudel räudiger Hyänen. Das ganze Viertel hier oben an der Porta Marina wird von diesen groben Kerlen bewacht. Zum Glück haben die drei vor unserer Tür endlich aufgehört, Witze über Frauen und Sklaven zu gröhlen. Ich konnte jedes Wort durch das dicke Holz verstehen! Schlicht und einfach widerlich. Doch nun schlafen sie wohl und ich kann mich endlich auf meine Aufgabe konzentrieren: den Bericht über die Ereignisse der letzten zehn Tage. Marcus Aurelius erwartet ihn voller Anspannung.

Seit die Nacht wie ein schwarzes Tuch auf Ostia fiel, trommelt der Herbstregen auf das Ziegeldach hoch über mir. Ich hoffe, er wird die Gemüter der Plünderer unten in der Stadt ein wenig kühlen. Durch die Gassen und Straßen zieht saurer Gestank. Die schmelenden Weizenspeicher am Hafen wurden von den Feuerwachen mit Essigwasser gelöscht, das sie auf eine Schicht Backnatron spritzten. Daraus entstand ein stinkender Schaum, in dem die Flammen erstickten und das Getreide zu Schlamm wurde. Tausende Mäuse und Ratten sind aus den Vorratskammern geflohen. Jetzt hetzen sie auch hier an den Hauswänden der Reichen und Mächtigen entlang.

Neben mir flackert die Flamme einer Öllampe aus feinstem Messing. Sie hängt mitten im Atrium, an einer Kette über den Goldfischen. Ich habe mir einen Tisch aus dem Tablinum an das elegante Becken tragen lassen. Von hier aus kann ich die Türflügel im Auge behalten, das beruhigt mich. Hier in diesem Raum hat die Patrizierin noch vor ein paar Tagen noble Gäste begrüßt. Ich begegnete ihr das letzte Mal im Rosengarten hinter dem Säulenhof. Sie krümmte sich auf einer Marmorbank und gestand mir ihre ganze Schuld. Heute morgen hat sie dann meinem Vater Victorius ihre Stadtvilla geschenkt

*

– das Haus, in der wir von nun an Leben sollen. Mit zitternder Hand unterschrieb sie dazu ein Dokument, das vom Sekretär des Marcus Aurelius aufgesetzt worden war. Sie entschädigt uns damit für unser abgebranntes Haus in Portus. Am Mittag waren dann die Agenten des Kaisers mit einem ihrer grauen Wagen vorgefahren und haben die Patrizierin abgeholt. Sie müsste zu dieser Stunde Rom durchquert haben und auf dem Weg in ihre Verbannung am Schwarzen Meer sein.

„Gut, dass sie freiwillig geht," hatte Marcus Aurelius dazu lakonisch gesagt. Und: „Das Exil ist ein Akt unserer Gnade. So ersparen wir uns ihre Hinrichtung bei den Jubiläumsspielen."

Das Klappern und Rumoren in der Küche wurde immer leiser und hörte dann ganz auf. Durch die Gänge der Dienstboten schwebten noch ein paar aufgeregt geflüsterte Worte heran, jetzt ist nur mehr der Regen zu hören. Meine treue Köchin Lela hatte Victorius vor Sonnenuntergang eine stärkende Gänsebrühe voller Fettaugen zubereitet und ins Triclinum gebracht. Ich glaube, er hat kaum drei Löffel gegessen und ist vor Erschöpfung auf einer Liege eingeschlafen. Mein Leibsklave Kaschta und meine Ornatrix Ava sind gemeinsam nach oben in die Schlafkammern der Hausklaven gegangen. Doch bevor die beiden Hand in Hand die steile Treppe hochstiegen, haben wir zusammen mit Lela hier im Atrium zu Christos gebetet. Auf Griechisch, die drei sprachen mir Zeile für Zeile nach. Wie jeden Abend. Sie sollten das Gebet mittlerweile auswendig kennen. Was Kaschta und Ava nun dort oben treiben, will ich nicht wissen.

Durch die flackernden Schatten im Atrium tanzen zart verschleierte Frauengestalten. Um sie herum springen grüne Faune mit Doppelflöten an den Lippen und wiegen ihre pausbäckigen Köpfe hin und her. Mein Blick verliert sich in Durcheinander der Figuren. Es wirkt im zitternden Lampenlicht wie lebendig. Der frivole Reigen wurde erst vor wenigen Monaten mit feinen Pinselstrichen an die blutroten Wände gemalt. Ich streiche den Pergamentbogen vor mir auf dem Tisch glatt.

Marcus Aurelius hat Recht: Das Aufschreiben hilft mir, den Wahnsinn der letzten Tage zu verstehen und die Ereignisse in meinem Gedächtnis zu ordnen. Vielleicht kann ich so sogar die vielen Verluste und Verletzungen überwinden. Ich werde alles der Reihe nach erzählen, solange es noch gut geht. Es ist wie ein Alptraum, aus dem ich gerade aufgeschreckt bin. Oder wie ein gut gespieltes Drama, von dem jedes Wort nach der Aufführung in meinem Kopf widerhallt. Eine Dichterin wie Sappho werde ich sicher nicht, auch fehlt mir das Talent der Sulpicia. Also vermeide ich die Verse und erzähle in schlichten, fortlaufenden Sätzen. Wenn die Figuren etwas zu sagen haben, dann füge ich Dialoge ein. Das ist ein guter Kunstgriff, finde ich. So hat es auch Apuleius in seinen Metamorphosen gemacht. Doch es wird nur ein bescheidener Bericht ohne den Anspruch, Dichtung zu sein. Meine Zeilen werden sicher nicht so staubtrocken wie die Monatsbriefe meines Vaters Victorius an die Marineverwaltung in Rom. So viel will ich versprechen – doch über mich selbst möchte ich an dieser Stelle keine Worte mehr machen.

Victorius sagte, dass die kaiserlichen Beamten die Protokolle ihrer Verhöre sehr bald in den Kellern unter dem Palast verschwinden lassen werden. Werden auch meine Worte das Schicksal der alten Schriftstücke teilen und in einem Gewölbe verschimmeln? Die Herrscher haben entschieden, dass der Senat und das Volk so wenig wie möglich von der Verschwörung und den Morden erfahren sollen. Doch bestimmt wird in den Gassen um das Forum herum schon geflüstert. Diese Gerüchte werden auf dem Palatin nicht bestätigt, es wird ihnen jedoch auch nicht widersprochen, sagt Victorius. So bleiben es Gerüchte, die bald verhallen werden. Noch liegen die Niederschriften der unter Folter geflüsterten oder geschrienen Worte hier vor mir auf dem Wurzelholz des Tischs. Doch vielleicht nur bis zum Morgengrauen.

Marcus Aurelius will mein Bericht als erster lesen. Er ist gespannt „wie ein langer Kampfbogen der Daker", so hat er es beim Abendessen in der Villa des Gaius Fabius Agrippinus gesagt. Dort, nur zwei Häuser entfernt, ruht er jetzt wahrscheinlich. Marcus will bis zu den nächsten Kalenden in Ostia bleiben. Er hofft, dass sich die Wogen bis dahin geglättet haben. Viele der Ereignisse haben sich in mein Gedächtnis eingeprägt wie das Profil unseres Kaisers Antoninus Pius

*

in das Silber eines Denars. Die Erinnerungen werden bald Lücken bekommen, die Farben und Formen der Kleider und der Kulissen ihre Klarheit verlieren; aber all diese Eindrücke werden niemals ganz verblassen.

Tinte, Pergament und Honigwein sollten bis zum Tagesanbruch reichen. Gleich bei der ersten Mahlzeit werde ich Dacius und Victorius bitten, meine Zeilen über die Verschwörung in Rom genau zu studieren und zu berichtigen. Erst dann werde ich Ruhe finden und vielleicht schlafen. So wie die Ereignisse sich nebeneinander her entwickelt haben, konnte ich natürlich nicht überall dabei sein. Deshalb muss ich die Worte der Augenzeugen gut miteinander vergleichen. Ich will nicht alles an mich reißen, doch ich habe schon letzte Nacht beim Schreiben bemerkt: Es ist meine Geschichte, und vieles ist durch mich erst in Bewegung gekommen. Gott hat seine schützende Hand über uns gehalten. Zugegeben, es gab Tote und Verletzte. Doch sicher hat der Herr meine Gebete für sie und die Überlebenden gehört.

Falls sich an manchen Stellen ein Schatten der Vorahnung über meine Worte legt, so kann ich es nicht vermeiden. Natürlich kenne ich den Ausgang; wenn die Geschichte überhaupt schon zu Ende ist. Der Sklavenmörder Crasnicus und seine Bande sind wie eine Horde rasender Dämonen auf der Flucht. Weder Dacius' Agenten, die Marine, oder die Prätorianer können ihnen folgen. Es scheint, als hätte Pluto den Verbrechern einen Fluchtweg durch die Unterwelt geöffnet.

Ich werde mein Allerbestes tun, um zwischen den Zeilen nicht allzu viel aus der Zukunft durchscheinen zu lassen. Nur eines steht fest: Es wird bittere Rache genommen. Ob es Gottes vorzeitige Strafe für die allergrößten Sünden ist, oder Nemesis' eiserner Wille, ich kleiner Erdenmensch kann es nicht entscheiden.

Nach den Fetzen der Erinnerung, die mir meine fast völlig entkräftete Schwester Marjam gestern zugeflüstert hat, versuche ich, mir die Nacht des sechsten Tages vor den Iden des Oktobers so vorzustellen. Dazu nehme ich das Geständnis eines gefolterten Marinesoldaten, es liegt niedergeschrieben vor mir. Der Soldat hatte Dienst auf dem Wachturm an der Kanalbrücke von Portus. Marjam hat erzählt, dass ihr in dieser bestimmten Nacht alles farblos und verschwommen erschien. Etwa so, als hätte eine gigantische Harpyie ihren schmutzigen Federumhang über die ganze Welt gelegt. Meine Schwester war wahrscheinlich mit einer Tinktur aus Opium und Tollkirsche betäubt. Sie konnte die Geräusche um sich herum nur noch dumpf wahrnehmen, kaum mehr etwas spüren oder riechen. Zwei Männer bewegten sich um Marjam herum wie graue Schemen. Sie zerrten an ihr und traten zu. Dann stießen sie Marjam in das eiskalte Wasser des Kanals von Portus. Sie wachte kurz auf und glaubte, vom Fährboot des Charon in den Styx zu fallen – wohl das entsetzlichste Schicksal, bevor man in die Unterwelt kommt.

Ein paar Tage später fanden wir ein einfaches, rot angestrichenes Boot auf dem Grund des Kanals. Ich habe mir den Ort des Verbrechens heute noch einmal bei Tageslicht genau angesehen. Es ist vollkommen klar: Der Marinesoldat auf dem Wachturm konnte alles sehen, was in der entsetzlichen Nacht auf dem Boot geschah. Er hat die Wahrheit berichtet, denn so etwas kann kein alter Spatzenkopf unter einem rostigen Helm erfinden. Auch nicht, wenn er will, dass die Folter mit dem heißen Eisen aufhört.

Aber nun mitten hinein in die Dinge und zehn Tage zurück in der Zeit.

PORTUS
ANTE DIEM VI IDUS OCTOBRIS
AB URBE CONDITA DCCCXCIX

(Portus, heute Fiumicino, 10. Oktober 146 n. Chr.)

Die Herbststürme begannen sehr früh in diesem Jahr. Die ersten Regenwolken rollten über die Küste. Noch hielten sie das Wasser in ihren Bäuchen zurück, vielleicht um es weiter nach Rom im Osten zu tragen. Zwischen den Wolkenschatten warf der Vollmond sein bleiches Licht auf die Hafenmauer von Portus. Die Brandung glitzerte

*

daran wie das Silbergeschmeide an der faltigen Brust einer reichen Matrone. Von der glühenden Spitze des gewaltigen Leuchtturms wurde das Signal zur zweiten Nachtwache geblasen. Wachtürme standen am Kanal und Tiber entlang, ein Dutzend bis zur Stadtgrenze von Rom. Einer davon ragte neben der Brücke zum Hafen auf. Oben auf dem Wandelgang schob ein alter Marinesoldat Dienst. Sein Kamerad saß mit ausgestreckten nackten Beinen in einer Ecke der Holzbrüstung und schnarchte betrunken. Der wache, aber auch nicht ganz nüchterne Soldat lehnte sich über das Geländer, reckte den Hals und strich ungläubig über seine grauen Haarstoppeln. Seine Augen folgten einem Fährboot, das zwanzig Fuß unter ihm auf einen Pfeiler der Brücke zusteuerte. Er hörte die Ruder ins Wasser klatschen und sah den roten Schopf einer jungen Frau im Mondlicht aufleuchten. Auf dem Deck krümmten sich ihr milchweißer Körper, eine zerfetzte Tunika bedeckte kaum ihre Brüste. Die Beine wirkten unnatürlich verdreht − so hat es der Soldat berichtet. Eine Doppelschelle aus geschmiedetem Eisen hielt die schmalen Handgelenke der Frau zusammen, als wäre sie eine entlaufene Sklavin. Doch der Soldat auf dem Turm hob keinen Finger vom Geländer. Er brüllte nicht zu den Ruderern hinunter, rannte nicht über die Holztreppen, um die Verfolgung an der Kaimauer entlang aufzunehmen und das Gefährt mit einem langen Bootshaken zu stoppen. Er weckte auch nicht seinen Kameraden und gab kein Lichtsignal zum letzten Turm an der Mündung des Kanals ins Meer. Der Soldat glotzte nur dämlich, erschlug eine Stechmücke auf seinem Oberarm und schmierte das mit Blut gefüllte Insekt an seine speckige Tunika. Dann suchte er den Geldbeutel um seinen Hals. Er wog ihn in der Hand und grinste. Der kleine Ledersack war prall gefüllt mit frisch geprägten Silbermünzen. Sie waren sein Lohn dafür, dass er in dieser Nacht nichts sah, nichts hörte und vor allem nichts tat, um meine Schwester Marjam zu retten.

Die zwei Männer im Boot klappten den Mast herunter und steuerten knapp am rechten Pfeiler der Brücke vorbei. Sie hielten mit zwei Schlägen der Ruder und banden das Boot an einem angefaulten Holzstamm fest, der einen Arm lang aus dem Wasser ragte. Sie packten meine arme Schwester und zerrten sie wie einen toten Hund auf die Sitzbank an der Reling. Ihr linkes Bein war am Knöchel gebrochen. Der Fuß lag auf dem rauen Holz, als würde er nur noch von Haut und Sehnen am Körper gehalten. Marjams opiumschwere Augen nahmen nichts mehr wahr außer Bewegungen, Hell und Dunkel. Zwei raue Stimmen hallten dumpf in ihrem Kopf wider, sie konnte sich vage an die Worte erinnern.

„Warum machen wir das hier und nicht auf dem Meer?", fragte die eine Stimme. Der Mann dazu drehte den Eisensplint aus den Handschellen und schüttelte Marjams schlaffe Hände heraus. Die Eisen krachten auf das Deck.

„Weil sich hier das salzige mit dem süßen Wasser vermischt", raunzte der andere, der vielleicht etwas intelligenter war. Er war einen Kopf größer und ihm fehlten ein Ohr und die halbe Nase, wie vielen Gladiatoren. „Hier soll ein Eingang in die Unterwelt sein. Das hat Crasnicus gesagt. Hat das von dem Senator gehört. Mach schneller, der Kahn hat ein Loch. Oder willst du in der Brühe absaufen, in die ganz Rom scheißt?"

Die beiden mit Muskeln bepackten Kerle banden einen Marmorbrocken an Marjams Füße. Sie stöhnte und brauner Speichel lief aus ihrem Mundwinkel. Das andere Ende des groben Seils banden die Männer um den Mast. Sie zerrten Marjam von der Bank auf die Reling. Dabei verfing sich ihre Tunika an einem hölzernen Zapfen und riss bis über den Bauch auf. Eine Wachstafel fiel auf das Deck. Sie hatte unter dem Stoff gesteckt.

„Was ist das für ein Dreck, bei Pluto?", fragte der Kurze.

Der andere nahm die Tafel aus dem knöcheltiefen Wasser und drehte sie im Mondlicht. Er konnte nicht lesen und zuckte mit den Schultern.

„Macht bestimmt nur Ärger."

Dann schleuderte er die Tafel wie einen Diskus über den Kanal. Sie klatschte weit entfernt auf das Wasser und wurde von der Strömung mitgerissen. Die Männer stießen Marjam mit den Füßen über den Rand des Boots. Der Zapfen brach aus dem morschen Holz und gab ihren Körper frei. Mit dem Rücken voran schlug sie auf das Was-

*

ser und sank schnell bis zum Grund. Die Männer lehnten sich über die Reling und starrten auf die schwarze Oberfläche. Luftblasen stiegen auf und platzten.

„Nicht hässlich, für eine Hure", murmelte der Kurze.

„Die war für den Senator. Der fickt nur noch Rothaarige. Aber sie wollte abhauen und hat geklaut."

„Aber was soll das mit dem Opfer? Frisst Pluto wirklich Huren mit Feuer auf dem Kopf?"

„Hat dich schon mal einer so gut bezahlt wie Crasnicus?"

Der Kurze schüttelte den Kopf. „Und er hat uns aus diesem stinkenden Sumpf voll mit Mücken geholt."

„Dann halt einfach das Maul und tu, was ich dir sage, du dämlicher Idiot."

So sprechen Gladiatoren, glaube ich. Der Mann ohne Ohr und Nase hat bestimmt im Amphitheater gekämpft bevor er einer von Crasnicus' Schlägern wurde. Ich habe Schauspieler auf der Bühne so sprechen gehört, wenn sie Gladiatoren oder Söldner mimten. Wer auch immer die beiden Männer im Boot waren – sie wurden von Dacius' Agenten später hier in Ostia erwischt, wie sie Feuer legten. Wahrscheinlich werden sie zur ausgleichenden Strafe bei den nächsten Spielen im Circus lebendig verbrannt. Oder sie graben sich selbst zu Tode, tief unten in der Hitze eines Bleibergwerks. Aber zurück zu meiner Schwester und zu den entsetzlichen – aber auch erstaunlichen – Dingen, die sie mir im Halbschlaf erzählt hat und ich mir so vorstelle:

Marjam schlug wild um sich und schluckte schmutziges Wasser. Ihr Gesicht wurde von der Strömung über die spitzen Wasserschnecken und zerbrochenen Amphoren am Grund des Kanals geschleift. Doch bevor die Kloakenbrühe in ihre Lungen eindringen konnte, erschien vor ihren Augen ein lächelndes Mädchen, das grünlich in der Dunkelheit schimmerte und unentwegt sprach, ohne einen Laut zu machen. Eine Hand, fein wie die eines Kindes, hielt meiner Schwester den Mund zu. So stiegen keine Luftblasen mehr an die Oberfläche. Vielleicht war es Lara, eine Nymphe aus dem Gefolge des Flussgottes Tiber.

XIII

Als das Boot mit dem Heck an die Kaimauer stieß, stand der größere Mann darin auf und hob die Hand. In die Schatten vor einer Lagerhalle kam Bewegung. Eine Gestalt ging ohne Eile den Kai entlang und dann über die Brücke – das hat der Wachsoldat zu Protokoll gegeben. Die Gestalt warf einen gedrungenen Schatten an die Ziegelwand. Ihre kehlige Stimme klang durch die Nacht:

Der da wohnt
In dem unterirdischen Haus,
In der Tartarushöhle,
Tiefschattiger, grauenblickender Gott,
Szepterträger des Erdreichs Zeus',
Nimm in Gnaden das Opfer auf!

Das finstere Gebet verklang zwischen den Hallen. Der Marinesoldat hat nur einzelne Worte verstanden, doch es muss eine Anrufung der Götter der Unterwelt aus den orphischen Gesängen gewesen sein.

Es waren nur noch die Grillen zwischen den Hafengebäuden zu hören, und der Seewind blies durch die Pinien. Ein paar Matrosen torkelten betrunken aus der Tür des Wirtshauses an der Brücke. Die zwei Männer im Boot knoteten das Seil los und traten eine morsche Planke aus dem Boden. Wasser sprudelte herein. Sie kletterten über eine Steintreppe auf den Kai, stießen das Boot mit einem Ruder ab, warfen es in den Kanal und liefen zum Wirtshaus. Es war zwei Stockwerke hoch und das einzige, das zum Ende der dritten Nachtwache noch geöffnet war. Sie warfen eine Hand voll Silbermünzen für Wein auf den Tresen, verloren beim Würfeln über die Hälfte ihres Geldes, betranken sich, und „vögelten oben in den Kammern der Prostituierten bis sie nicht mehr stehen konnten." – mit diesen derben Worten hat die Wirtin die Männer beschrieben. Sie konnte sich so gut an die beiden erinnern, weil sie mit dem glänzenden Geld um sich warfen, „als würde es aus ihrem Arsch wachsen und es keinen Morgen mehr geben."

Nach der Aussage des Wachsoldaten legte weiter oben am Kanal ein Prunkboot ab, kurz nachdem das Ruderboot gesunken war. Es

*

hatte einen hochgezogenen, mit Messingblech beschlagenen Bug und einen Aufbau in der Mitte, der wie ein kleiner Tempel aussah und im Mondlicht golden schimmerte. Zwanzig Ruderer brachten das Boot schnell in Fahrt. Am Tiber angekommen, steuerte es den Fluss aufwärts in Richtung Rom. Auch hier kam kein Laut von den Wachtürmen. Sie standen einfach nur still da und warfen ihre Schatten in die fahle Hügellandschaft. Ich stelle mir vor, wie der stämmige Mann vorne am Bug des Bootes stand, seine Haare auf dem Kopf glatt strich und wieder finstere orphischen Verse über das flirrende Wasser sprach.

Das morsche rote Fährboot kam auf einer Sandbank im Kanal zur Ruhe. Das Seil mit dem Stein daran löste sich von den Füßen meiner Schwester, als würde der Knoten von den Fingern der mitfühlenden Flussnymphe geöffnet. Oder war es die gütige Tat eines Engels? Langsam richtete sich der Mast des Boots in der Strömung des Kanals auf, während Marjams geschundener Körper nach oben trieb und von zarten Nymphenhänden auf das Meer getragen wurde.

*

BUCH I
Kapitel I
MARE NOSTRUM
ANTE DIEM V IDUS OCTOBRIS
AB URBE CONDITA DCCCXCIX
(Mittelmeer, 11. Oktober 146 nach Christus)

Meine erste Begegnung mit dem Sklavenhändler Lelius Morarius Crasnicus liegt nun acht Tage zurück. Mir ist, als ob die Erinnerung an diese Szene auf dem Weizenfrachter Iris aus der Tiefe eines mythischen Meeres auftaucht. Das Wasser läuft schäumend von ihr ab, während meine Feder über das Pergament kratzt.

„Bei Christos, wer ist das?", flüsterte ich, stemmte mich auf meiner Liege hoch und nickte zum anderen Ende des Achterdecks. Es wurde von einem Dutzend Laternen und Fackeln beleuchtet. „Ein Schauspieler, den ich nicht kenne? Oder ein berühmter Gladiator? Aber dafür hat er nicht genug Narben in seinem fetten Gesicht."

Der Kapitän drehte gelangweilt den Kopf zur Schulter. Er wusste genau, wen ich meinte. An einem reichlich gedeckten Esstisch ließ sich ein Mann zum Abendessen nieder. Er war groß wie ein ausgewachsener Bär. Das Lachen und Schnattern seines Gefolges schallte über die Planken. Der Bär prostete dem Kapitän zu. Mir schickte er einen abschätzenden Blick, den ich damals noch nicht deuten konnte. Er kreiste mit dem Zeigefinger in der Luft. Die Mädchen in seiner Begleitung zupften die sehr knappen gelbe Tuniken auf ihren kindlichen Körpern zurecht und begannen zwischen den Liegen der anderen Passagiere die Hüften zu schwingen. Sie schnalzten rhythmisch mit den Zungen und schlugen Metallklappern aneinander, die wie Ringe an ihren Daumen und Zeigefingern steckten. Einige der Honoratioren an den Tischen um uns herum hielten ihnen Trauben und Trinkschalen hin. Die jungen Frauen sprangen auf die alten Männer zu wie scheue Waldtiere. Sie gaben ihnen Küsse auf die kahlen Köpfe und die von der salzigen Meeresluft entzündeten Wangen. Ein Mädchen kroch sogar unter einen der Esstische. Sie verzog den Mund zur

Schnute eines Hundes, legte den Kopf auf einen fetten Männerschenkel und wedelte mit ihrem Hinterteil – ganz so, als würde sie um Zuneigung und einen Happen Fleisch betteln.

„Die Mädchen hat er sich im Frühjahr aus dem Süden Hispaniens geholt", sagte der Kapitän zu mir und verdrehte die Augen in den Sternenhimmel. „Er reist schon den ganzen Sommer mit ihnen. Letztes Jahr waren es die Syrerinnen, diesen Saison sind die Tänzerinnen aus Gades groß in Mode. In Rom lässt er sie dann splitternackt vor dem Tempel der Flora herumhüpfen. Dort werden sie auch verkauft. Wenn er sie nicht schon morgen satt hat und hier an Deck meistbietend an einen der hohen Herrn versteigert."

„Also, hübsch sind sie, mit ihren schwarzen Haaren und dem goldenen Ringen an den Ohren", sagte ich. „Aber so tanzen kann ich auch."

Der Grieche strich über seinen Vollbart und hob amüsiert eine Augenbraue. „Wird so in den Kulträumen des Christos getanzt? Ich sollte dich dort einmal besuchen …"

Ich schüttelte den Kopf in gespielter Empörung. „Oh nein! Unser Gottesdienst ist eigentlich sehr ernst. Wir singen nur gemeinsam, meistens ziemlich laut und falsch. Ich habe bis vor drei Jahren Theater gespielt. Natürlich nur auf der privaten Bühne im Haus einer Freundin."

„Jedem das Seine", sagte der Kapitän und lächelte anzüglich. Er zeigte mit dem Daumen über die Schulter.

„Der da ist jedenfalls kein Schauspieler und auch kein Gladiator. Obwohl ich nicht sicher weiß, was er früher so alles getrieben hat … Heute ist er jedenfalls der größte Sklavenhändler zwischen Delos und Rom. Er ist am frühen Morgen in Kreta an Bord gekommen. Da warst du noch in deiner Kabine. Wegen der neuen Sklavengesetze aus Rom wird das Geschäft in Zukunft wohl nicht mehr so gut gehen. Er handelt deshalb jetzt auch mit Getreide. Dafür hat er die Iris gekauft." Er deutete zum Laderaum des gigantischen Frachters hinunter. „Mehr als die Hälfte der tausend Säcke ist für die großen Spiele im nächsten Frühjahr. Der Kaiser hat sie privat bezahlt, heißt es. Rom wird schließlich nur einmal neunhundert Jahre alt."

*

Ich machte eine ausladende Theatergeste über das ganze Deck hinweg. „So weit kann man es also mit Sklavenschinderei bringen. Wie heißt das Monstrum?"

Der Kapitän beugte sich über den Tisch und goss mir Honigwein nach. „Lelius Morarius Crasnicus. Mein Rat: Halte dich fern von ihm. Ich hoffe, er bittet uns nicht an seinen Tisch."

„Der stinkt über das ganze Deck nach geilem Satyr. Parfüm aus Moschus und Ambra riecht immer nach Ziegenbock! Was weißt du noch über ihn?"

Er lachte, bedeutete mir aber zugleich, meine Stimme zu senken. „Crasnicus führt die Geschäfte für einen wichtigen Mann in Rom weiter, der vor kurzem Senator geworden ist und keinen Handel mehr betreiben darf. Vorher war er auch einer der wichtigen Männer im Sklavengeschäft. Es ist eine der erstaunlichsten Karrieren der letzten Jahre für einen aus dem Norden. Die Herrscher waren über den Aufstieg eines solchen Mannes nicht begeistert, heißt es.

Es sind zwar nur noch zwei Tage bis Ostia, aber gib trotzdem auf dich Acht, du Schöne, und funkle ihn nicht so mit deinen Smaragdaugen an. Soll ich einen Matrosen vor deine Tür stellen? Ich kann auch selbst nach dem Rechten sehen, vielleicht zur nächsten Nachtwache?"

„So, nach dem Rechten willst du bei mir sehen? Bis du auch so geil wie das Tier da drüben? Du weißt doch, dass ich eine verheiratete Frau bin. Noch dazu bin ich nicht allein in meiner Kabine: Ich lasse meine Sklaven bei mir schlafen. Nicht auf dem Deck, wie all die großen Wohltäter hier. Aber es stimmt was du sagst: Dieser Crasnicus lauert wie ein Raubtier. Frag ihn doch, vielleicht borgt er dir eines seiner Mädchen für die Nacht? Oder hättest du lieber zwei? Acht sind wirklich zu viele, auch für so ein Monstrum von einem Mann."

Der Kapitän lächelte unsicher. Beim Nachschenken verschüttete er einen großen Schluck auf meine Tunika. Ich zuckte zurück und spielte entsetzt. Mein Knie zeichnete sich in dem dunklen Fleck auf dem roten Seidenstoff deutlich ab. Dann lachte ich den Griechen freundlich an. Er konnte nicht anders, als den Rest des Abends wieder und wieder auf den Fleck zu starren und seine Scham mit einem dicken Tuch bedeckt zu halten. Daran kann ich mich ganz deutlich erinnern.

Kapitel II

TYRRHENUM MARE ET LATIUM
ANTE DIEM IIII IDUS OCTOBRIS
AB URBE CONDITA DCCCXCIX

(Tyrrhenisches Meer & Latium, 12. Oktober 146)

Eine lange Reihe von Gewitterwolken trieb wie graue Delphine am Horizont entlang. Die Sonne brachte den Himmel wie einen reifen Pfirsich zum Glühen und das Meer wogte dunkelblau darunter. Der Wind hatte am Abend aufgefrischt und blies in unser Segel. „Das letzte Mal in diesem Jahr", hatte der Kapitän dazu gesagt. „Nur für uns, denn Äolus will es so." Der Grieche glaubte noch fest an die alten Götter. Aber er hatte mir während der Fahrt auch viele Fragen zum Kult des Christos gestellt.

An diesem vorletzten Tag meiner Seereise von Caesarea nach Portus wachte ich viel zu früh auf. Die Schuld daran gab ich dem Honigwein am Abend zuvor, und da waren auch die Sorgen darüber, was mich zuhause erwartete, nach drei Jahren in Palaestina. In Gedanken ging ich meine ganze Familie und meine Freunde durch. Ich wusste damals nichts von meinen Schwestern, und fragte mich, wie es ihnen ging. Ob Victorius sie auch so streng aufzog wie mich? Sie müssten eigentlich bald einen Mann finden. Vielleicht waren sie sogar schon verheiratet ... Fünf Greifvögel kreuzten den Kurs des Schiffes und rissen mich ins Hier und Jetzt zurück. Ihre zerrupften Schwingen rauschten bedrohlich über meinem Kopf. Unwillkürlich duckte ich mich, denn die Vögel waren so nah, dass ich die pechschwarzen Augen in ihren schmutzig weißen Köpfen erkennen konnte. Sie starrten mich wie alte Tempelpriester aus ungewaschenen Wollkapuzen an. Das schreckliche Wort „Harpyien" drang zwischen meinen Lippen durch – denn solch riesige Unglücksvögel hatte ich noch nie zuvor

*

gesehen. Zum Glück flogen die Vögel nicht in unsere Richtung und an Deck hatte mich niemand gehört. Zu meiner Erleichterung, denn ich wollte nicht diejenige sein, die einen Sturm auf das Schiff zieht. Die zwei Neptunpriester an Bord hatten die Vögel ebenfalls bemerkt. Sie schleppten eine Amphore an die Reling und schütteten großzügig Wein ins Meer, als Opfer für den Meeresgott. Der Kapitän lief zu ihnen und stoppte sie, bevor die Amphore halb leer war. Er befürchtete, dass der Wein nicht für die Abendrationen der Seeleute reichte.

Die Priester machten finstere Gesichter, trollten sich aber auf das Vordeck und zündeten dort in den Messingschalen vor den Schreinen für Jupiter und Vulcanus große Klumpen von Weihrauch an. Die süßlichen Rauchschwaden zogen über das ganze Schiff und brannten in meinen müden Augen. Ich bekam Kopfschmerzen davon und ging in meine Kabine zurück. Dort ließ ich mich in einen Klappsessel fallen, griff nach dem Handspiegel auf einem kleinen Tisch daneben und kühlte meine Stirn mit der polierten Silberfläche. Ich roch heißes Zypressenholz. Als ich die Augen wieder einen Spalt weit öffnete, sah ich meine Ornatrix Ava vor mir. Sie hielt einen Lockenstab hoch und ihre dunklen Knopfaugen glühten voller Mitgefühl für meinen Zustand. Ich suchte nach einem Vorwurf oder sogar Neid in Avas Blick, konnte aber nichts davon finden.

„Habe ich dir das schon einmal erzählt?" Meine Stimme klang rau. „Als ich fünf war, hat mich mein Vater einmal ‚kleine Medusa' genannt. Ich dachte, er will mich verfluchen und rannte in mein Zimmer. Dort habe ich den Rest des Tages geweint."

Ava blinzelte, sie verstand nicht ganz.

„Natürlich meinte er meine verflixten Locken!", lachte ich und spürte ein Stechen im Kopf. „Die sind doch wie von einem Schlangenhaupt, oder nicht? Nun egal. Was meinst du: Hat Victorius etwas von meinem Mann aus Syrien gehört? Oder will er mich in Rom neu verheiraten?"

Ava legte den Kopf schief und hob leicht die Schultern. Das tat sie immer, wenn sie nicht wusste was ich von ihr hören wollte. Ich schob sie sanft ein Stück weg. Ihre Taille fühlte sich warm und weich an.

XXI

„Vergiss meine Mähne! Binde einfach ein Tuch um meinen Kopf und lasst uns alle an Deck gehen. Der Kapitän hat gestern gesagt, dass man zur zweiten Stunde schon Sicilia sehen kann."

Meine Köchin Lela hockte am Boden neben der Tür und scheuerte Geschirr in einer Messingschüssel. Ich beugte mich zu ihr hinunter und legte ihr die Hand auf die Schulter. „Komm mit und hol' gleich heißes Wasser, ich will mich bald waschen."

Ava wischte mir noch mit einem weichen Baumwolltuch den Rest weißer Schminke von gestern aus dem Gesicht, dann noch den indischen Kajal aus den Augen. Sie legte einen dunkelgrünen Mantel über meine Schultern und steckte ihn mit meiner Lieblingsspange über dem Schlüsselbein fest. Der Körper der Spange war eine große Honigbiene aus Silber. Den Stachel bildete eine lange Eisennadel, die den Stoff zusammenhielt.

Lela streckte die Knie durch, stemmte die Schüssel in die Hüfte, um das Spülwasser draußen über Bord zu gießen, und folgte uns den engen Gang zwischen den Kabinen hindurch. Sie litt wie ich unter der Seekrankheit. Ava und Kaschta machten die stampfenden und rollenden Bewegungen des Frachters seltsamerweise nichts aus. Die beiden stellten sich neben mich und hielten sich an den Händen. Am Horizont öffneten sich die Wolken wie ein Theatervorhang. Kaschta zeigte mit seiner freien Hand auf die erste graue Anmutung der Küste von Sicilia. Ich hakte mich bei ihm ein und ließ ihn meine Fingernägel in seinem Unterarm spüren. „Du wirst immer frecher, je näher wir der Heimat kommen", flüsterte ich in sein Ohr.

*

Kapitel III
IBIDEM
(Am gleichen Ort und zur gleichen Zeit)

Vor der Küstenlinie zeichnete sich ein Kriegsschiff ab. Das Rahsegel war eingerollt, die Trireme wurde nur von den Ruderern vorangetrieben. Zwei Dutzend Marinesoldaten, die gerade nicht im Schiffsbauch schuften mussten, lungerten auf dem Deck herum. Sie winkten uns zu, machten Kusshände und grölten ekelhafte Worte, während die Schiffe aneinander vorbeizogen. Kaschta hob die Hände zum Trichter an den Mund und wollte etwas Derbes zurückrufen. Ich schnalzte mit der Zunge und er schwieg. Mein Blick verfing sich an der Narbe, die in Form eines schmalen Halbmondes mitten auf seiner Stirn prangte. Die hat er wegen mir, dachte ich. Es ist beinahe zehn Jahre her, aber ich erinnerte mich sehr gut an die Szene:

Kaschtas Schultern waren so breit, dass ich mich damals gut hinter ihm verstecken konnte. Er begleitete mich und ein paar andere Kinder oft an den Strand von Ostia. Wir spielten meistens am flachen Teil mit den krummen Pinien zwischen der Fischerhütte und dem letzten Wachturm. Zwei Marinesoldaten kamen vom Turm heran.

„Wo is-st die verdammte Sch-schleuder? S-sofort hergeben!", stotterte der längere von den beiden durch eine Zahnlücke.

„Sag den Idioten, dass sie verschwinden sollen", zischte ich. „Ich bin die Tochter von Victorius. Er ist ihr Kommandant!"

Ich stieß Kaschta meine Ellenbogen in die Nieren. Er zuckte vor Schmerz zusammen und stolperte nach vorne. Der Soldat rückte seinen Helm zurecht und versuchte hinter Kaschtas Rücken zu sehen.

„Was hat die G-göre ges-sagt, Nubier? Will die uns-s drohen? Jetzt verstehe ich: Du bist ihr S-sklave, und sie gibt dir Befehle von da hinten!"

Der andere Soldat war kurz und stämmig. Er trug einen Bootshaken über der Schulter. Seine dunkelblaue Tunika war an der Brust fettig von der Wurst, die er wahrscheinlich gerade gegessen hatte. Er glotzte dämlich. Ich umfasste den Griff meiner Steinschleuder fester, er war mit grober Hanfschnur umwickelt. Meine Hand schwitzte. Der kleine Ledersack mit den Eisenkugeln lag im Sand neben meinen Füßen. Zwei Kugeln waren in eine Sandkuhle gerollt.

„Ihr bedroht gerade die Tochter des …", begann Kaschta zu sprechen, viel zu leise und zögernd.

„Halt das Maul, du dämliches Nilpferd", erhob der Stämmige seine Stimme. „Gib mir sofort die Schleuder. Seid ihr verrückt - ihr könnt dich nicht auf ein Kriegsschiff schießen!"

Mein Kinn bebte. „Aber ich habe es getroffen! Aus einhundert Fuß! Wie gleich deinen Bauch, du Fettsack!"

Der Soldat schwang den Bootshaken herunter und stieß ihn Kaschta gegen die Stirn. Er taumelte zurück und hob die Hände, um einen zweiten Angriff abzuwehren. Blut lief aus der Wunde in seine Augenbrauen, dann über die Nase. Ich machte einen Schritt zur Seite, ging in die Knie, schnappte mir eine Kugel, streckte den Arm aus, zog die Sehne durch und zielte – alles in einer oft geübten Bewegung.

Kaschta rief: „Nein, Rahel!", und wirbelte herum. Er schlug mit der Faust gegen die Schleuder. Die Sehne löste sich aus meinen verkrampften Fingern. Die Kugel schlug zwei Fuß neben dem Kopf des Soldaten in die Rinde einer Pinie ein. Ich warf Kaschta einen bitterbösen Blick zu, ging wieder in die Knie und griff nach der nächsten Kugel – aber Kaschta trat darauf und vergrub sie im Sand.

Endlich brachte er den Mund richtig auf: „Wenn das Victorius erfährt wird er uns schwer bestrafen. Dich auch!"

Die Blicke der Soldaten wanderten von mir zu Kaschta, dann wieder zurück. Der Kleine stammelte: „Aber das ist gegen alle Vorschriften, auf Schiffe schießen, und dann auf mich …"

Er ließ die Spitze des Bootshakens auf den Sand sinken.

„Wo findet man sonst so gute Ziele, die sich auch noch bewegen?", rief ich und stand aus der Hocke auf. „Komm Kaschta, wir gehen."

Er streckte fordernd die Hand aus. Ich gab ihm widerwillig die Schleuder und schüttelte den Sand aus meinen Sandalen. Die Soldaten glotzten dämlich Kaschtas blutüberströmtes Gesicht an. Dann trotteten sie zu ihrem Wachturm davon. In der Bucht waren nur

*

noch wir beide, die anderen Kinder waren weggelaufen, zurück nach Portus. Vor uns stand die Fischerhütte sauf einer Plattform aus Holzplanken und in den nassen Boden gerammten Baumstämmen, halb über den Wellen, halb über dem Strand. Ein großes quadratisches Netz hing an einem schrägen Schiffsmast vor der Plattform. Der Fischer konnte es mit einem Flaschenzug ins Wasser hinablassen. Hinter der Mündung des Kanals erhob sich der Leuchtturm, höher als der von Alexandria. Das Feuer auf seiner Spitze brannte Nacht und Tag. Damals haben die Marinesoldaten vielleicht wirklich noch die Küste und den Kanal bewacht ...

Ich könnte eine kleine Komödie aus der Szene machen! Die bräuchte aber ein Nachwort, von einem schlauen Sklaven gesprochen. So hätte es der große Plautus auch gemacht.

Also – Kaschta, noch am Strand, allein: „So hat die kleine Amazone mit ihrer Steinschleuder beinahe einen römischen Soldaten erlegt, wie Artemis den Bären mit ihrem goldenen Bogen. Nun fragt ihr euch sicher: Was wäre geschehen, wenn der treue Diener – der hier zu euch spricht – nicht gegen die Schleuder geschlagen und so die gut gezielte Kugel in einen Baum gelenkt hätte? Eins müsst ihr wissen: Ihr Vater Victorius hätte die Bestrafung seiner Tochter natürlich verhindert. Doch in Wirklichkeit hat er sie nur aufgeschoben. Nur wenige Jahre später schickte er Rahel nach Caesarea, auf die andere Seite des großen Meeres. Aus anderen Gründen, doch es war wie eine Verbannung."

Doch zurück auf unser Schiff mit Kurs auf Portus.

„Erinnerst du dich an Fabia?", fragte ich Kaschta und rieb sanft über seinen Arm. Er nickte zögernd.

Ich beugte mich auf der Reling vor und sah zu Ava und Lela. „Ihr werdet sie hoffentlich bald kennenlernen. Wir sind früher fast täglich mit unserem Lehrer Chiron zu Fabia in ihre Stadtvilla nach Ostia gefahren. Meine jüngeren Schwestern – die Zwillinge – hatten dort Grammatikunterricht, zusammen mit den Kindern aus dem Viertel an der Porta Marina. Ich spielte währenddessen mit Fabia Theater. Wir lernten die Dialoge der griechischen Komödien auswendig und spielten sie, so gut wir konnten. Die Villa hatte eine eigene Bühne im

Innenhof. Ihr müsst wissen: Fabias Vater ist der reichste Mann der Stadt und liebt das Theater. Eines Tages hat er eine komplette Schauspielertruppe aus Rom mitgebracht. Sie zeigten uns die Feinheiten des Mimenspiels. Fabius Agrippinus hatte sie einfach aus einer Laune heraus gekauft."

„Während die Zwillinge Verben lernen mussten, habt ihr auf diesen Bretterbühne geprobt," erinnerte sich Kaschta. „Sie stand zwischen den zwei Springbrunnen im Säulenhof. Ich war mit den anderen Sklaven euer Publikum und habe manchmal an den falschen Stellen gelacht. Dann hast du mich böse angesehen, Domina. Aber mein Griechisch ist seitdem viel besser geworden."

Ich drückte freundschaftlich seinen Arm. „Das war eine schöne Zeit … Bis zu diesem Nachmittag im Spätsommer, kurz vor meinem dreizehnten Geburtstag. Meine Eltern Victorius und Rebecca kamen in die Villa. Ich hörte, wie sie im Atrium frostige Höflichkeiten mit Fabias Mutter austauschten und dann laut nach mir fragten. Die Zwillinge und Chiron liefen schon mit eingezogenen Köpfen zu unserem Wagen. Sie ahnten ein Donnerwetter. Fabia und ich, wir beide wussten: Das ist das Ende der Welt. Unserer Theaterwelt. Sie stürmte auf die Bühne und riss mich mit. Wir spielten eine Abschiedsszene, küssten und umarmten uns. Dabei hatten wir echte Tränen in den Augen."

„Das war sicher schwer für euch", sagte Ava.

„Deine Mutter hat den ganzen Weg nach Hause geschwiegen", sagte Kaschta. „Dein Vater war umso lauter."

Ich sprang einen großen Schritt von der Reling weg, stellte mich kerzengerade hin und imitierte die befehlsgewohnte, von der Seeluft heisere Stimme meines Vaters:

„Rahel du bist schon lange kein Kind mehr, sondern eine Frau. Auf dieser Bühne bist du ein schlechtes Vorbild für deine Schwestern! Das ist kein Ort für dich und diese …" Ich machte einen Schritt zur Seite und mimte meine Mutter Rebecca, die Victorius ins Wort fällt:

„Vergiss nicht: Du bist die älteste Tochter des Marinekommandanten von Portus! Wie soll er jemals zum Ritter geschlagen werden,

*

wenn du dich benimmst wie eine Theaterhure? Wir haben endgültig genug davon. Du spielst nie wieder eine Amazone. Auch keine Gladiatorin oder Tierkämpferin, und du wirst vor allem nicht mehr tanzen! Diese verkommene Fabia wird nie einen Mann finden – aber dir werden wir jetzt einen suchen. Dann gehen wir für eine Zeit weg von hier. Weit weg, vielleicht nach Palaestina." Als wir damals zuhause ankamen, verkroch sich Chiron sofort in der Bibliothek. Wie immer, wenn es Ärger gab, meistens wegen mir. Er fühlte sich nur in geschlossenen Räumen voller Schriftrollen und Bücher wirklich wohl. Davon gab es in unserem Haus mehrere hundert, manche noch aus der Zeit vor Augustus. Am Abend durfte ich wieder aus meinem Zimmer und ging zu ihm in die Bibliothek. Ich legte die Hand an die Stirn, drehte mich halb um die eigene Achse und brach mitten zwischen den vollgestopften Regalen zusammen. Chiron fiel auf mein Spiel herein, lief ins Atrium und rief laut nach meinem Vater. Doch Victorius war schon auf dem Weg in die Marinekommandantur oder zu einem seiner nächtlichen Überraschungsangriffe auf die Sumpfpiraten. Rebecca hatte sich mit ihrem geliebten Fläschchen Opiumsaft in den Schlafraum zurückgezogen. Sie hörte Chirons Stimme wohl nur noch aus nebliger Ferne."

Kapitel IIII
TYRRHENUM MARE
ANTE DIEM III IDUS OCTOBRIS
AB URBE CONDITA DCCCXCIX
(Tyrrhenisches Meer, 13. Oktober 146)

Am nächsten Morgen wachte ich wieder viel zu früh auf und wälzte mich voller Gedanken in meiner Schlafkoje herum. Kaschta, Ava und Lela schliefen fest. Ich ging allein an Deck und staunte darüber, wie weit das Schiff in der Nacht gekommen war. Die Küste von Latium zog im Tempo eines schwer beladenen Ochsenkarrens vorbei. Ich sah Kiefern, wie sie auf den Dünen bei Ostia wachsen. Die Bäume waren kaum größer als Kinder und beugten ihre Spitzen vom Meer weg nach Osten. Sie sahen aus, als würden sie sich vor der Sonne verneigen, die gerade ihr Strahlenhaupt über den Horizont hob. „Wie jeden Morgen begibt sich Sol in seinem Triumphwagen auf die Himmelsreise. Alles Leben verneigt sich vor ihm", – so hatte Chiron meine Frage nach den vom Westwind gebeugten Kiefern beantwortet, als ich ein Kind war. Jetzt sprach ich das Morgengebet, wie ich es in Caesarea gelernt hatte. Nicht mehr an den Sonnengott, sondern an Iesus Chrestos – wobei ich finde, dass die beiden gar nicht so verschieden sind. Dann stützte ich die Ellenbogen auf die Reling, legte das Gesicht in die Hände und genoss es, wie die Sonne rot und warm durch meine Augenlider strömte. Am Horizont hinter der Düne stieg der Rauch von unzähligen Heizfeuern auf. Es waren nicht nur die Herde und Bäckereien von Ostia, die den Himmel zum Flimmern brachten: Keine zwanzig Meilen entfernt erhoben sich die sieben Hügel von Rom aus ihrem nervösen Nachtschlaf und streckten sich wie ein Rudel uralter Wölfe.

Vor mir ragten Holzpfähle wie faulige Zahnstümpfe kreuz und quer aus dem flachen Wasser, um die Wellen vor ein paar Fischerhütten zu brechen. Das Segel über meinem Kopf begann zu knattern. Die Matrosen hoch oben auf der Rah refften das riesige Stück Leintuch, damit das Schiff langsamer wurde, bevor es die Mündung des Tibers erreichte und dort kurz vor Anker ging. Das war der letzte friedliche Eindruck, an den ich mich erinnere, bevor ich einen derben Geruch wahrnahm. Es roch nach brunftigem Tier. Eine Pranke legte sich um mein Handgelenk und drückte es auf das Holz. „Sag mir deinen Namen", presste Crasnicus zwischen Lippen hervor, die in der Sonne Kretas verdorrt waren. Dazu misslang ihm ein Lächeln. Sein derbes Parfum stach mir direkt in die Nase. Ich versuchte meinen Arm wegzureißen, doch seine Hand bewegte sich kein Stück. Hektisch suchten meine Augen das Deck nach Hilfe ab. Ein paar Matrosen schleiften mit großem Gepolter einen Anker an den Bug – zu weit entfernt. Das Segel versperrte die Sicht zum Achterdeck. Zehn Schritte von mir entfernt saß ein freigelassener Sklave auf seinem Gepäck. Doch der alte, dürre Ägypter dreht sein Gesicht weg. Ich

*

überlegte kurz, hob meine freie Hand an die Schulter. Meine zitternden Finger öffneten die Bienenspange, die den Mantel zusammenhielt. Sie sprang auf, und ich zog die daumenlange Nadel aus dem Wollstoff. Langsam, denn ich befürchtete, dass mir der Umhang von der Schulter rutschte und ich plötzlich nur noch in meiner Seidentunika dastehen würde. Doch das schwere Tuch hielt. Ich versuchte mich noch einmal zu befreien. Aber Crasnicus' schwitzende Pranke war wie eine Schelle aus geschmiedetem Eisen.

„Soll ich dich in meinem Wagen nach Rom mitnehmen?", brummte er mich an. „Oder bist du eine von denen aus Ostia?"

Sein Atem roch nach fauligem Kohl. Unter den Achseln hatte er tellergroße Schweißflecken. Ich drehte langsam die Nadel nach außen, umfasste den Bienenkörper der Spange wie einen kleinen Dolch und verbarg sie in den Falten meines Umhanges. Ich spürte wie mir der Zorn in die Wangen schoss. Zwei Adern liefen wie ein pochendes V meine Stirn hoch und verschwanden in den unfrisierten Locken. Durch den Wind spürte ich, wie sich Angstschweiß an meinen Schläfen sammelte. Ich ballte die Hand fester um die offene Spange.

„Willst du ein Leben voller Sonne und Badefreuden?", fragte Crasnicus, jetzt süßlich.

„Ah, ich verstehe – du hältst mich für eine Hure! Nur, weil ich ohne Mann reise? Was kann ich dafür, wenn der lieber in Syrien mit den Skorpionen tanzt? Seine Vorfahren haben Neapolis gegründet, da haben es deine noch mit den Schafen getrieben. Also nimm deine schmutzige Pfote weg!"

Im ersten Moment bekam Crasnicus vor Staunen über meine Frechheit den Mund nicht zu. Dann grinste er breit und deutete mit dem Kinn auf den kleinen, geschnitzten Fisch an der Lederschnur zwischen meinen Brüsten. Seine freie Hand griff in das Tuch um meine Haare. Er riss mich ganz nah an sein stinkendes Maul heran.

„Du lügst, du Anbeterin des Chrestos. Bald wirst du mir zeigen, was dein Mundwerk noch so alles ka.."

Sein Satz endete in einem tiefen Grunzen. Ich hatte ihm die Nadel mit voller Wucht tief in den Unterarm gestoßen. Im gleichen Moment bemerkte ich Kaschta. Er schlich barfuß auf uns zu. Seine dunkle Haut hob sich nur durch ihren Glanz von den Heckaufbauten im Schatten hinter ihm ab. Der silberne Knauf eines Dolchs blitzte hinter seinem Rücken.

„So, und jetzt kommt der zweite Akt", sagte ich und zog die Nadel mit einem Ruck aus Crasnicus' Arm. Ich hatte eine Vene getroffen, Blut spritzte heraus. Crasnicus lockerte seinen Griff nur kurz. Sein Gesicht verwandelte sich in eine wütende Theatermaske. Er packte so fest zu, dass meine Knöchel beinahe brachen. Ich hielt vor Schmerz die Luft an. Blut lief warm an meinem Arm hinunter. Crasnicus langte mit der Linken nach dem Messer an seinem Gürtel. Kaschta trat mit zusammengekniffenen Augen vor und wog den Dolch in seiner Hand.

Ein paar reiche Ägyptenreisende waren bis auf Hörweite herangekommen. Sie hatten bis eben die Düne betrachtet und abwechselnd auf die Giebel der großen Villen dahinter gezeigt. Jetzt erregten Crasnicus' wütendes Gebrüll und das Aufflammen von Kaschtas Dolch in der Morgensonne ihre Neugierde. Ein hochgewachsener Mann mit den Purpurstreifen eines Ritters an der Tunika rief den Seeleuten auf der Rah etwas zu. Kurz darauf gellten drei Pfiffe über das Deck.

„Was war das, du Giftschlange?", grunzte mich Crasnicus an. Endlich ließ er meine Hand los. Aber nur, um sein Messer ganz aus der Scheide am Gürtel zu bekommen. Kaschta sprang geduckt heran und versetzte ihm mit dem Dolch einen Streich quer über die Hand. Die frisch geschliffene Klinge schnitt durch die Sehnen bis auf die Knochen - das Knirschen schmerzt noch jetzt beim Schreiben in meinen Ohren! Crasnicus Messer klirrte auf das Deck. Der Umhang rutschte mir von der Schulter und wickelte sich um meine Füße. Ich stolperte und kippte nach hinten. Kurz bevor meine Ellenbogen auf die Deckplanken schlugen, ließ Kaschta seinen Dolch fallen, fing mich an den Schultern auf und zog mich ein Stück über das salzverkrustete Deck. Nur weg von Crasnicus.

Der Kapitän stürmte vom Achterdeck heran und rief: „Kein Kampf auf dem Schiff! Die Messer weg!"

*

Über uns kreisten fette graue Seemöwen. Sie hatten das Blut gerochen und beobachteten die Szene mit gierigen Augen. Crasnicus senkte den Kopf wie ein Stier und machte einen Schritt auf uns zu. „Domina, wir sollten gehen – und zwar jetzt", sagte Kaschta ganz nah an meinem Ohr. Hinter dem Kapitän versammelten sich ein paar Matrosen. Sie hielten Knüppel und Seilstücke mit dicken Knoten in den Händen. Ich schloss die Augen und nickte. Das mache ich immer, wenn ich mich selbst von etwas überzeugen will. Plötzlich fror ich und zog mir den verdrehten Umhang über die Schultern. Der Kapitän stellte sich vor Crasnicus, verschränkte die Arme und redete mit seiner sonoren Stimme auf ihn ein. Ich ließ mir von Kaschta ein Taschentuch geben, wischte die Nadel der Spange daran ab und hielt es dem Kapitän hin. „Hier, gib das dem Ochsen. Für seine Hand. Könnt ihr ihn hier verbinden? Oder sag ihm, wo er im Hafen einen Wundarzt findet."

Crasnicus brauste wieder auf. „Besorgt er es dir gut, dein Nubier?", brüllte er über die Schulter des Kapitäns.

Blut tropfte von seiner Hand auf das Deck. Ich schob einen der Matrosen zur Seite und rief zurück: „Soll ich ihn dir ausleihen? Damit du wenigstens einmal in deinem Leben etwas wirklich Großes erlebst?", und hielt mir sofort den Mund zu. Ich weiß nicht mehr, was in mich gefahren war, aber ich spreizte auch noch die Finger meiner rechten Hand in der Luft. „Mit der kaputten Pfote wirst du sicher keine Frau mehr anfassen. Oder deinen stinkenden Schwanz!"

Der Kapitän sah mich ungläubig an. Die Matrosen stellten sich dichter zusammen und hoben ihre primitiven Waffen. Ich drehte nervös an dem breiten Silberring um meinen linken Mittelfinger und merkte, dass Kaschta Recht hatte: Es war genug. Er atmete hörbar auf, als ich mich zum Achterdeck umdrehte. Ava und Lela hatten die letzten Momente des Streits aus der Tür beobachtet und winkten uns aufgeregt zu sich.

„Wir hätten auf dem Achterdeck bleiben sollen, Domina", sagte Kaschta.

Meine Unterlippe zitterte. Ich versuchte trotzdem zu lächeln. „Bei den Langweilern in Purpur? Hier unten ist wirklich mehr los, nicht wahr? Aber Danke für deine Hilfe. Wieder einmal." Crasnicus zog mein feines Taschentuch fest um seine Hand und trat den Rückzug zur Reling gegenüber an. Die Matrosen stapelten dort seine Gepäckkisten auf. Die hispanischen Tänzerinnen drängten sich dahinter. Eine rubinrote Tropfspur folgte Crasnicus über das Deck. Der Kapitän und zwei stämmige Matrosen begleiteten mich die Holztreppe zum Achterdeck hoch. Dort winkte er die reichen Passagiere zusammen. Er zeigte auf zwei Dutzend Ruderboote, die gerade herankamen, um sie nach Ostia zu bringen. Die meisten beachteten ihn nicht. Sie starrten mich an, als wären sie im Amphitheater und warteten auf die wilden Tiere, die gleich durch eine Klappe im Boden kommen, um mich zu zerreißen. Der Kapitän warf verzweifelt die Hände in die Luft. Er fluchte auf Griechisch und lief zu den Steuermännern an den Ruderblättern hinten am Schiff. Die hatten gerade das heikle Bremsmanöver zwischen den Sandbänken der Tibermündung begonnen. Vorne am Bug durchbrach der Anker mit lautem Klatschen die glitzernde Wasseroberfläche. Die Ruderboote drängten sich längsseits an den Schiffsrumpf. Ihre Fährleute wedelten mit den Armen nach den Passagieren. Crasnicus stieg als erster über die steile Außentreppe hinunter. Sein wilder Blick suchte die Reling ab. Als er mich entdeckte, schrie er: „Wir sehen uns wieder! Verlass dich drauf, du verdammte Christenhure!"

Dann donnerte er mit der aufgeschlitzten Hand gegen die Bordwand. Sein Aufschrei hallte von der Hafenmauer wieder und war auf dem ganzen riesigen Schiff zu hören.

Wir haben uns wiedergesehen. Davon handelt die zweite Hälfte meines Berichts. Doch nun werde ich sieben Tage in der Zeit zurückgehen, um über den Senator Narcissus Molitor Pletorius zu schreiben. Zu diesem Mann war Crasnicus unterwegs. Was jetzt folgt, hat der Gärtner des Krähenhügels so berichtet. Er wusste noch Wort für Wort, was der Senator ihm aufgetragen hatte. Er hat auch eine sehr detaillierte Zeichnung davon aufbewahrt und den Agenten des Kaisers überlassen. Der Tag, den ich nun beschreiben werde, ist im Ka-

*

lender als der ‚Tag des bösen Omens' verzeichnet. Gratianus ist der Name des Gärtners. Er war kein Sklave, sondern ein freier Mann. Ich hoffe, er hat eine gute Arbeitsstelle in Rom gefunden.

*

KAPITEL V
LATIUM – MONS CORVIS
PRIDIE NONAS OCTOBRIS
AB URBE CONDITA DCCCXCIX
Latium – Krähenhügel, 6. Oktober 146)

Gratianus sagte lange nichts. Der Senator hatte die Zeichnungen vor ihm auf einem Klapptisch ausgebreitet und seinen Vorhaben mit großen Gesten erklärt. Der Gärtner schwieg nicht nur, weil es seinem Gemüt entsprach. Ihm fehlten angesichts der Baupläne wirklich die Worte. Er nickte nur und nahm die Pergamentblätter mit in seine Wohnbaracke an der hinteren Mauer des Anwesens. Die war weit weg von der mächtigen Edelkastanie bei der Villa in der Mitte des Parks.

Am späten Nachmittag des folgenden Tages warf die Gestalt des Senators wieder ihren gedrungenen Schatten an die Kastanie. Gratianus verbeugte sich tief und sagte mühsam: „Hoher Herr, die Tiere werden sich im ganzen Park ausbreiten und auch vor der hohen Mauer nicht haltmachen." Er zeigte mit kaum erhobener Hand in alle Richtungen. „Das wird vielleicht gefährlich für die anderen Landgüter hier in der Gegend."

„Gefährlich sagst du", antwortete Pletorius mit einem tierhaften Lächeln auf den Lippen und strich über seine schwarz gefärbten Haare, von denen Gratianus nicht sagen konnte, ob sie echt waren oder angeklebt.

„Du wirst doch niemandem von unserem kleinen Bauwerk erzählen?", fuhr der Senator nach einer wohl erwogenen Kunstpause fort. Ich habe dich nicht als Singvogel eingestellt, sondern weil du Erfahrung mit Bäumen hast. Also zeig mir einfach, was du kannst."

Pletorius schnippte mit den Fingern in der Luft. Sein Sekretär sprang neben ihn. Er ließ sich zwanzig frisch geprägte Denare aus dem Geldbeutel geben, den der dürre Schreiber am Gürtel trug. Pletorius betrachtete das Glitzern der Münzen im Sonnenlicht, schaute Gratianus abschätzend in die Augen, steckte fünf Denare zurück in den Beutel und zählte ihm den Rest in die raue Innenfläche seiner Hand. Gratianus verbeugte sich wieder und starrte auf den Erdboden vor seinen verkrusteten Lederschuhen. „Man kann sie irgendwann nicht mehr zählen, Herr."

„Dann fackelst du sie einfach ab", antwortete Pletorius mit wachsender Ungeduld in der Stimme. „Mach einen Graben um den ganzen Baum herum. Gieß Lampenöl hinein, von mir aus kannenweise, und zünde es an. Was gegen die Germanen an den Grenzen im Norden gut ist, das hilft auch hier. Also endgültig Schluss damit!"

Pletorius wurde wieder freundlich: „Also, meine Pläne hast du verstanden. Das Material wird morgen geliefert. Wenn du Leute brauchst, hol sie dir vom Tor. Es sind ein paar Bausoldaten unter den Wachen, dazu hast du die Gartensklaven. In höchstens zehn Tagen ist das alles fertig. So etwas habe dann nur ich – weder der Kaiser, noch einer seiner senilen Ritter! Und glaub mir: Du wirst stolz darauf sein. Denn du hast es mit mir geschaffen."

Im Morgengrauen fällten Gratianus und die Gartensklaven die Edelkastanie. Jedoch nicht auf Erdniveau, sondern einen Mann hoch über dem Boden. Mit Tränen in den Augenwinkeln sah Gratianus den kerngesunden Baum fallen. Die Kastanie stand seit Hunderten von Jahren auf dem Krähenhügel. Sie hatte die Regierungszeiten von vierzehn Kaisern überdauert. Den verbliebenen Stumpf konnten drei Sklaven nicht umfassen, so mächtig war er. Sie teilten ihn mit einer riesigen Zugsäge senkrecht in der Mitte, von oben bis unten. Die eine Hälfte des Baumstumpfs gruben sie mitsamt der Wurzel aus und zerhackten alles zu Brennholz für die Küche und die Bäder der Villa. Die andere Hälfte durchbohrte Gratianus an mehreren Stellen. In die Löcher steckte er Bleirohre. Die Gartensklaven füllten sie zu jeder Stunde mit kochendem Wasser auf, damit sich der Baumstumpf in seinem Innern auf afrikanische Temperaturen erwärmte. An die offene seitliche Sägekante nagelten sie Eisenbleche. Gratianus passte in die so entstandene Blechwand eine enorm teure, durchsichtige Glasscheibe ein. Sie war etwa halb so groß wie der Schild eines Legionärs. Die Kanten dichtete er mit Pech ab. Die fehlende Hälfte des Stumpfs und der Wurzel ersetzte ein ehemaliger Bausoldat durch Gussmauer-

*

werk in Form eines hohlen Würfels. Darauf kam ein Giebeldach aus Balken, Ziegeln und Schindeln. Das Gebilde erschien aus der Ferne wie ein kleiner Tempel ohne Tür, der sich an einen halben Baumstumpf lehnte.

Während diese Arbeiten vonstatten gingen, gruben die Wachmänner unter Anleitung des Bausoldaten einen unterirdischen Gang und stützten ihn mit Eichenbohlen ab, wie sie in Bergwerken benutzt werden. Der niedrige Tunnel verband den halb unter der Erde liegenden Innenraum des Betonwürfels mit dem Kellergewölbe der Villa, die etwa hundert Schritte entfernt stand. Nach acht Tagen war alles fertig und genau so, wie Pletorius es sich ausgedacht und sein Sekretär es fein säuberlich auf die Pergamentblätter gezeichnet hatte.

Als der Senator wieder in den Park kam, gab er Gratianus wieder Silbergeld, lächelte wie ein Krokodil dabei und strich seine Haare glatt. Am nächsten Morgen zog er in die Villa ein. Die Insekten kamen zur gleichen Zeit in einer Blechkiste voller Holzscheite mit einem kleinen Frachtschiff aus Karthago in Portus an. An Bord war auch ein Rudel sehr hässlicher afrikanischer Raubtiere in stabilen Gitterkäfigen. Alles wurde auf drei Wagen verladen und über die Via Portuensis zur Villa gefahren. Gratianus' Hände zitterten vor Anspannung, als er die wimmelnden Termiten durch ein kopfgroßes Loch in den Baumstumpf schüttete. Sofort verschlossen die Sklaven die Öffnung mit einer fingerdicken Platte aus Blei und gossen Pech darüber. Die Befürchtung des Gärtners, dass ein so großer und gut geheizter Termitenbau gefährlich für den Park und das Holz der ganzen Gegend sei, trat tatsächlich hinter dem Stolz auf sein Werk zurück. Die Begeisterung des Senators hatte ihn angesteckt. Was Pletorius in dem kleinen Raum hinter der Glasscheibe tun wollte, wagte Gratianus nicht zu fragen.

Innerhalb der nächsten Tage bauten die Termiten das gut geheizte Innere des Baumstumpfs mit rasender Geschwindigkeit nach ihrem Plan mit Gängen und Kammern aus, dann machten sie sich an die Erweiterung. Bald wuchsen aus dem Stumpf phallusförmige Säulen aus zerkautem Holz und Erde in die Höhe, wie sie auch in den Steppen der afrikanischen Provinzen zu sehen sind. Um Nahrung und Material heranzuschaffen, wollten hunderte, bald tausende Termiten in den Park ausschwärmen. Gratianus musste morgens und abends zwei Kannen Öl in die Tonrinnen rund um den Bau schütten und es anzünden, um die Insekten von den alten Steineichen fernzuhalten. Sie machten sich weiter an ihrem Baum und wohl auch an den Eichenbalken im Tunnel zur Villa zu schaffen.

Die Hyänen an Bord des Schiffs waren ebenfalls für den Krähenhügel bestimmt. Sie verschliefen die Tage in einem Zwinger nahe dem Eingangstor. In der Dämmerung wachten sie auf und rannten an den Gittern entlang. Ihre gelben Augen glühten durch die Eisenstäbe und gierten nach Fleisch. Zur zweiten Nachtwache ließen die Wachleute sie hungrig in den Park hinaus. Um die Bestien im Morgengrauen in den Zwinger zurückzulocken, legten die Männer Schweineköpfe und ganze Rinderbeine darin aus. Die Geräusche der splitternden Knochen jagten sogar den hartgesottenen Ex-Gladiatoren Schauder über den Rücken. In der Nacht wagte sich natürlich niemand mehr in den Park. Die Wachen blieben in ihren Schlafräumen oder auf den Ecktürmen. Gratianus hörte die Tiere an der klapprigen Tür seiner Baracke vorbeistreifen. Sie knurrten, kratzten am Holz und lachten heiser. Nach der zweiten schlaflosen Nacht war er sich sicher, dass die Tiere nicht aus Afrika, sondern direkt aus der Unterwelt auf den Krähenhügel gekommen waren. Nach ein paar Tagen tauchten auch sehr schnelle Vipern im Park auf, für die das Wetter eigentlich schon zu kalt war. Aber die hielt Gratianus nur noch für ein kleines Übel. So hat er seine Gedanken beschrieben, als ihn die Agenten des Kaisers zu den Ereignissen auf dem Krähenhügel und der Lebensweise des Senators befragten.

Kapitel VI
TYRRHENUM MARE
ANTE DIEM III IDUS OCTOBRIS
AB URBE CONDITA DCCCXCIX
(Tyrrhenisches Meer, 13. Oktober 146)

*

„War das ein schlechtes Vorzeichen?", fragte ich Ava. Der Anker war wieder eingeholt und das Schiff fuhr weiter an der Küste entlang nach Portus, dem endgültigen Ziel unserer Seereise.

„Du bleibst besser weit weg vom Meer, die nächsten Tage", riet Ava mit ihrer sanften Stimme. Sie stand neben mir an der Reling und ich hakte mich bei ihr ein.

„Auch von Rom", flüsterte Lela von der anderen Seite. „Dort lebt doch bestimmt dieser brutale Kerl."

Ich zog auch Lela zu mir, griff ihre von der Küchenarbeit raue Hand und drückte sie fest.

„Eigentlich wurden wir die ganze Überfahrt lang gut beschützt", überlegte ich laut. „Dafür habe ich jeden Tag gebetet. Auch Neptun hat uns in Frieden gelassen – wenn es ihn wirklich gibt. Vielleicht will mich ein anderer römischer Gott warnen? Janus? Oder Tiber, der Beherrscher des großen Flusses? Es ist schwer, an nichts mehr davon zu glauben. Ihr fangt hier am besten gar nicht damit an."

Mein Ring blitzte in der Sonne auf. Sein Mäandermuster schlängelte sich wie ein wilder Fluss um meinen Mittelfinger. Jedes Mal, wenn ich den Ring ansah, musste ich an Fabia denken. Sie hat ihn mir zum elften Geburtstag geschenkt, auf unserer Theaterbühne. Ich bin fast gestorben vor Sehnsucht nach ihr in den drei Jahren in Caesarea. Mir fehlen ihr poetischer Geist und ihre Zärtlichkeit so sehr …

Ich verscheuchte die Gedanken und versuchte Ava und Lela mit einem Lächeln Mut zu machen. „Unser Haus wird euch gefallen", sagte ich so fröhlich wie möglich. „Es ist alt und beinahe prächtig, verglichen mit unserer letzten Wohnung in Caesarea. Der Hafen von Portus ist gigantisch, und Ostia eine großartige Stadt. Dort leben Menschen aus allen Ecken und Winkeln des Imperiums, auch viele Juden und Christen. Wir machen bald einen Ausflug dorthin und besuchen Fabia. Dann gehen wir groß einkaufen, und irgendwann dann auch in Rom."

Meine zwei jungen Dienerinnen nickten aufgeregt. Sie hatten in ihrem Leben nur ihr Heimatdorf im Syrien und dann Caesarea gesehen.

„Sollen wir dich hier weiter Rahel nennen, Domina?", fragte Lela. „Oder besser Victoria?"

„Das muss mein Vater entscheiden."

Ich legte den Kopf auf Avas Schulter und zog sie näher zu mir. Dabei merkte ich, dass meine Hände immer noch leicht zitterten. „Seht den Leuchtturm von Portus!", rief ich. „Er ist dreimal so hoch als der von Caesarea. Das Feuer auf seiner Spitze brennt sogar am Tag."

Langsam wurde mir bewusst, wie nah wir unserem Haus schon waren, wie nah der Hafenkommandantur und den anderen Orten meiner Kindheit. Ich musste an meinen Vater denken. Ob er noch härter geworden war, nach drei Jahren ohne Frau? Nur noch auf Räuberjagd in den mückenverseuchten Sümpfen? Besonders schlecht gelaunt war er früher immer gewesen, wenn er in der Kommandantur einen Bericht diktieren musste, für die Beamten des Kaisers. Worte finden fiel ihm nie so leicht wie mir. Wie hat er sie immer genannt, die ganzen Leute auf dem Palatin? *Ostentatores et simulatores*, Angeber und Heuchler. Ich glaube, er hat seine Meinung geändert, nachdem er Antoninus Pius und Marcus Aurelius wirklich kennengelernt hat, vor wenigen Tagen ...

Der Kapitän stellte sich ein wenig entfernt an die Reling. Er lächelte unsicher durch seinen Bart und nickte uns zu. Ich winkte ihn heran.

„Jetzt bist du froh, nicht wahr?," fragte ich. „Die letzte Überfahrt des Jahres ohne Sturm oder Tote auf deinem Schiff. Ich danke dir sehr für deine Hilfe."

Der Kapitän verbeugte sich knapp wie ein Darsteller nach einer mäßig gelungenen Vorstellung. Er richtete seinen braungebrannten Arm auf die Hafeneinfahrt. Sie lag zwischen dem Fundament des Leuchtturms und einem Podest aus Beton, das so groß wie ein ganzes Wohnhaus war. Von dort blickte eine Statue des Kaisers Claudius über das Meer. Sie war bis zur Eichenkrone auf ihrem Haupt über dreißig Fuß hoch und trug eine prunkvolle Rüstung mit sehr muskulösem Brustpanzer.

*

„Wir nennen ihn den ‚Koloss von Portus', sagte der Kapitän und wartete auf ein Lachen. Ich musste schmunzeln, Ava und Lela blickten ihn nur irritiert an.

„Nach dem von Rhodos. Ein Scherz unter Seeleuten", fügte er hinzu und ließ seinen Arm sinken.

„Zuerst fahren wir durch den alten Hafen. Wenn uns die Zöllner dort in Ruhe lassen, erreichen wir zur dritten Stunde das hintere sechseckige Becken. Werdet ihr am Kai erwartet?"

Lela legte den Kopf weit in den Nacken. Ich erwischte sie am Arm, bevor sie nach hinten umfiel. Auch Ava konnte ihren Blick nicht von der monumentalen Statue wenden, die langsam an uns vorbeizog. Handwerker kletterten auf einem Holzgerüst bis zu ihrem Hals herum. Sie besserten die blaue Bemalung der Tunika und das Gold der Löwenköpfe auf dem Brustpanzer aus. Der alte Kaiser Claudius hielt wie der Gott Jupiter ein Bündel silberner Metallblitze in der Hand. Zu seinen Füßen hockte ein Adler mit angelegten Schwingen auf dem Podest. Der Marmorvogel blickte zu seinem Herrn auf, als wären sie beide und der Hafen für die Ewigkeit geschaffen. Die Spitze des Leuchtturms verschwand im Morgendunst und war nur noch am gelblichen Glimmen des Signalfeuers zu erahnen. Ich erinnerte mich an die Frage des Kapitäns.

„Doch, mein Vater weiß, dass ich komme. Aber sag mir – hat der Hafen schon immer so gestrahlt? Der Turm sieht aus wie neu gebaut."

„Antoninus Pius lässt alles hier renovieren und putzen. Wegen der gigantischen Jubiläumsfeier nächstes Jahr. Hier empfängt er dann die Statthalter aus den Überseeprovinzen, bestimmt auch einige fremde Herrscher. Aber erlaube mir auch eine Frage – vor den anderen Passagieren habe ich es nicht gewagt: Bist du selbst Römerin? Dein Name …"

„Meine Geschichte passt nicht gerade in eine Nussschale. Hier die kurze Fassung: Die Familie meiner Mutter lebt in Caesarea und verstreut in Syria-Palaestina. Meine Großmutter hat einen römischen Legionskommandanten geheiratet, so kam sie nach Italien. Nicht freiwillig und auch nicht nur zur Freude der Familie – aber das ist

Geschichte, hat mein Vater Victorius immer dazu gesagt. Meine Mutter Rebecca ist Jüdin, und ich bin es nach den alten Gesetzen auch, wie alle Frauen vor ihr in der Familie. Meine Schwestern heißen Marjam und Sarah. Ich habe mich in Caesarea den Anhängern des Iesus Chrestus angeschlossen, wie viele dort. Mein Name ist Rahel – doch hier heiße ich Victoria, wenn mein Vater es wünscht."

„Du hast doch bestimmt auch hier gelebt. Du sprichst die Sprache perfekt", hakte der Kapitän nach.

„Ich bin in Portus aufgewachsen. Dann musste ich vor drei Jahren mit meiner Mutter und meinem Mann nach Caesarea gehen. Gleich nach der Heirat und nicht ganz freiwillig. Jetzt kehre ich allein zurück ins Haus meines Vaters."

Der Kapitän nickte nur, mehr zu fragen wagte er nicht. Er machte eine weit ausholende Geste über die scheinbar endlosen Reihen der Torbögen vor den Schiffshallen und Lagerhäusern hinweg.

„Dein Vater ist ein tapferer Mann. Ich habe viel von seinem Kampf gegen die Küstenpiraten gehört. Es ist also auch sein Verdienst, dass wir heute heil angekommen sind. Aber jetzt schaut auf diesen großartigen Hafen!"

Fast alle Anleger waren mit Frachtern besetzt, die hier über die Wintermonate blieben und überholt wurden. Hunderte Boote und Flöße voller Arbeiter, Werkzeug, Taue und Teerfässer wimmelten zwischen den Schiffen herum. Die Zimmermänner vor den Hallen hatte ihr Tagwerk schon lange begonnen. In der Morgensonne wurde zwischen den Schiffsrümpfen und Masten gesägt, gehobelt, gehämmert, gescherzt, befohlen und geflucht. Neben unserem Frachter kamen zwei Hafentaucher aus dem brackigen Wasser hoch. Sie hatten Seile an den Griffen von Ölamphoren festgebunden, die am Grund des Hafenbeckens lagen. Die Amphoren waren Teil der Ladung eines Frachtschiffs, das es gestern nach einem frühen Herbststurm südlich von Sardinien gerade noch in den schützenden Hafen geschafft hatte und sank.

Ein langgezogener Pfiff flog über das Deck. Der Kapitän hob zur Antwort die Hand, soweit es sein frisch angelegtes, griechisches Gewand erlaubte.

*

„Entschuldigt mich bitte. Das Boot vom Zoll und die Schleppkähne sind da. Wir haben einen Anlegeplatz. Hoffentlich in der Nähe des Kaiserpalasts. Dort an Sektor VI sind Prätorianer und es wird weniger gestohlen. Ich hoffe, dass Crasnicus gleich aus Ostia nach Rom weiterfährt und euch keinen Ärger mehr macht. Du hast großen Mut bewiesen, Rahel. Dein nubischer Sklave auch. Tyche soll mit euch allen sein – eure Fortuna meine ich natürlich. Von mir aus auch dieser Chrestos. *Bene valete!*"

Kapitel VII
PORTUS
ANTE DIEM III IDUS OCTOBRIS
AB URBE CONDITA DCCCXCIX
(Portus, 13. Oktober 146)

Vier breite Ruderkähne schleppten und schoben unser Schiff an die Kaimauer von Sektor II. Die Matrosen banden Strohsäcke an die Schiffswand, damit das Holz nicht an den Blöcken aus Travertin scheuerte. Sie sprangen mit Seilen in den Händen auf den schmalen unteren Rand des Anlegers und zurrten das Schiff an Steinquadern fest, die wie riesige Finger aus der Kaimauer herausragten. Hunderte Träger drängten sich auf dem Kai, dazwischen Zollbeamte und Soldaten. Ich suchte die wogende und schreiende Menschenmenge Gesicht für Gesicht nach Victorius oder einem unserer Haussklaven ab, fand aber niemanden. Meine Augen wanderten am Rand des Hafenbeckens weiter bis zur Einmündung eines Seitenkanals, der an der Marinekommandantur vorbeiführte. Ich zeigte auf das drei Stockwerke hohe, strahlend weiße Gebäude.

„Dort arbeitet Victorius, wenn er nicht auf Räuberjagd ist. Ich habe auf den Stufen oft mit den Kindern der anderen Offiziere gespielt, da war ich fünf oder sechs Jahre alt. Der Platz vor der Kommandantur war so groß wie ganz Rom für uns. Eine besonders breite Fuge zwischen den Steinplatten war der Tiber, die Treppe zur Kommandantur führte hoch zum Capitol. Im Sommer holten uns die Soldaten Wasser aus dem Hafenbecken und schütteten es in die Ritze. Wir ließen kleine Holzschiffe mit Papyrussegeln darin schwimmen. Eines Tages brachte ich einen kleinen Barsch in einem Tonkrug mit. Den hatte ich selbst aus dem Netz des alten Fischers an der Kanalmündung geholt. Wir sind eben an seiner Hütte vorbeigefahren, der auf den Holzpfählen. Als der Fisch aus der Ritze auf die glühenden Steinplatten hüpfte und immer müder mit seiner Schwanzflosse schlug, schnappte ich ihn mit beiden Händen, rannte zum Kanal und wollte mit ihm hineinspringen. Zum Glück war Kaschta in der Nähe!

*

Er packte mich im letzten Moment und riss mich zurück. Zuhause wurde Victorius unglaublich wütend. Er sagte, ich wäre zwischen den vielen Booten zerdrückt worden wie ein Käfer unter einem Wagenrad. Er sprach fast immer so hart mit mir; ich glaube, er hat sich immer einen Jungen gewünscht ... Kaschta hat er mit einem ganzen Goldstück für meine Rettung belohnt. Danach durfte ich nur noch draußen herumlaufen, wenn er in meiner Nähe war."

Ich sah Kaschta an, der mir irgendetwas auf dem Kai zeigen wollte, es aber nicht wagte, mich zu unterbrechen.

„Eigentlich ist es bis heute so. Auf jeden Fall war das damals besser, als den ganzen Tag zuhause zu sitzen. Dort gab es die Zwillinge, aber sie waren damals noch klein. Spannend waren die griechischen Gruselgeschichten, die Chiron mir oft vorlas. Meine Mutter lag den ganzen Tag mit ihren Freundinnen im Säulenhof zusammen, trank Wein und redete über Kleiderstoffe und Männer. Sie hatte ..."

„Ist das nicht Chiron?", rief Kaschta und kletterte auf meine große Gepäcktruhe. „Gleich unter uns, neben dem großen Kran?"

Ich erkannte den Eierkopf meines Hauslehrers von oben, er war in den drei Jahren fast kahl geworden. Chiron schaute verwirrt um sich. Er wurde von den Trägern hin und her geschubst und dabei immer näher an den Rand der Kaimauer geschoben.

„Chiron, Chiron, hier auf dem Schiff, du Träumer!", rief ich so laut ich konnte, lehnte mich über die Reling und ruderte mit den Armen in der Luft herum. Er hörte mich nicht. Ich packte Kaschtas Fußgelenk und rüttelte daran.

„Das ist er wirklich! Warum hat Victorius nur ihn geschickt? Er ist wirklich der letzte, der uns heil durch das Chaos bringt. Tu etwas!"

XLV

Kapitel VIII
IBIDEM
(Zur gleichen Zeit am gleichen Ort)

Kaschta kämpfte sich mit den Ellenbogen durch ein Dutzend halb verhungerter Thraker, rempelte aus Versehen einen Zöllner an, wurde von den Marinesoldaten angeschnauzt und weggestoßen, lief geduckt weiter am Rand des Kais entlang, erreichte endlich Chiron und umarmte den verschreckten Griechen herzlich. Dann stellte er sich auf die Zehenspitzen und suchte den Platz zwischen der Zollmauer und dem Hafenbecken nach guten Trägern ab. Er entschied sich für seine Landsleute und sprach eine Gruppe kleiner, kräftiger Nubier an. Kaschta einigte sich schnell mit dem Besitzer der Träger über den Preis. Die kleine Truppe schob sich wie ein Keil dunkler Köpfe durch die Menge zum Schiff. Mit uns drei Frauen in der Mitte und fünf Gepäckkisten auf den Schultern kämpften sie sich über die hölzerne Passagiertreppe an Land zurück, dann weiter auf das Tor in der Zollmauer zu, Kaschta immer voran. Chiron war so geistesgegenwärtig gewesen, das Dienstsiegel von Victorius mitzubringen. Ich nahm das quadratische Stück Messingblech mit den eingestanzten Buchstaben aus seiner Hand und hielt es den Wachsoldaten vor die Gesichter. Sie reichten es von einem zum anderen und prüften es so eingehend, als hätten sie gestern erst lesen gelernt. Dann ließen sie uns ohne Gepäckkontrolle passieren.

Die Wagen und Pferdegespanne auf dem Platz hinter der Mauer wirkten grau und schmutzig vor den frisch geputzten Marmorfassaden der Hafenverwaltung. Straßenjungen warfen sich Kaschta in den Weg, zogen an seinen Ärmeln und schrien ihm Preise für eine Fahrt nach Rom entgegen, für die man in Palaestina ein ganzes Gespann kaufen konnte.

„Wo steht unser Wagen?", rief ich Chiron ins Ohr.

„Ist nicht m-mehr d-da" stammelte er und zog den Kopf ein, fast so wie eine Schildkröte. „Auch der Stallbursche und die guten Pferde sind w-weg. Bin ge-gelaufen."

*

Ich wunderte mich, wollte den armen Chiron aber an diesem brülllauten Ort nicht weiter befragen. Kaschta packte einen Jungen am Arm, der nicht ganz so dreist war, und ließ sich zu seinem Fuhrmann bringen. Wenig später war das ganze Gepäck auf zwei flache Wagen verladen und wir schaukelten für eine Handvoll Sesterze über die Kanalbrücke auf unser Haus zu. Der Weg führte vorbei an den hochgebauten Gasthäusern mit ihren windschiefen Erkern, die weit über die Via Flavia hinauswuchsen. Die bunten Malereien an den Wänden warben um die Seeleute und ihr Geld. Ich las Ava und Lela die Schriftzüge neben den Bildern vor, weil die beiden die römische Kursivschrift nicht gut lesen konnten. Neben einem pausbackigen Weingott und drei nackten Frauen stand: „Heißes Essen, süßer Wein und weiche Lager mit willigen Huren darin."

Ava drehte als erste schamhaft den Kopf weg, dann Lela, nach einem zweiten, etwas längeren Blick auf die Wandmalerei. Auf die Eingangstür des nächsten Wirtshauses war ein großer Phallus gepinselt. „Und hier steht auf Griechisch: Vollbusige Nymphen zu niedrigsten Preisen. Nur das Beste für die von ihren Irrfahrten ausgezehrten Söhne des Odysseus." Ich gebe zu, es machte mir Spaß, die beiden ein wenig zu necken. Meine beiden Syrerinnen waren puterrot unter ihrer schönen, dunklen Haut und schauten den Rest der Fahrt starr geradeaus.

Der Weg führte zwischen den Lagerhallen der Flachshändler auf einen runden, gepflasterten Platz. Büschel von braunen Fasern wehten herum. Unser Haus war das älteste hier. Dazu war es das einzige Wohnhaus; alle anderen gehörten den Vereinigungen der Händler und Handwerker von Portus. Die mit Ockerfarbe getünchte Fassade unseres Hauses wurde von einer schweren Tür aus Kastanienholz und zwei Marmorsäulen über einem Vordach durchbrochen. Es waren keine Kaufläden oder Werkstätten in die Hausfront eingebaut. Die Räume links und rechts neben dem Portal wurden von Victorius' Bibliothek eingenommen – Chirons Reich. Der hatte Kaschta schon im Hafen den schweren Eisenschlüssel für die Haustür übergegeben. Kaschta öffnete mit einer energischen Drehbewegung das Schloss. Ich blieb auf der Marmorschwelle stehen und schaute mich noch einmal auf dem ganzen Platz um. Ein Windstoß zerrte an der Plane über einem Verkaufsstand für Messer und Werkzeuge. In meiner Erinnerung ist mir, als hätten alle beim Abladen des Gepäcks einen Moment lang inne gehalten und zu mir hingesehen, auch die zwei Kutscher. Dann verschwand ich im Halbdunkel unseres Atriums.

Kapitel IX
INSULA PORTUS
ANTE DIEM III IDUS OCTOBRIS
AB URBE CONDITA DCCCXCIX
(Isola Sacra, Fiumicino, 13. Oktober 146)

Die Blätter der Palmen im Säulenhof rieben wie schartige Schwerter aneinander. Sonst war nichts aus dem Haus zu hören. Ich setzte vorsichtig den ersten Fuß auf das schwarzweiße Bodenmosaik. Unter mir thronte Neptun mit seinem Dreizack in der Hand auf einer Welle aus unzähligen schwarzen und weißen Steinchen. Ein Dutzend Nymphen und Delphine umspielten und neckten sich in einem wilden Reigen.

„Vater?", rief ich in die geisterhafte Stille. Ein fauliger Geruch zog mir vom Hof entgegen. „Marjam? Sarah? Wollt ihr mich erschrecken?"

Kein Laut. Ich ging weiter in den Hof. An den Palmen wanden sich Weinranken hoch, weit über das Dach hinaus. Der Boden zwischen den verdorrten Rosenstöcken war mit Sand bedeckt, den der heiße Sommerwind angeweht hatte. In den Ecken des Wasserbeckens häufte sich das trockene Laub.

„Victorius? Ich bin aus Caesarea zurück. Wie du es gewünscht hast!"

Kaschta kam mit der ersten Kiste auf der Schulter herein. Chiron drückte sich hinter ihm durch die Tür und wollte nach links in die Bibliothek verschwinden. Ich lief zurück und verstellte ihm mit verschränkten Armen den Weg.

*

„Was ist hier los? Weiß Victorius gar nicht, dass ich komme? Ist er in der Kommandantur? Wo stecken die Zwillinge?"

„Er, er ist hier. Aber er sch-schläft", antwortete Chiron. „Also das tat er, als ich g-ging."

„Mitten am Tag? Ist er krank? Jetzt reiß dich zusammen und antworte richtig!"

„Es, also, es ist entzündet", druckste Chiron weiter herum. „Sein Knie. Ein großer Pfeil hat es getroffen. Er kam von den Piraten, der Pf-feil. So hat Victorius es mir im Fieber berichtet. Aber die Ärzte kümmern sich um ihn."

„Was für Ärzte? Hier sind keine Ärzte. Ich gehe jetzt zu ihm. Kaschta, stell die Kiste irgendwo ab und komm mit!"

Die Schlafkammern lagen am anderen Ende des Innenhofs. Kleine, hoch gelegene Fenster verbanden sie mit dem hinteren Garten und ließen nur schmale Streifen Tageslicht hinein. Kaschta schob die Tür zu Victorius' Kammer langsam auf. Er wandte sich abrupt ab und drehte dem Kopf weg. Der Geruch nach faulendem Fleisch, ranzigem Fett und Schweiß stach mir heftig in die Nase. Ich musste würgen.

„Bei Pluto", murmelte Kaschta. „Lebt er?"

Ein jämmerliches Stöhnen kam aus der Kammer. Es klang wie von jemandem, der einen Alptraum hat.

„Zündet Lampen an und bringt sie her", sagte ich zu Kaschta. Dann band ich mir mein Kopftuch vor den Mund, schob die Tür ganz auf und erkannte das Bett meines Vaters auf den geschnitzten Löwenfüßen im Zwielicht. Rundherum lagen Kissen und Decken, dazwischen zerknitterte Schriftrollen, manche davon eingerissen. Ein sehniger Arm hing über die Bettkante. Daumen und Zeigefinger der Hand bewegten sich wie eine Pinzette, als würden sie nach etwas in der verpesteten Luft greifen. Victorius' Stimme klang wie aus der Tiefe einer Katakombe: „Wo ist die Tinktur? Chiron, gib mir davon."

Lela brachte im Laufschritt zwei große Öllampen. Kaschta trug das Messinggestell dazu auf der Schulter. Er stellte es ab, hängte die Lampen auf und füllte Öl hinein. Lela rieb am Boden ein Bündel

Zunder in Brand und zündete die Flammen damit an. Aus dem Atrium kamen Stimmen und ein gackerndes Lachen auf uns zu. Kaschta griff an seinen Dolch. Ich sah Chiron fragend an.

„D-Das sind die Ärzte", sagte er und ließ sich mit einem schweren Seufzer auf die Sitzbank vor dem Schlafraum fallen. Drei hochgewachsene Männer in roten Kapuzenumhängen trippelten in den Hof. Sie wollten weiter in Richtung Küche, als wären sie es gewohnt, sich frei im Haus zu bewegen. Kaschta stellte sich vor ihnen auf und öffnete die Arme weit. Verwundert blickten die drei auf den kleinen Nubier. Der älteste Kapuzenmann reckte das Kinn in die Höhe.

„Was macht ihr im Haus des Kommandanten?", fragte er durch seinen graugelben, zum Zopf geflochtenen Bart.

„Die Frage gebe ich an euch zurück!", rief ich von der Schwelle zu Victorius' Schlafraum. „Ich bin die Tochter des Kommandanten. Also seid ihr hier in meinem Haus!"

„Wir heilen und pflegen seine Wunde, seit vielen Tagen schon", näselte der Mann und deutete auf Chiron. „Dieser weise Mann hier, er hat uns geholt. Im letzten Moment, möchte ich sagen."

Chiron bedeckte die Augen mit den Händen und wiegte den Kopf jammernd hin und her.

„Seit wie vielen Tagen?", fragte ich ungläubig. „Mein Vater verfault gerade lebendig in seinem Bett! Ihr seht wie schlechte Wahrsager aus, nicht wie Ärzte."

Einer der Männer zog trotzig eine kleine Rolle dünnes Silberblech aus seiner Umhängetasche. „Unsere Medizin wirkt durch die Beschwörung der Götter. Wir schreiben sie auf dieses edle Metall und wickeln es um die Wunde. Dazu tragen wir geweihte Salben auf. Du wirst sehen: In höchstens einem Monat fühlt sich der Kommandant wieder wie ein junger Krieger."

Chiron winkte mich mit beiden Händen zu sich an die Bank. „Es stimmt, was die drei sagen", murmelte er, plötzlich ohne zu stottern. „Sie salben das Bein deines Vaters mit seltenen Tierfetten. So heilen sie ..."

„Und du bezahlst sie für diesen Unfug mit unserem Gold, nicht wahr?"

*

Chiron sank weiter in sich zusammen, verbarg das Gesicht und begann wieder zu wimmern. Ich setzte mich neben ihn und legte den Arm um seine Schultern. „Es ist gut, lieber alter Chiron. Mir wäre das auch alles zu viel hier." Ich beugte mich vor und zog Kaschta an seinem Gürtel zu mir hin. „Was denkst du?"

„Die Kerle würde ich mit einer Tracht Prügel zu Orkus in die Unterwelt jagen, Domina. Oder zum Teufel. Ich fahre sofort los, und suche in Ostia oder Rom nach einem richtigen Arzt. Besser keinen von der Marine hier, der amputiert das Bein sofort."

Die Quacksalber tuschelten miteinander und warfen uns böse Blicke zu. Einer zeigte auf mich, ich hörte das gemurmelte Wort „Chrestos". Ich legte unwillkürlich die Hand über den Fischanhänger an meiner Brust und ließ Kaschtas Gürtel los. Er ging betont langsam auf die drei zu und sprach leise ein paar Sätze. Die Männer wichen zurück und rissen erschrocken die Augen auf. Der erste lief erst langsam, dann immer schneller auf das Atrium zu, ganz nah an der Wand entlang. Kaschta stampfte mit dem Fuß auf und griff hinter seinen Rücken. Die anderen beiden rafften hektisch ihre Umhänge und rannten hinaus.

„Was hast du denen gesagt?", fragte ich erstaunt.

„Dass ich ihnen bei lebendigem Leib die Lebern herausschneiden würde, um darin ihre eigenen Auspizien zu lesen. Das sei meine magische Begabung, aus Ägypten."

„Wenn es Victorius nicht so schlecht ginge, würde ich jetzt lachen. Was können wir bloß für ihn tun? Hat er in den letzten Tagen etwas gegessen?"

Chiron schüttelte langsam und traurig den Kopf. „Ich werde ihm jetzt das Opium gegen seine Schmerzen geben. In einem Becher Wasser gelöst, damit er wenigstens etwas trinkt. Das ist die Tinktur, nach der er verlangt. Gestern fragte er fast jede Stunde danach. Vor drei Tagen habe ich ihm das letzte Mal vorgelesen ..."

Ich stand entschlossen von der Liege auf. „Wir holen einen Arzt aus Ostia, heute noch. Aber sag mir endlich: Wo verstecken sich Marjam und Sarah? Sie hätten sich um Victorius kümmern können – groß genug sind sie dafür."

Chiron stotterte wieder: „D-die Z-Zwillinge sind verschwunden."

Ich wurde wütend: „Hör endlich auf, solche Sachen zu reden! Ich bin deine Herrin und könnte dich bestrafen, für all das hier!"

„Nein, nein, Domina. So ist es w-wirklich. Sie sind vor, glaube ich, zehn Tagen nach Ostia gefahren und nicht wiedergekommen. Man hat sie abgeholt."

„Abgeholt?", rief ich laut durch den Hof. „Wer hat die beiden abgeholt?"

„Der Kutscher des Fabius Agrippinus, des Vaters deiner Freundin Fabia. Das h-hat er zumindest behauptet."

Mehr wusste Chiron nicht. Ich ließ ihn in Ruhe und wies Ava und Lela an, uns ein provisorisches Lager im Atrium einzurichten, so weit wie möglich von Victorius' Todesgeruch weg. Dort zog ich mich hastig um. Eine unauffällige dunkelgelbe Tunika schien mir passend für die Fahrt nach Ostia. Ava brachte noch schnell meine Frisur in Ordnung, dann lief ich in den Garten hinter den Schlafkammern.

Kapitel X
INSULA PORTUS
ANTE DIEM III IDUS OCTOBRIS
AB URBE CONDITA DCCCXCIX
(Isola Sacra, Fiumicino, 13. Oktober 146)

Die Blumenbeete waren mit mannshohen Disteln überwuchert. Darunter verweste eine riesige Seemöwe, die Rippen ihres Brustkastens strahlten weiß aus dem verklebten Gefieder. Meine Stimme hallte von den Gartenmauern zurück:

„Kaschta, steht der Zweispänner vielleicht draußen hinter dem Haus? Hier im Stall sind nur zwei alte, scheckige Gäule, die ich nicht kenne!"

Kaschta rüttelte noch einmal am Balkenriegel des hinteren Tores, um zu sehen ob er stabil war, und kam zu mir.

*

„Nein, dort ist wirklich nichts. Der Wagen ist verschwunden, mitsamt dem Stallburschen und den guten Pferden. Wir müssen wohl oder übel den Streitwagen nehmen, Domina. Er ist seit Jahren nicht bewegt worden, hoffentlich kommen wir damit bis nach Ostia. Oder soll ich einen Wagen vom Hafen holen?"

„Nein, lass uns das alte Ding ausgraben. Wir müssen los!"

Kaschta zerrte den Streitwagen an der geschwungenen Deichsel ins Freie. Er rief Lela, damit sie Stroh, Rattenkot und vertrocknete Pferdeäpfel von der Plattform fegte. Der Wagen war ein altes zweirädriges Gefährt, das nicht für die Schlacht gebaut war, sondern für Triumphzüge. Davon hatte es in Rom seit vielleicht drei Jahrzehnten keinen mehr gegeben. Auf beiden Seiten des Prunkwagens waren züngelnde Greifen in Gold und Blau aufgemalt. Er war schon zu einer Zeit vor Trajans Herrschaft ausgemustert worden. Victorius' Urgroßvater, auch ein Marineoffizier, hatte ihn beim Würfeln gewonnen. Seither stand er in einer Ecke des Pferdestalls und verstaubte.

Kaschta führte die zwei verbliebenen Pferde nacheinander über die zugewachsenen Wegplatten. Ich wollte sehen, ob sie richtig gingen und kräftig genug für die vier Meilen nach Ostia waren. Dann stieg ich auf die Plattform und hüpfte ein paar Mal auf der Stelle. Die Lederbänder der Federung knarzten laut und gaben kaum nach. Kaschta wiegte den Kopf sorgenvoll hin und her.

Ich zeigte auf das Tor und rief: „Los, spann die Gäule an! Wir versuchen es."

Die gedrungenen Pferde zogen, die Deichsel und die Radlager knackten ohrenbetäubend, dann rumpelte der Wagen auf die Gasse. Ich nahm Kaschta die kurze Peitsche und die Zügel aus der Hand. Lela und Chiron schoben das Gartentor hinter uns zu.

„Wenn mich Victorius auf dem Wagen sehen würde!", rief ich Kaschta ins Ohr. „Er war immer strikt dagegen, dass ich auch nur über den Strand reite. Heute darf ich eigentlich nicht einmal mehr die Haare im Wind fliegen lassen ... Aber das ist jetzt alles nicht wichtig. Hoffentlich finden wir die Zwillinge bei Fabia, und sie kennt einen Arzt, der das Bein rettet. Sie muss uns helfen!"

Eine Kolonne schwerer Lastkarren rollte auf der Via Flavia vorbei. Sie ließen keine drei Fußbreit Platz zwischen Ladefläche und nächster Ochsenschnauze. Die Karren waren turmhoch mit afrikanischer Baumwolle bepackt. Wir warteten mit dem Streitwagen am Ende der Flachsgasse, bis die Kolonne vorbei war. Die Fahrer glotzten mich von ihren hohen Kutschböcken aus an und verdrehen die Hälse.

„Als würden sie Nemesis auf einem Streitwagen sehen", sagte Kaschta. Ich hatte keine Zeit mich über seine Prophezeiung zu wundern. Eine Lücke im Verkehr tat sich auf, weil die Ochsen an einem besonders schwer beladenen Wagen bockten. Ich ließ die Peitsche knallen und wir scherten ein. Zumindest als Halbgöttin haben mich schon einige Männer bezeichnet, aber was kann man darauf schon geben? Doch den Namen der Göttin der Gerechtigkeit und Vergeltung hatte ich bis dahin noch nie gehört – und Kaschta spricht viel zu wenig, bei dem was er alles weiß und ahnt.

Kapitel XI
OSTIA
ANTE DIEM III IDUS OCTOBRIS
AB URBE CONDITA DCCCXCIX
(Ostia, 13. Oktober 146)

Die Schiffer der Fähren über den Tiber winkten uns geschäftig zu. Ihre dürren sonnenverbrannten Arme zeigten sie uns den letzten Platz auf einem breiten Kahn, der noch nicht mit einem Ochsenkarren oder Reisewagen besetzt war.

Kaschta nahm mir die Zügel ab. „Domina, sollen wir damit wirklich in die Stadt fahren?"

Ich überlegte kurz.

„Besser nicht. Alle starren mich jetzt schon an wie einen weiblichen Dämon, und mit dem Triumphwagen werde ich dazu noch zum

*

Stadtgespräch. Wir lassen ihn hier stehen, setzen über und laufen dann zum Forum."

Kaschta führte das Gespann zu einem Schuppen zwischen den Gasthäusern. Dort versorgten zwei Stallburschen gerade die schwarzglänzenden Pferde eines nagelneuen Zweispänners mit Wasser und Hafer. Kaschta verhandelte den Preis und lief zu mir auf den breiten Holzsteg zurück. „Zwei Sesterze für den Tag, Futter extra. Das ist doppelt soviel wie früher, oder die halten uns für Fremde."

„Sind wir das denn nicht geworden, in den drei Jahren?", antwortete ich. „Mir kommt alles hier viel größer und hektischer vor."

Wir gingen auf eine Reihe schmaler Boote zu, in die zehn bis zwanzig Leute mit ihrem Gepäck oder ihren Warenbündeln passten. Unser Boot legte ab, sobald es bis zum Rand voll besetzt war. Der Tiber war in den letzten Jahren so stark versandet, dass uns der Fährmann mit einem langen Stab vorwärts stoßen konnte, früher musste er gegen die Strömung rudern. Im Hafen gegenüber angelangt, liefen wir ein Stück auf der Kaimauer entlang. Dort lagen drei Patrouillenschiffe der Marine eng nebeneinander. Zwei davon hatten starke Schlagseite. Sie schienen das in ihrer Mitte wie einen Betrunkenen zu halten und vor dem Versinken zu bewahren. Die Segel hingen in Fetzen von den Masten.

„Mit so einem ist Victorius immer in die Sümpfe gefahren, nicht wahr?", fragte ich.

„Das stimmt", antwortete Kaschta. „Er kommandierte so eine Liburne. Aber die hier sehen gar nicht gut aus, irgendwie zusammengeschossen. Hier ist auch kein einziger Soldat. Ob die Küste überhaupt noch bewacht wird?"

„Keine Ahnung", sagte ich abwesend. „Mir fällt gerade ein, wo wir schon auf dem Weg durch die Stadt zu Fabia einen Arzt finden: im Tempel des Äskulap. Der ist gleich hinter den Hafenthermen. Die mit dem strengen Bademeister, weißt du noch? Buticosinus hieß er, glaube ich."

„Buticosus. Sicher erinnere ich mich. Er hat sich in der Eingangshalle ein Mosaik legen lassen, das ihn selbst zeigt, als jungen Athleten. Weiter hinein durfte ich nie."

„Jetzt spiel nicht den beleidigten Edelsklaven! Dafür bist du wirklich zu schlau und hast zu viel von der Welt gesehen. Erinnerst du dich an den Weg?"

Kaschta steuerte auf eine Gasse zu, die vom Tiber weg führte. Zwischen den turmhohen Häusern herrschte Stau in beide Richtungen. Wir mussten uns in eine Lücke zwischen zwei Handkarren drängen. Es ging im Schneckentempo an Stapeln von übel riechenden Fischtrögen und ranzigen Amphoren vorbei. Als die Hektik des Hafens hinter uns lag, gelangten wir auf eine breitere Straße. Dort mussten wir an einer langen Reihe trübseliger und verkrüppelter Gestalten vorbei. Es waren vom Schicksal geschundene Menschen, die an einer Hintertür eines Speichergebäudes für ein Extramaß freies Getreide anstanden. Der Speicher belegte einen ganzen Häuserblock, die Straße lief weiter an der alten Rückwand aus riesigen Bruchsteinen entlang. Kaschta bog nach rechts um die Ecke und zeigte auf den Eingang der Bäderanlage.

„Am schnellsten geht es quer durch das Gebäude, denke ich. Sonst musst du um den ganzen Block laufen. Der Tempel ist in einem Hof an der Rückseite. Vielleicht findest du schon in den Bädern einen Heilkundigen."

„Gut, ich versuche mein Glück alleine und erspare dir, dass man dich an der Tür abweist. Lauf weiter zum Haus von Fabias Vater und erzähl dort, dass ich zurück bin – natürlich auch den Zwillingen. Berichte unbedingt von Victorius' Verwundung."

„Wo treffen wir uns wieder?"

Auf dem Forum, wenn die Sonne den Horizont berührt. Das ist in einer guten Stunde, vielleicht in zwei."

„Soll ich Fabia noch etwas von dir sagen, Domina?"

Ich spürte Tränen in meinen Augen aufsteigen und räusperte mich. „Wenn du sie mit auf das Forum bringst, falle ich bestimmt vor ihr in Ohnmacht und werde doch noch zum Stadtgespräch ... Besser, ihr kommt auf den Platz vor dem Theater. Wir treffen uns dort am Aufgang zur westlichen Tribüne; sie kennt den Ort. Und jetzt los. wirf deine kurzen Beine in die Luft!"

*

Kapitel XII
IBIDEM
(Am gleichen Ort)

Die Tür der Hafenthermen hing schief in ihren Angeln. Ich lehnte mich mit aller Kraft dagegen. Das Holz kratzte über den welligen Mosaikboden. Ich hörte eine grölende Stimme aus dem hinteren Teil der Halle.

„Hundewurf!", rief Buticosus und schlug mit seiner fleischigen Hand auf den Tisch vor sich. „Gleich gewinne ich noch deine Kleider und du kannst nackt heimlaufen."

Von dem anderen Spieler konnte ich nur den vernarbten Stiernacken sehen. Buticosus verschränkte seine Hände hinter dem Kopf und grinste hämisch. Er thronte wie ein fett gewordener Zuhälter auf einem wackeligen Hocker über dem Mosaikbild auf dem Boden, das ihn als muskelbepackten, jungen Mann zeigte. Der Stiernackige verdrehte den Kopf, soweit er konnte. Ich ging zögernd ein paar Schritte auf den Tisch zu.

„Was will die Hure hier?", zischte der Mann und richtete sich halb auf. „Oder ist das diese Patrizierin, mit der du Geschäfte machst?"

„Nein, die ist älter. Aber fragen wir die da doch, was sie gerne von uns hätte", sagte Buticosus drohend. Er schob den Hocker hinter sich weg. Meine Augen gewöhnten sich nur langsam an das Zwielicht. Ich trat beinahe in einen tiefen Riss im Mosaikboden. Darin lagen die Bruchstücke einer zerschlagenen Ölamphore. Die Männer kamen auf mich zu. Eine Taube flatterte unter die Decke. Gipsstaub rieselte herunter. Ich machte einen großen Schritt rückwärts und behielt dabei die Männer genau im Auge. Dann lief ich durch die Tür und sprang von der hohen Türschwelle. Meine Sandalen klatschten laut auf das Straßenpflaster, ich rannte schnell nach rechts weg. In der Gasse reihte sich Weinschenke an Werkstätte; die Seilmacher und ihre Gesellen glotzten mir hinterher. In einer Garküche an der nächsten Ecke blieb ich stehen, holte tief Luft und fragte nach dem Weg zum Äskulaptempel. Ein Sklave mit Rußflecken im Gesicht und einem verquollenen Auge führte mich zurück auf die Gasse. Er zeigte in die Richtung, aus der ich gekommen war und gab mir eine Wegbeschreibung, die klang, als müsse ich halb Ostia umrunden, um in den Tempelhof zu gelangen. Die Schatten in den Gassen wuchsen in die Länge. Ich bemerkte immer mehr in graue Tücher gehüllte Gestalten, die sich darin herumdrückten. Mir wurde unheimlich und ich gab den Plan auf, hier im Hafenviertel einen Arzt zu finden. Der Weg zu Fabias Haus führte durch ein noch dunkleres Viertel. Ich entschied mich, zum Theaterplatz zu laufen und dort zu warten. Auf dem Forum sprach ich zwei Feuerwachen an, die große Laternen trugen. Sie begleiteten mich den Rest des Weges. Auf dem Platz angekommen, bemerkte ich, wie die beiden unruhige Blicke in die verschatteten Bogengänge unter den Sitztribünen warfen. Sie waren sehr darauf bedacht, dass ihre Lampen nicht ausgingen. Mich zu schützen war der einzige Grund für die beiden, noch auf dem Platz vor dem Theater auszuharren und nicht in ihre Kaserne ein paar Straßen weiter zu verschwinden.

Ein Reisewagen hielt neben dem Brunnenhaus. Eine hochgewachsene, blonde Frau stieg aus dem Wagen. Ich ließ die zwei Feuerwachen stehen und eilte auf sie zu. Ein Dutzend Männer umringte um den Wagen. Zwei hielten helle Fackeln hoch. Wir betrachteten uns einen langen Moment ungläubig, dann schlang Fabia ihre Arme um meinen Hals und drückte mich heftig an sich.

„Du bist noch schöner geworden – das erkenne ich auch im Dunkeln!", lachte sie in mein Ohr. Ich löste mich aus der Umarmung und schaute zu ihr auf. Sie strich das Tuch von meinen Haaren und fuhr mir durch die Locken.

„Hier ist niemand, vor dem wir uns verstecken müssen. Wie mir deine Augen gefehlt haben! Diese zwei funkelnden Smaragde, perfekt gefasst im Schmuckstück deines wie frische Oliven schimmernden Gesichts …"

„Übertreib es nicht, meine Sappho", sagte ich sanft, wurde aber gleich ernst: „Fabia, wo sind …"

*

„Alles wird sich aufklären, meine Liebe. Dein Sklave hat mir von Victorius' Unglück erzählt. Schon vor ein paar Tagen haben die Zwillinge seine Verletzung erwähnt – ich konnte aber nicht ahnen, wie schlimm es wirklich um ihn steht. Ist das nicht seltsam: Wir müssen jetzt *dem* Mann helfen, der uns voneinander getrennt hat. Demjenigen, der dir gesagt hat, wie schlecht ich für dich bin. Drei ganze Jahre warst du fern von mir, nur weil dein Vater es so wollte! Hoffentlich wird er etwas milder, wenn wir jetzt sein Leben retten. Ich habe den besten Arzt dabei, der gerade in ganz Rom und Latium zu finden ist."

Ich ließ mich von Fabia zu ihrem Reisewagen führen und fragte, etwas eingeschüchtert von ihrer direkten, fast lauten Art: „Meinen Schwestern geht es doch gut?"

Fabia nicke nur, drehte sich weg und zog mich weiter. Kaschta wartete vor dem Wagen mit einem Mann, der keinen Tag älter wirkte als siebzehn Jahre. Wir stiegen nacheinander in die weich gefederte Holzkabine, der Mann folgte uns nach. Der Kutscher nahm die Holztreppe von der Tür und verzurrte sie über der hinteren Achse. Zwei von Fabias Begleitern stiegen auf den Wagen, die restlichen liefen noch ein Stück auf der Hauptstraße mit und bogen dann am Nymphaeum zur Stadtvilla von Fabias Familie ab.

Eine besorgte Falte zog sich quer über Fabias Stirn. „Wie konntest du nur alleine dort unten herumlaufen! In die Hafenthermen – da hättest du auch gleich in ein Bordell gehen können! Diese kaputten Bäder sind zum Treffpunkt für Liebhaber sehr junger Knaben und anderer Abartigkeiten geworden. Dort ist jetzt ziemlich übles Gesindel unterwegs. Man merkt, dass du wirklich lange nicht hier warst."

Sie zeigte auf den jungen Mann.

„Das ist Galenus. Er ist vor einem Jahr in Pergamon aufgebrochen, um von den großen Heilern in Rom und in der Bucht von Neapolis zu lernen."

Der schmächtige Grieche saß uns gegenüber und hielt sich mit beiden Händen an der Sitzbank fest. Fabia beugte sich vor, zerzauste seine Haare und strich ihm um das Kinn.

„Täusche dich nicht", sagte sie zu mir. „Trotz seines Milchbarts hat er als Arzt schon einige böse Wunden gesehen. Aber er betreibt keine falsche Magie, sondern verwendet nur Heilmittel und Methoden, die der Natur des Menschen entsprechen. So hat er es mir erklärt."

Ich rieb meinen Kopf müde an Fabias Schulter, schlang die Arme um ihre Taille und begann Galenus alles zu erzählen, was ich über die Verwundung meines Vaters wusste, auch wie Kaschta die Quacksalber aus dem Haus gejagt hatte. Er nickte nach jedem Satz voller Verständnis, wie es auch die alten griechischen Ärzte tun. Zugegeben, bei ihm sah es etwas seltsam aus, aber ich begann ihm zu vertrauen.

Kurz bevor der Reisewagen in die Flachsgasse zu unserem Haus abbog, fragte er: „Hat deine Ornatrix frisches Bienenwachs? Und gibt es guten Honig in eurer Küche?"

„Du willst ihm die Haare um die Wunde herum entfernen? Dafür ist sicher auch ein Rasiermesser im Haus."

„Nein, es geht um etwas anderes. Wir Griechen führen seit Jahrhunderten Kriege untereinander. Unsere Helden haben sich in ihren Zweikämpfen viele tiefe Schnitte und Platzwunden zugefügt – du kennst die Legenden. Die Armeeärzte versuchten auf den Schlachtfeldern immer alles, um die Wunden von den schlechten Säften zu befreien und zu reinigen, aber viel zu oft ohne Erfolg. Große Krieger starben langsam und jämmerlich, oder sie verfaulten lebendig, wenn man die Gliedmaßen nicht schnell genug abtrennte und die todbringenden Säfte sich im Körper ausbreiteten.

Als es im Westen von Attika einmal zu einer großen Schlacht kam, entdeckten die Ärzte der Athener ein Hausmittel der Imker vom Fuße des Gebirges Kithairon. Die verwenden eine knetbare Masse aus Honig und Bienenwachs, um Wunden von Schmutz zu reinigen und sie dann zu versiegeln. Es sind wohl die Kraft der Bienen und die Süße des Honigs, die den Körper besänftigen, die guten Säfte wieder zum Fließen bringen und die Haut schließen. Diese Methode sprach sich in den Heerlagern herum, auch die römischen Legionen kennen sie."

„Hoffentlich ist es für attische Hausmittel nicht schon zu spät", sagte ich und schmiegte mich enger an Fabia. In meinen Augenwin-

*

keln bildeten sich Tränen und liefen meine Wangen hinunter. Fabia wischte sie zärtlich mit einem feinen Baumwolltuch ab und entdeckte den Fischanhänger an der Kette um meinen Hals. Sie berührte ihn zögernd, und schwieg.

Kapitel XIII
INSULA PORTUS
PRIDIE IDUS OCTOBRIS
AB URBE CONDITA DCCCXCIX
(Isola Sacra (Fiumicino), 14. Oktober 146)

Galenus ließ sofort nach der Ankunft den Säulenhof für die Operation vorbereiten. Kaschta, Ava und Lela suchten alle Lampen aus dem Haus zusammen und hängten sie rund um einen Küchentisch auf. Kurz nach Mitternacht trugen Fabias Leibwächter Victorius auf einer ausgehängten Tür von der Schlafkammer in den Hof. Seine seit Tagen unrasierten Wangen waren hohl, die Haut gelb wie Alpenkäse, Arme und Beine voller grüner und blauer Flecken vom langen Liegen. Victorius wurde wach. Das Lampenlicht blendete ihn, er kniff die Augen fest zusammen, sagte aber nichts. Galenus schnitt die fettigen Binden mit den magischen Silberblechen dazwischen von seinem Knie. Kaschta trug das bestialisch nach Fäulnis stinkende Bündel in einem Eimer in den hinteren Garten, schüttete Lampenöl darüber, verbrannte es und verscharrte es mitsamt dem Silber im Garten.

Als ich die bis zum Rand mit dunkelgelbem Eiter, blutigen Klumpen und schwarzer Fäulnis gefüllte Wunde sah, rannte ich mit der Hand vor dem Mund in eine Ecke des Hofs, fiel auf die Knie und übergab mich. Fabia half mir auf und führte mich ins Atrium zu unserem provisorischen Lager. Sie schob ein weiches Kissen unter meinen Kopf und deckte mich zu. Aber nach ein paar Momenten sprang ich wieder auf, lief in die Küche und fragte, ob ich helfen könne. Galenus und Lela schüttelten nur die Köpfe. Sie rührten gerade die Honigmasse an und kneteten einen Klumpen Bienenwachs weich.

Galenus gab Lela eine Handvoll Hanfblüten aus seiner Umhängetasche. Sie sollte daraus einen starken Sud zu kochen, mindestens eine halbe Stunde lang, und ihn Victorius zusammen mit drei Löffeln Opiumsaft einflößen. Galenus setzte sich zu mir auf die Liege neben der Küchentür und faltete die Hände auf den überschlagenen Knien. „Ich fange zur zweiten Nachtwache an. Dann wirkt das Opium am stärksten. Das hoffe ich zumindest, damit dein Vater nicht alles spürt, was ich an seinem Bein tun muss. Der Hanfsud hilft gegen die Schmerzen und beruhigt ihn. Deine Köchin hat sehr geschickte Hände. Sie soll mir bei der Operation helfen."

Ich kniete mich mit Ava zusammen im Atrium hin und wir beteten. Dabei warf ich immer wieder kurze Blicke zum Operationstisch. Fabia beobachtete uns von einer Liege aus, sagte aber weiterhin nichts. Galenus schnitt das tote Fleisch mit einem an der Kante scharf geschliffenen Löffel aus der Wunde rund um die Kniescheibe. Lela strich sofort die Honigmasse darauf. Sie war konzentriert bei der Sache und musste sich kein einziges Mal abwenden. Galenus tastete den Schienbeinknochen ab, der zum Glück noch nicht schief zusammengewachsen war, und rückte ihn zurecht. Victorius jaulte dumpf auf, fiel aber gleich in den Drogendämmer zurück. Als Beinschiene benutzte Galenus Weidengerten, die er mit Lela und Kaschta zusammen wie einen Käfig um Wade, Knie und Oberschenkel flocht. Die Wunde ließ er offen, legte keinen Verband an. Im ersten Tageslicht war das medizinische Werk vollendet. Galenus ließ sich erschöpft auf eine Liege fallen. Lela brachte ihm einen großen Becher Honigwein und lächelte ihn bewundernd an. Kaschta wollte hinters Haus gehen und Fabias Leibsklaven aus dem Wagen holen, aber Galenus rief ihm hinterher: „Lasst Victorius hier im Hof liegen. Er soll das Morgenlicht und viel frische Luft abbekommen. Dort in seiner muffigen Schlafkammer kann die Wunde nicht heilen."

Ich setzte mich zu Galenus und nickte ihm anerkennend zu. Fabia ging um Victorius herum und bestaunte das elastisch geschiente Bein.

„Du musst todmüde und schrecklich hungrig sein", sagte ich. „Lela wird dir etwas anrichten."

*

Galenus und Fabia aßen ein paar Stücke Brot mit Olivenöl und salzigen Sardinen, danach Äpfel mit Honig. Mir wurde schon vom Anblick der Speisen wieder übel.

„Dein Vater muss jede Stunde, die es nicht regnet, im Hof oder im Garten verbringen", sagte Galenus zwischen zwei Bissen. „Der Seewind soll über seine Wunde streichen. Er ist ein Mann des Meeres und wird das verstehen. Den Hanfsud kann er ruhig weiter trinken, am besten spät am Abend bevor er schlafen will. Vom Opium allerdings wird er nur schwer wieder loskommen. Gebt ihm jeden Tag etwas weniger davon. Er wird danach verlangen, vielleicht auch laut schreien. Aber ihr müsst hart sein."

„Wird er jemals wieder normal laufen können?", fragte ich.

Galenus wiegte seine Hand hin und her. „Die Kniescheibe ist nur halb zertrümmert, das Schienbein wird hoffentlich schnell zusammengewachsen, und sein Puls ist regelmäßig und stark. Wenn seine Körpersäfte ins Gleichgewicht kommen, wird er wieder klar denken können. Die Wunde kann jetzt heilen und die Teile seines Knies finden darin hoffentlich wieder an ihren richtigen Platz. Er kann es irgendwann wieder ein klein wenig beugen, denke ich. In frühestens einem Monat läuft dein Vater an Krücken, dann irgendwann am Stock – aber das ist schon viel versprochen."

„Alles ist besser als sein Bein abzusägen und eine Flöte aus dem Knochen zu schnitzen", sagte ich. Fabia und Galenus starrten mich an. Ich glaube, die beiden wussten nicht recht, ob sie über meinen Grabeshumor lachen oder entsetzt sein sollten.

„Wie können wir dir dein Wissen und deinen Einsatz bloß vergüten?" fragte Fabia. Sie klang ein wenig scheinheilig. Mir war klar, dass sie mit ihm schlief und ihn in ihrem prächtigen Haus umsorgte.

„Ich bitte nur um das Fahrgeld für einen Wagen an den Golf von Neapolis. Ich will über den Winter von den Ärzten der Kurbäder in Baiae lernen. Von dort nehme ich dann im Frühjahr das Schiff nach Pergamon zurück."

* * *

Die Strahlen der Morgensonne strichen über den Rand der Gartenmauer. Fabia rutschte auf der halbrunden Steinbank so nah an mich heran, dass sich unsere Oberschenkel berührten. Sie schaute sich gespielt verstohlen um und küsste mich dann zärtlich auf den Mund.

„Wir sind jetzt frei!", rief sie und klatschte in die Hände. Ich sah Kaschta lächeln. Er drehte sich weg und begann mit Fabias Männern zusammen die Disteln aus den Blumenbeeten zu reißen. Einer trug die tote Möwe an den Flügelspitzen hinaus und warf sie mitten in die Gasse.

„Natürlich wünsche ich deinem Vater, dass er wieder gesund wird", flüsterte Fabia. „Aber er kann uns nie wieder trennen, nicht wahr?"

„Ich hoffe es sehr ... Auch Rebecca ist jetzt weit weg und wird wohl sobald nicht zurückkommen."

„Was treibt deine schöne Mutter eigentlich in einem Provinzhafen wie Caesarea? Und wo ist dein Mann abgeblieben? Nipsius war sein Name, wenn ich mich richtig erinnere. Du musst mir alles erzählen!"

„Rebecca lebt dort wieder mit einem Römer zusammen, einem pensionierten Ritter. Der gibt an jedem Feiertag ein großartiges Gelage und wird reicher und reicher, weil er von beim Aufstand versklavten Judaern auf dem Küstenstreifen Obst anbauen lässt. Das stört Rebecca nicht. Sie führt jetzt das Leben, das sie sich immer gewünscht hat, sagt sie. Und: Mit Victorius war das nie möglich, denn der war ,mit einem Sumpf und einer Bande Piraten' verheiratet, sagt sie."

„Sind Rebecca und Victorius geschieden?"

„Sehr bald, nehme ich an. Ich habe ein Schriftstück von ihr dabei. Die beiden haben sich in den drei Jahren kein einziges Mal gesehen. Es kamen Briefe von Victorius, doch Rebecca hat sie nie beantwortet und verbrannt. Auch die Zwillinge scheinen Rebecca nicht zu ..."

„Und dein Mann?", unterbrach mich Fabia hastig. „Ihr seit doch noch ein Paar?"

*

„Mit Nipsius habe ich ganze drei Nächte allein verbracht. Dann hat er ein Schiff gekauft, es ausgerüstet, und sich nach Osten davongemacht. Victorius und Rebecca hätten es ahnen können, als sie ihn ausgesucht haben – alle seine Vorfahren waren Abenteurer und Händler. Es gibt Gerüchte, dass er vor zwei Jahren in Palmyra Kamele gekauft hat und damit der XII. Legion bis weit hinter den Euphrat gefolgt ist. Es kam nie wieder eine Nachricht von ihm. Nach einem Jahr wurde er für vermisst erklärt, was in Mesopotamien so gut wie tot bedeutet. Aber es ist bis heute nicht offiziell."

„Vermisst du ihn?"

„Er war grob und ungeschickt, hat mich einmal auf dem Schiff nach Alexandria sogar geschlagen, weil ich in der stickigen Kabine nicht für ihn die Beine breit machen wollte. Dann hatte er an Land nicht einmal die Zeit, mir ein Kind zu machen, bevor er verschwand. So bin ich jetzt eine verheiratete Frau ohne Mann und ohne Nachwuchs. In Caesarea wurde ich so gut wie nie zu einem Abendessen eingeladen und konnte niemanden wirklich kennenlernen. Ich war sehr oft im Theater, aber dort sind die Sitzplätze seit ein paar Jahren getrennt. Wie hier in Rom."

Fabia zwinkerte mir mit einem Auge zu. „Dafür gibt es doch gut gebaute Sklaven ... Du hast all der Zeit nicht nicht gespielt, oder?"

„Nein, darauf hat Rebecca geachtet wie ein Adler. Wann immer ein Schauspieler oder Musiker in meine Nähe kam, hat sie ihn sofort vergrault – und Caesarea ist voll davon! Ihre Sklaven haben mich dauernd bespitzelt, auch die ihres neuen Ritters. Aber ich habe viel geschrieben. Noch auf dem Schiff hierher ist mir der Anfang für eine Komödie eingefallen."

„Das musst du mir bald vorlesen", flüsterte Fabia und küsste mich auf die Stirn. Dann nahm sie den kleinen Holzfisch an der Kette um meinen Hals zwischen Daumen und Zeigefinger und ließ ihn wieder los, als wäre er ein ekelhaftes Insekt. „Wir dürfen doch noch Freude aneinander haben? Oder läufst du diesen Fanatikern des Chrestos hinterher, die dauernd Keuschheit predigen und über das Wasser wandeln?"

Ich wollte etwas erwidern, doch Fabia warf Kaschta einen Seitenblick zu, während ihre Fingerspitzen über meine Taille glitten. „Gib es zu: Du hast etwas mit deinem Nubier. Er sieht dich an, als würde er dich sehr gut kennen. Muss ich etwa eifersüchtig sein?" Ihre Finger erreichten fast meinen Schoß und ich spürte Hitze in meinem Gesicht. Ich legte meine Hand auf ihre und drückte sie.

„Vor dir konnte ich noch nie etwas verbergen … Aber er hat sein Herz an Ava verloren, meine kleine, hübsche Ornatrix. Er soll sie heiraten, damit wenigstens die beiden glücklich werden. Ich werde Victorius darum bitten, die beiden freizulassen. Sie sind ein schönes Paar, findest du nicht auch?"

„Aber die beiden sind doch noch ganz jung und richtig wertvoll! Nur weil du sie zu Christen machst, sind sie noch lange nicht frei. Glaub mir, es wird immer schwieriger, in Rom gute Sklaven zu finden, die dazu auch noch schön anzusehen sind. Dein Vater lässt zwei verliebte Hausklaven sicher nicht einfach so ziehen. Er hat dich hierher kommandiert, nicht wahr?"

Ich nickte. „Vor zehn Tagen kam ein Brief von ihm: ‚Komm zurück nach Portus sobald du kannst. Die Familie braucht dich', stand auf dem Pergamentstreifen. Die Worte waren mehr gekratzt als geschrieben. Ich glaube, er weiß dass Nipsius verschollen ist. Sonst stand da nichts, nur noch ein großes V."

„Er war vielleicht schon verletzt, als er das geschrieben hat. So ruft ein Mann wie er um Hilfe, er kann es nicht anders. Ich glaube aber nicht, dass er schon einen Neuen für dich hat. Doch sag, wollen wir zu mir fahren? Du musst unbedingt unser Haus sehen! Ich habe im Sommer alle Räume mit Theaterszenen ausmalen lassen, von einem wahren Künstler, der auch für den Landsitz des Kaisers in Lorium arbeitet. Galenus soll hierbleiben, und du kannst im Moment nichts für Victorius tun. Für den Rückweg nimmst du dann meinen Wagen. Mein Vater gibt heute ein Abendessen, vielleicht bringt er ein paar Schauspieler oder Tänzer aus Rom mit, und für dich ist bei mir immer ein Platz auf der Liege frei. Auf nach Ostia!"

*

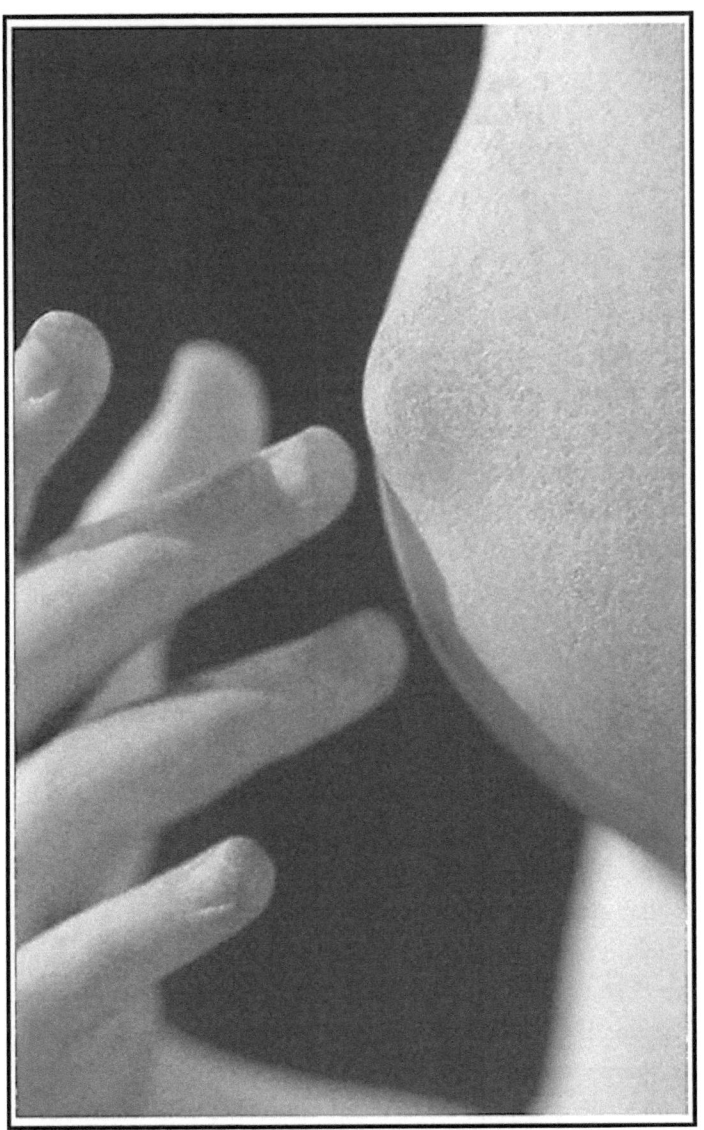

LXVII

Kapitel XIV
OSTIA
PRIDIE IDUS OCTOBRIS
AB URBE CONDITA DCCCXCIX
(Ostia Antica, 14. Oktober 146)

Ich staunte, wie schnell Sextus seinen schwammigen Körper von der Liege wälzen konnte. Seine Mundwinkel zogen sich weit nach oben, das Gesicht wurde zu einer grinsenden Theatermaske. Er drückte einem zwergenhaften Serviersklaven seinen Weinpokal in die Hand. Sextus war der Bruder des Gastgebers Fabius Agrippinus. Alle im Essraum ließen ihre Hände mit dem Besteck sinken und stellten die Trinkbecher ab. Ich tat hastig das gleiche, um in der feinen Gesellschaft nicht aufzufallen. Sextus' Stimme war die eines geübten Redners.

„Gerade wurde mir eine Nachricht von meinem lieben Bruder überbracht. Der Bote war abgehetzt wie der von Marathon, aber er lebt. Also mein Bruder. Nun, der Bote auch."

Höfliches Lachen aus der Tischrunde über den mittelmäßigen Scherz. Sextus hob das Kinn höher und zuckte leicht mit dem Kopf. Alle verstummten sofort.

„Fabius hat einen wichtigen Grund, heute nicht bei uns zu sein. Er vertritt unsere stolze Stadt bei den Plebejischen Spielen in Rom. Der Princeps selbst hat ihn gebeten zu bleiben, zum Abendbankett auf dem Palatin. Ihr werdet sehen: Bald macht Antoninus Pius ihn zum Prätor – dann wird er seine rechte Hand."

Sextus hielt seine eigene Rechte auf und blickte erwartungsvoll grinsend zur Decke, als ob es von dort gleich regnen würde, Geld wahrscheinlich. Wieder lachten alle und applaudierten. Ich fiel schnell in das Klatschen ein. Sextus lächelte befriedigt und breitete sich wieder auf seiner Liege aus. Er schnippte mit Daumen und Zeigefinger. Während der zweite Gang der Vorspeisen aufgetragen wurde, trippelten drei zierliche Flötenspieler um die Liegen herum und bliesen ho-

*

he Töne in die Ohren der Gäste. Die Serviersklaven setzten jedem einen goldenen Teller mit einer Seeanemone darauf vor.

„Ganz frisch aus dem Süden Hispaniens!", dröhnte Sextus und kniff einem der braungebrannten Jungen in den nackten Oberschenkel. „Wie die süßen Bläser hier. Und in Walnussöl frittiert, die Meeresfrüchte." Wieder unterwürfiges Lachen rund um den Tisch. Sextus legte seine Hand auf meine Liege, hob den wurstigen kleinen Finger und streifte meinen Ellenbogen mit dem riesigen Siegelring daran. Ich rutschte von ihm weg und schob meinen Teller so hart gegen den von Fabia, dass es schepperte. „Rette mich", sprachen meine Lippen dazu, ohne einen Ton zu machen. Fabia beachtete mich nur kurz, dann sprach sie weiter mit einer eleganten Frau auf der Liege gegenüber. Ich erkannte sie – es war Lucceia Primitiva, eine wichtige Venuspriesterin. Sie schien mir alt geworden zu sein.

Nächster Höhepunkt nach dem zähen Pfauenbraten waren Austern mit einer sämigen Sauce aus Kümmel und indischer Betelnuss. Ein Silberschale mit einem Dutzend für jeden, und, wer wollte und konnte, beliebig viele mehr. Sextus kippte drei Becher Wein dazu und rollte sich vor dem ersten Dessert – im Mohnmantel kandierte und gepfefferte Malvenblätter – wieder von der Liege. Er rülpste laut und wankte in Richtung der Schlafzimmer davon, die drei Flötenspieler in seinen klobigen Armen und Händen. Ich blickte mich im Speiseraum um, doch niemand außer mir schien Sextus' Abgang bemerkenswert zu finden. Die Gesichter glänzten von der Hitze und den scharfen Malvenblättern. Sie bildeten einen lachenden und schmatzenden Kreis um mich herum, viel enger als mir lieb war.

Ein Sklave kam heran und fegte die Essensreste von der Liege auf den Boden, dann warf sich Fabia auf den freigewordenen Platz ihres Onkels. Sie legte ihr spitzes Kinn auf meinen Unterarm.

„Vergiss Sextus' Auftritt", murmelte sie leicht betrunken. „Er macht das immer, um uns alle mit seiner griechischen Lebensart zu beeindrucken, oder was er sich darunter vorstellt. Zumindest alle Frauen hier im Raum wissen dass er völlig impotent ist. Er schnarcht den Jungen jetzt sicher schon etwas vor. Die nutzten hoffentlich die

Zeit, um in seinen Schriftrollen zu lesen. Ich lasse es ihnen gerade beibringen. Fast christlich von mir, nicht war?"

Der üppige Duft nach heißem Lavendel und Zitronengras verkleisterte meine Nase, ich bekam Kopfschmerzen davon. Fabia sah mir meine schlechter werdende Laune an. Sie drehte sich zu Lucceia um.

„Gehen wir drei kurz in den Hof?"

Lucceia nickte und schwang ihre langen Beine von der Liege.

„Dort auf der Bühne im Hof habt ihr von mir das Tanzen gelernt", sagte sie in fast verschwörerischem Ton, beugte sich zu mir herunter und küsste mich zur Begrüßung auf die Stirn. „Auch ein paar sehr gewagte Drehungen …"

„… mit denen Rahel heute sicher jedem Mann den Kopf verdrehen würde", fügte Fabia hinzu und kicherte. „Wenn nicht bald ein Zeichen von diesem dämlichen Nipsius aus Syrien kommt, finden wir hier in Ostia einen neuen für sie, nicht wahr? Oder gleich in Rom – mein Vater hat Freunde in den höchsten Kreisen, ich kenne die Söhne dazu. Vielleicht dieses Mal einen Anwalt, der am Hof Karriere machen will? Sicher keinen Abenteurer aus Neapolis mehr!"

„Vielleicht merkt so ein Römer wenigstens, was ich wert bin", sagte ich. „Und muss auch nichts vortäuschen, wie dein Onkel Sextus *super virilis.*"

Fabia lachte schrill und küsste meine glühende Wange. Sie zog mich auf die Beine. Lucceia war schon zwischen zwei Marmorsäulen im Innenhof verschwunden. „Du hast deinen Humor also nicht in Palaestina gelassen. Das ist gut, du wirst ihn hier brauchen … Komm mit und trink noch etwas von unserem Wein, du Schöne." Sie drehte eine meiner Stirnlocken auf ihren Finger. „Wenn man Rosenöl auf deine Haut streicht, treibt sie sicher Blüten und dein Haar schimmert wie dieses polierte Wurzelholz, nach dem die Männer so verrückt sind … Es tut so unglaublich gut, dass du wieder hier bist!"

„Es waren drei Jahre wie in der Verbannung, dort drüben", sagte ich leise. „Sag mir: Hast du in all der Zeit einen Mann gefunden?"

*

Fabia fasste sich an die Kehle, als ob sie sich selbst erwürgen wollte, und ließ ihre Augen kreisen. „Es wimmelt hier nur so von Freiern – die schleichen auch noch zu dieser Stunde um das Haus herum! Du weißt: Ich bin reiche Beute. Mein Vater ist gerade zum dritten Mal höchster Magistrat der Stadt geworden und damit der mächtigste Mann an der ganzen Küste. Alle Häuser hier an der Porta Marina gehören mittlerweile ihm. Noch dazu spielt er den Patron von Ostia in Rom, er will im Januar Prätor werden. Dann wird er einmal im Jahr große Spiele ausrichten. Marcus Aurelius nennt ihn schon ‚seinen alten Freund‘, das behauptet Fabius zumindest, wenn er einmal für ein paar Stunden hier ist … Aber sag du mir: Wie kann ich an Männer denken, wenn ich dich ansehe? Wir waren uns damals sehr, sehr nah, erinnerst du dich?"

Fabia legte ihre Hand auf meinen Unterarm und rieb ihn sanft. Ich bekam eine starke Gänsehaut und zog meinen Arm zurück.

„Wir haben doch jetzt alle Zeit der Welt … Wo schlafen eigentlich meine Schwestern? In deinem Zimmer?"

Fabias Gesicht verlor plötzlich alle Farbe.

„Habe ich etwas Falsches gesagt?", fragte ich entsetzt.

Fabia schüttelte langsam den Kopf. „Nein, nein. Ich hätte es dir schon viel früher erzählen sollen. Aber ich habe mich so gefreut, dich wiederzusehen, und konnte es einfach nicht. Dann kam die Sache mit deinem Vater dazwischen …"

„Was wolltest du mir erzählen?"

„Lucceia hat Marjam und Sarah vor zwei Tagen das letzte Mal gesehen. Sie dachte, die beiden seien wieder zuhause in Portus."

Lucceia Primitiva kam zu uns an den Rand der hüfthohen Holzbühne. Ihre Augen wirkten nervös. „Ich wollte, ich hätte bessere Nachrichten für dich, Rahel. Trotzdem willkommen zurück."

Sie blickte kurz zu Fabia. Die nickte ihr zu und schloss die Augen kurz.

„Deine großherzigen Schwestern haben viel für die Stiftung getan", sprach Primitiva weiter. „Wir wissen nicht, wo sie sind. Ich dachte wirklich, sie seinen nach Portus gefahren. Davor haben sie bei mir gewohnt. Eines Nachmittags waren sie im Theater und kamen nicht zurück. Mein Kutscher hat sie nicht unter den herausströmenden Zuschauern gesehen, behauptet er. Dann hat er die Umgebung des Theaters nach ihnen abgesucht, und das Forum. Vergeblich." „Ich verstehe gar nichts", sagte ich irritiert und wurde lauter. „Die beiden allein im Theater? Dort sind sie nie gerne hingegangen! Die herumschreienden Schauspieler haben ihnen immer Angst gemacht. Was ist diese Stiftung?" Fabia hob beschwichtigend die Hände. „Lass es mich erklären. Du als neue Anhängerin des Chrestos wirst es bestimmt verstehen. Mein Vater hat zu Beginn des Monats beschlossen, den armen Familien von Ostia zu helfen – denen, die viele Mädchen haben. Dafür hat er eine Stiftung ins Leben gerufen und sie nach mir benannt. Du hast bestimmt schon von den Faustinamädchen in Rom gehört. Das ist eine Stiftung, die Antoninus Pius seiner vergöttlichten Frau gewidmet hat. Wenn man in der großen Politik mitspielen will, muss man heute auch eine solche wohltätige Einrichtung zu haben. Also gibt es jetzt in Ostia die Fabiamädchen. Ich habe deine Schwestern zu uns geholt, weil sie so intelligent und ordentlich sind. Sie haben die Liste der ärmsten Leute zusammengestellt, dann die Getreidezuteilungen für die Mädchen berechnet und ihnen Wolle für warme Winterkleidung zugeteilt. Meine Stiftung will so verhindern, dass die Mädchen in den Ziegeleien arbeiten müssen oder irgendwann von ihren Vätern an die Hafenbordelle verkauft werden. Das passiert immer öfter, weil in den Familien einfach nicht genug für alle da ist – und die Jungen werden immer bevorzugt."

Ich spürte, wie mir Tränen in die Augen traten. Gleichzeitig schwollen die zornigen Adern auf meiner Stirn an. „Aber was hast du getan, um die Zwillinge zu finden?"

„Noch in der Nacht hat mein Vater unsere Sklaven, alle Feuerwachen und die ganze Stadtkohorte überall in der Stadt nach ihnen suchen lassen", sagte Fabia. „Vergeblich. Die Liste der Fabiamädchen ist mitsamt den beiden verschwunden. Ich musste gestern im Zensusbüro zwei Goldstücke springen lassen, damit mir die Aasgeier eine neue schreiben."

*

Ich versuchte meine Wut zu unterdrücken, fragte aber wieder laut: „Was soll das denn helfen?"

Lucceia strich die Falten ihres Seidenumhangs glatt und rückte die goldene Spange an der Schulter zurecht. Ein großer Rubin blitzte dort auf.

„Morgen früh opfern wir als erstes der Venus", sagte Lucceia. „Dann geht ihr in die Mietshäuser und befragt die Familien auf der Liste. Es kann sein, dass die Zwillinge schon einmal bei ihnen waren. Sie sollten herausfinden, wie bedürftig die Familien wirklich sind. Eine Truppe Feuerwachen kommt mit euch und durchsucht die Häuser. Ihr und die anderen Helferinnen werden morgen viele, wackelige Treppen steigen. Die Armen leben unter den Dächern im vierten oder fünften Stock."

Fabia hakte sich bei Lucceia unter. „Du siehst: Wir tun alles, was wir können. Morgen finden wir deine Lieben bestimmt wieder, oder einen Hinweis auf sie. Nimm meinen Wagen, fahr heim und kümmere dich um deinen Vater. Du musst unbedingt euren Hausgöttern Opfer bringen, auch wenn du jetzt an etwas anderes glaubst. Außerdem solltest du da sein, falls die Zwillinge in der Nacht plötzlich doch wieder bei euch auftauchen. Unser Treffpunkt für das Venusopfer ist der Springbrunnen im Hof der vier Tempel, gleich neben dem Theater. Zur zweiten Stunde! Sei pünktlich und bring unbedingt Myrten mit!"

*

Kapitel XV
INSULA PORTUS ET OSTIA
IDIBUS OCTOBRIS A U C DCCCXCIX
(Isola Sacra (Fiumicino) und Ostia (Antica),
15. Oktober 146)

Ich trommelte nervös mit den Zehenspitzen auf dem Fußbrett herum und hielt die Zügel straff. Kaschta zurrte die Pferde an der Deichsel fest. Als das zweite endlich ruhig vor Fabias elegantem Wagen stand und angespannt war, lief Kaschta zum Tor, stemmte den schweren Balkenriegel aus den Haken und zog die Holzflügel auf. Victorius hatte die Nacht unter drei Decken im Säulenhof verbracht. Ich konnte natürlich nicht schlafen vor Sorge und Vorwürfen: Hätte ich viel früher zurückkommen sollen und mich besser um die Zwillinge gekümmert, anstatt in Caesarea nach Gott zu suchen?

Victorius wandte sich auf seiner Liege hin und her. Er murmelte im Halbschlaf etwas von Booten und Befehlen, immer wieder verzog er das Gesicht im aufwallenden Schmerz. Im Morgengrauen ging ich mit Galenus ein paar Runden im hinteren Garten. Er hielt Victorius' Zustand für kritisch, aber man könne nichts tun, nur abwarten. Ich fragte ihn auch nach meinen Schwestern. Galenus erinnerte sich an die Zwillinge in Fabias Haus, besonders an ihre leuchtend roten Haare. Gleich im ersten Morgenlicht versuchte Ava meine Locken über den Ohren zu scheiteln und einen Kranz zu frisieren. Sie gab es bald auf. Ich konnte nicht still sitzen; also band sie mir nur einen Knoten am Hinterkopf. Ich warf mir einen dunkelblauen Wollumhang über und zog einfache, hochgeschnürte Lederschuhe an. Ava hielt mir einen Schmuckkasten hin, den sie im Haus gefunden hatte. Ich schüttelte nur heftig den Kopf, denn ich erkannte einige der Ohrringe und Ketten darin. Sie gehörten Marjam und Sarah.

Ein Dunstschleier zog vom Meer über die Küste und hängte sich wie ein Leichentuch vor die Sonne. Schwalben schossen an den Ziegelwänden und Dächern der Lagerhallen entlang, stiegen in den Himmel hinauf und ließen sich mit angelegten Flügeln wieder fallen.

Ich lenkte den Wagen über die Via Flavia, Lela saß mit einem großen Einkaufskorb zwischen den Beinen neben mir. Kaschta beugte sich weit über die abgebundenen Schwänze der Pferde und ließ die Peitsche knallen. Dazu brüllte er ständig, um die verschlafenen Kutscher mit ihren Ochsenkarren an den Straßenrand zu treiben. Auf dem halben Weg nach Ostia nahm der Verkehr ab. Wir kamen im schnellen Trab voran und setzten mitsamt dem Wagen auf einem breiten Lastkahn über den Tiber. Kurz nachdem die zweite Stunde ausgerufen wurde, brachte ich die Pferde auf dem Platz vor dem Halbrund des Theaters zum Stehen.

„Lela, du kommst mit mir zum Tempel. Nach dem Opfer kaufst du die Heilmittel und Kräuter von der Liste ein, die Galenus dir gegeben hat."

Ich sprang auf das Pflaster, half Lela vom Kutschbock herunter, und eilte auf den Bogengang vor dem Hof der vier Tempel zu.

„Vergiss die Myrten nicht, Domina!", rief Kaschta mir hinterher.

Ich lenkte meine Schritte zu einem Verkaufstisch. Hier wurden Opfergaben für die Götter der vier Tempel angeboten: Venus, Fortuna, Ceres und Spes. Ich drängte mich mit angelegten Ellenbogen durch die Menge, Lela mir nach. Sie bezahlte ein großes Bündel Myrtenzweige mit dunkelblauen Beeren daran, das ich ausgesucht hatte. Im Durchgang zu den Tempeln traf uns der grimmige Blick eines alten Mannes. Er trug ein zerlumptes Priestergewand, sein Bart reichte ihm bis zum Bauch. Lela legte ihm fünf Asse Wechselgeld in eine zerbrochene Tonschüssel. Der Greis murmelte etwas auf Griechisch, das nicht unbedingt wie eine Verwünschung klang, und zeigte mit seinem abgebrochenen Augurenstock auf die vier Tempelfassaden, die gelb und rot im Sonnenlicht leuchteten.

Fabia wartete mit ernstem Gesicht vor der Treppe, die auf das gemeinsame Podium der kleinen Bauten führte. Sie nahm fest meine Hand, zog mich die Stufen hoch, dann auf den ganz rechten Tempel zu. Zwei junge Priesterinnen in Weiß nahmen mir die Myrtenzweige ab. Sie wurden von ihren geschickten Fingern schnell zu Kränzen gebunden, im Innern des Tempels vor der Statue der Venus gesegnet und dann draußen vor den Säulen auf den Altartisch gelegt. Der

*

hüfthohe Marmorquader war vom Blut der vielen Tieropfer rot verfärbt. Ich entzifferte die Inschrift VENERIS SACRUM darauf; der Venus geweiht – auch meine Schwestern wollten Venuspriesterinnen werden … Ich drehte mich um und blickte über den Hof, um den Gedanken an die beiden zu entkommen und nicht zu weinen. Unterhalb des Podiums standen zwei Dutzend Frauen zusammen, alle in meinem und Fabias Alter. Sie waren betont schlicht gekleidet, doch ihre aufrechte Haltung und die hoch erhobenen Köpfe verrieten, dass sie alle aus Patrizierfamilien stammten. Die meisten schauten mich ernst und mitfühlend an, ein paar abschätzend. Drei Matronen saßen auf dem Rand eines Springbrunnens und beobachteten jede meiner Bewegungen vor dem Tempel genau. Zwei der Frauen waren füllig und in grünes Baumwolltuch gehüllt, die Dritte war spindeldürr und trug Schwarz. Sie wirkte neben den beiden wie eine Krähe, die sich in den Hof verflogen hatte.

Lucceia Primitiva hielt Lela das Opferbeil hin. Die messerscharfe Klinge aus polierter Bronze flackerte in der Sonne. Lela griff zögernd nach dem Beil. Sie fuhr erschrocken herum. Von hinten wurde ihr ein schweres Wolltuch über Kopf und Schultern gelegt.

„Zu einem weißen Pferd habe ich meinen Vater nicht überreden können", flüsterte Fabia aufmunternd und drückte meine Hand. „Du weißt, welche Szene ich meine? Den Frauenbund in der *Lysistrata* von Aristophanes: ‚Wär nur zu kriegen ein Schimmel, um zum Eid ihn abzuschlachten!'"

Lucceia hob die Hand ermahnend und zischte durch die Zähne. Nur noch das Plätschern des Springbrunnens war zu hören, und die gedämpften Schreie der Händler aus dem Durchgang zur Hauptstraße. Weihrauch knisterte in den Schalen neben dem Altar. Der Rauch zog an den Säulen hoch in den azurblauen Himmel und wurde vom Seewind nach Osten weggeblasen.

„Darf ich das erste Opfer selbst ausführen?", fragte ich, weil ich bemerkt hatte, wie Lela unter all den Blicken anfing zu zittern. Lucceia schloss die kohlschwarz umrandeten Augen und nickte, um ihr Einverständnis zu zeigen. Im Tageslicht sah die schöne Frau noch übermüdeter aus als gestern bei dem Gelage. Sie drehte sich zum

Tempelhaus um und sprach eine unverständliche Gebetsformel. Ich nahm Lela das Beil aus der Hand, zog das Tuch von ihren Schultern und legte es mir selbst über den Kopf. Eine sehr junge Priesterin drückte die erste, vor Angst schon halbtote Taube an den ausgebreiteten Flügeln auf den Opferstein und flüsterte noch: „Nur schneiden, nicht schlagen", – doch da hatte ich schon ausgeholt und trennte dem Vogel mit einem Hieb den Kopf ab, ganz nah an den Fingern der Priesterin vorbei. Blut spritzte aus dem Hals über die ausgebreiteten Myrtenkränze. Das Mädchen ließ die Taube vor Schreck fahren. Die flatterte kopflos bis zum Fries des Tempels hoch und klatschte dann direkt neben Fabia auf den Boden. Eine Blutspur zog sich quer über ihren hellgrünen Umhang, wie mit einem Pinsel gezogen. Lucceia warf mir einen finsteren Blick zu, ließ das Opfer aber nicht wiederholen. Zwei weitere folgten, beide von Fabias Leibsklavin ausgeführt. Der Haruspex stocherte in den Innereien der Tauben herum, betrachtete sie gelangweilt, murmelte, wiegte den Kopf und nickte Lucceia endlich zu. Die drei Matronen stiegen auf das Podium und umarmten zuerst Fabia, dann mich – etwas zögernd, wie mir schien. Sie setzten uns die Myrtenkränze auf und wünschten uns den Beistand der anderen drei Götter, für die gerade vor ihren Tempeln Opfer vorbereitet wurden. Fabia zog mich die Stufen hinunter und winkte den anderen jungen Frauen. Sie folgten uns auf die Straße, während die Innereien der drei Tauben in einer Kohlenschale zu Asche verbrannten.

Auf der Hauptstraße warteten drei Dutzend Feuerwachen und glotzten uns an wie Kälber. Der Sekretär von Fabias Vater balancierte einen Stapel Wachstafeln mit den Namen der besonders bedürftigen, frei geborenen Familien auf seinem Unterarm. Er rief den ersten Namen aus und kratzte ein Kreuz in das Wachs. Dann zeigte er mit dem Griffel nach Nordosten und las die Adresse vor. Zwei Frauen nahmen die oberste Tafel und gingen mit zwei Feuerwachen zusammen in Richtung der großen Wohnblöcke hinter den Neptunsthermen weg. Nach und nach erhielten die anderen Gruppen ihre Adressen und verteilten sich über die ärmeren Viertel von Ostia. Fabia und

*

ich machten uns auf den Weg zu einer Gasse neben dem großen Weizenspeicher im Hafenviertel. Was uns dort erwartete – es ist ein Ereignis, durch das meine Erzählung eine weitere Wendung nimmt.

* * *

„Deine Tochter wurde *abgeholt*?" rief Fabia durch das Treppenhaus. „Von wem abgeholt?"

Unsere zwei Feuerwachen lehnten an der Ziegelwand neben der verzogenen Wohnungstür. Einer der Männer bohrte ungerührt weiter in der Nase.

„Gestern. Von der Mädchenstiftung. Das hat sie gesagt", nuschelte die hochschwangere Frau im Türrahmen und wischte sich die Hände an ihrer groben Tunika ab. „Erst zu einem Arzt, dann in die Bäder."

Ein nackter Junge, keine zwei Jahre alt, umklammerte ihr Bein und fing an zu weinen, weil die Feuerwachen ihm Grimassen schnitten.

„*Wer* hat das gesagt? Meine Stiftung nimmt keine Mädchen mit", sagte Fabia, um Ruhe in ihrer Stimme bemüht. „Wir kommen nur vorbei, um zu sehen, wie es euch geht und was ihr braucht. Außerdem suchen wir zwei junge Frauen, die verschwunden sind. Die beiden waren vor ein paar Tagen vielleicht schon einmal hier. Ich frage noch einmal: *Wer* hat deine Tochter abgeholt?"

„Ein elegante Frau", sagte die Mutter und zeigte auf die Feuerwachen. „Sie kam mit Männern, wie die da. Aber kräftiger und ohne Uniform. Das Gesicht war schlecht zu sehen, von der Frau. Sie hatte ein Tuch um den Kopf. Hat mir viel neues Geld gegeben. Dreißig Denare." Sie nahm eine Silbermünze aus einer Tasche in ihrer Tunika. „Die glänzen noch."

„Hatte die Frau einen Namen?", fragte ich.

„Fabia hat sie gesagt. Aber das ist eine von euch. Oder?" Sorgenfalten krochen auf die Stirn der Frau. „Wo ist meine Tochter?"

LXXIX

Fabia zog die Augenbrauen zusammen, drehte sich zu mir um und wischte über das eingetrocknete Taubenblut auf ihrem Umhang. „Das ist alles verflucht", sagte sie mit unterdrückter, fast drohender Stimme. „Lass uns schnell zur nächsten gehen."

Ich sah auf die Wachstafel in meinen Händen. Sie zitterten. „Ercelina. In dem Haus direkt gegenüber vom Marinehafen, fünfter Stock."

Die Feuerwachen starrten die verwirrte Mutter noch kurz an und trotteten dann hinter uns her. Wir waren schon am Ende der Gasse angekommen, als die zwei endlich durch die Haustür kamen.

Auch die Mutter der sechsjährigen Ercelina erzählte von einer verhüllten Frau, die sich am Tag zuvor als Fabia ausgegeben, ihre Tochter mitgenommen und ihr dreißig Denare als Beneficium gegeben hatte. Als erste *Zuwendung* – so nannte sie die große Handvoll frisch geprägter Silbermünzen.

Den ganzen Weg zurück schwiegen wir, Fabia stürmte voran.

„Du hast das Venusopfer verdorben!" schrie sie plötzlich, als wir den Theaterplatz erreichten. „Warum hast du selbst das Beil genommen und zugeschlagen wie eine Dämonin? Glaubst du überhaupt noch an unsere Götter?"

Sie zeigte mit ihrem spitzen Zeigefinger auf den kleinen Holzfisch an meiner Brust. „Den hast du früher nie getragen – du bringst das Unheil aus Palaestina mit! Die Zwillinge sind an dem Tag verschwunden, als dein Schiff Italien erreichte. Scher dich heim und schick Galenus sofort mit meinem Wagen zurück!"

Sie riss mir den Myrtenkranz vom Kopf und drehte sich abrupt weg. Die anderen jungen Frauen liefen aus allen Richtungen auf dem Platz zusammen und berichteten aufgeregt von den Mädchen, die sie besuchen wollten. Nur fünf waren nicht entführt worden. Fabias Freundinnen warfen mir feindselige Blicke zu und die Feuerwachen verzogen sich mit eingezogenen Köpfen zu ihrer Kaserne.

Ich wusste nicht, was ich Fabia noch sagen konnte und lief zwischen zwei ratternden Wagen hindurch über die Hauptstraße. Auf der anderen Seite entdeckte ich Lela und Kaschta an einem Essensstand. Kaschta bezahlte gerade eine Tonschale mit gerösteten Kastanien, die

*

das Mittagessen für die beiden werden sollte. Ich nahm Lela am Arm und ging mit ihr über die Straße zurück zum Brunnenhaus. Dort erschrak ich heftig: Hinter den Pferden erschien ein zerlumpter Veteran mit nur einen Arm und einem Gesicht, das wirkte wie aus Leder, es war von Brandnarben entstellt. Er forderte mit weit vorgestreckter Hand seinen Lohn für die Bewachung des Gespanns. Lela warf ihm ein paar Münzen hin und wir stiegen auf.

Auf dem Weg nach Portus erzählte ich den beiden alles, was sich ereignet hatte. Als ich zu Fabias Beschimpfungen kam, stockt meine Stimme und Tränen liefen über meine Wangen. Ich gab den Pferden heftiger die Peitsche als ich eigentlich wollte, und überholte einen Lastkarren. Ein schneller Kurierwagen kam auf uns zu. Ich schaffte es nur knapp, wieder in die Spur einscheren.

„Ich ziehe das Unglück an, wie …, wie ein Stein aus Magnesia das Eisen", rief ich gegen den Straßenlärm an. „Zuerst dieser Sklavenhändler auf dem Schiff. Dann verschwinden meine Schwestern und ich verpfusche das so wichtige Venusopfer. Jetzt sind fast einhundert Mädchen fort. Ich gehe besser über das Meer nach Palaestina zurück, bevor ich Unheil über ganz Rom bringe! Vielleicht haben wir Christen hier wirklich nichts verloren?"

„Aber wer soll dann die Zwillinge suchen, Domina?", rief Kaschta und riss mir die Zügel aus den Händen. Er rettete so ein schmutziges Huhn, das von dem Wagen vor uns gefallen war und zwischen den mahlenden Holzrädern herumflatterte.

LXXXI

*

Kapitel XVI
INSULA PORTUS
IDIBUS OCTOBRIS
A U C DCCCXCIX
(Isola Sacra (Fiumicino), 15. Oktober 146)

Ich ließ die Pferde am Ende der Flachsgasse auslaufen. Der Wagen kam kurz vor unserem Haus zum Stehen. Auf der Türschwelle kauerte ein alter Mann. Er hatte den Kopf in den Händen vergraben. „Wer ist das?", fragte ich Kaschta ins Ohr. Der tiefbraun gebrannte Mann zog sich an der schmalen Säule hoch. Er kam ganz nah an den Wagen heran und zeigte zum Meer, sagte aber kein Wort. Seine weit aufgerissenen Augen wanderten zwischen mir und Kaschta hin und her.

„Es ist Maurus, der alte Fischer von der Kanalmündung", sagte Kaschta so laut, dass man es auch durch die Haustür hören musste. Ich stieg vom Wagen. Die Tür öffnete sich einen Spalt und Chiron späte ängstlich heraus. Maurus bebte trotz der warmen Abendsonne am ganzen Körper. Er ließ den Arm sinken.

„In meinem Netz liegt eine Frau", brachte er stockend heraus. „Ihr Gesicht sieht aus, wie von einem Dämon zerkratzt. Sie hat rote Haare. Ich glaube, es ist eine von deinen Schwestern."

Meine Knie knickten ein. Ich griff nach dem Rad des Wagens, um mich festzuhalten. Maurus hob hilflos die Schultern.

„Die Soldaten auf dem Wachturm wollten mir nicht helfen. Aber ich kann das Netz alleine nicht einzuholen, es ist zu schwer mit …"

„Wir fahren sofort!", rief ich. „Kaschta, hol den Arzt!"

Ein paar Momente später kam er mit Galenus zurück. Maurus und ich saßen schon auf dem Wagen.

„Ihr drei fahrt, ich laufe", sagte Kaschta und rannte los, Richtung Meer.

Ich hörte das Gekreische der Möwen schon von weitem, es war viel lauter als an einem normalen Tag. Sie kreisten genau über dem Netz an dem schrägen Schiffsmast. Ich fror plötzlich am ganzen

Körper. Ein gutes der gefräßigen Vögel hockte schon auf dem Holzrahmen um das Netz und auf dem Geländer der Plattform vor der Hütte, die über den Strand hinausragte. Sie starrten auf den leblosen Körper mitten im Netz und hackten sich gegenseitig ins Gefieder. Ich warf meinen Umhang ab, hastete die Treppe zur Plattform hoch.

"Helft mir! Wir müssen das Netz einholen, vielleicht lebt sie noch!"

Das Netz schwebte zwei Fuß über dem Meer. In der Mitte wurde es weit heruntergezogen. Die Wellenkämme umspülten den Körper. Maurus wickelte hektisch das Seil von einem Pflock ab und zog den Rahmen mit Kaschta zusammen so hoch es ging. Kaschta lehnte sich weit hinaus und griff danach. Der Körper rutschte ihm ein Stück weit im Netz entgegen. Die Möwen flogen auf und landeten auf dem Dach der Fischerhütte. Sie ließen das Netz keinen Moment aus den Augen.

"Zu schwer!", rief Maurus mit gepresster Stimme. „Der Rahmen bricht gleich!" Sein Blick war starr auf das Gesicht der Frau gerichtet. Rote Haarsträhnen bedeckten ihren Mund und ihre Nase, die Augen waren geschlossen. Der Körper lag jetzt auf der Seite, die Tunika war zerrissen und über eine Brust gerutscht, Fetzen klebten auf Bauch und Hüfte. Auch ohne das ganze Gesicht zu sehen, wusste ich sofort, dass es einer der Zwillinge war. Maurus löste die Leine wieder, aber sie glitt ihm durch die schweißnassen Hände. Das Netz klatschte aufs Wasser. Ich sprang über die Treppe zum Strand hinunter und watete in die Brandung. Kaschta packte die Leine mit an, stemmte sich mit seinem ganzen Gewicht dagegen und zurrte sie am Geländer der Plattform fest. Der Rahmen hing jetzt genau auf Meereshöhe, der Körper war fast versunken. Ich schwamm drei Züge, stemmte mich auf dem Holzrahmen hoch und erkannte Marjam an einem Muttermal auf der nackten Schulter. Ich schwang meine Beine in das Netz, kroch auf die Mitte zu und riss meine Schwester hoch. Ihre Gesichtshaut war weiß wie Marmor und teigig. Fingerlange Kratzer standen wie aufgequollene Narben darauf, doch es war kein Blut zu sehen. Unter dem Fetzen Stoff am Bauch war ein rot angestrichener Holzzapfen. Ohne zu wissen warum, nahm ich den Zapfen und steckte

*

ihn durch den Halsausschnitt meiner Tunika unter das Brustband. Kleine Krabben torkelten aus Marjams Schoß hervor, dann an ihren Beinen entlang.

"Lasst es ganz hinunter!", schrie ich. Der Rahmen versank langsam im Wasser. Ich griff den zierlichen Körper unter den Armen und schleppte ihn zum Strand.

„Zu spät, viel zu spät", murmelte Maurus. Kaschta zog Marjam auf den trockenen Sand und legte sie behutsam ab. Er schüttelte langsam den Kopf. Maurus warf mir eine grobe braune Decke über die Schultern. Einzelne kleine Wolken schwebten knapp über dem Horizont; die sinkende Sonne begann den Himmel rot einzufärben. Ich spürte den Druck des Holzzapfens zwischen meinen Brüsten, die sich heftig hoben und senkten.

"Du hast echten Heldenmut", sagte Maurus leise.

„Ihre rechte Hand hat sich bewegt", sagte Galenus. Er ließ sich neben mir auf die Knie fallen. Ich starrte auf die Hand. Tatsächlich: Daumen und Zeigefinger bogen sich kaum merkbar zusammen.

„Hilf mir, wir müssen das Wasser aus ihr herausbekommen", sagte Galenus und packte meinen Arm. „Du musst auf ihre Brust pressen!"

Er strich Marjam die Haare von Mund, steckte drei Finger hinein und spreizte sie, um ihre bläulichen Lippen zu öffnen. Dann drehte er ihr Gesicht zur Seite. Ein Rinnsal lief aus dem Mundwinkel. Ich drückte beide Hände auf Marjams Brust.

„Fester! Immer wieder, so wie du auch atmest!"

Ein Schwall Wasser, gemischt mit Algenfäden, Splittern von Muschelschalen und einer winzigen gewundenen Schnecke, ergoss sich auf den Strand.

„Hol alle Decken, die du finden kannst!", rief Galenus in Maurus' Richtung.

„Sieh doch – ihre Hand schließt sich. Ganz langsam", sagte ich und warf meine Decke über Marjams Beine. Galenus legte den Kopf auf ihre Brust, schloss die Augen und horchte in ihr Inneres hinein. Er schnellte zurück, hob seine Hand und fing an, mir einen Rhythmus zu geben.

„Ihr Herz schlägt! Mach weiter, immer weiter. Bis sie wieder richtig atmet!"

Nach einer Weile schlug Marjams Herz regelmäßig und ihr Atem ging warm. Ich spürte ihn am Rücken meiner Hand vor ihrem Mund. Wir luden meine zierliche Schwester vorsichtig hinten auf den Wagen. Ich hockte mich zu ihr auf das Brett hinter der Sitzbank, hielt sie fest, wärmte sie und sprach leise in ihr Ohr. Nach kurzer Fahrt über den sandigen Weg rumpelten wir durch die Gasse hinter unserem Haus und hielten vor dem Tor. Lelas und Chirons fragende Blicke folgten mir und Galenus mit Marjam auf den Armen, dann Kaschta, der mit Maurus den Wagen hereinführte.

„Das Haus wird zum Krankenlager, für die ganze Familie", murmelte Chiron und schüttelte den Kopf traurig. Kaschta schleppte mit Lela eine Liege in den Gang um den Säulenhof. Die beiden stellten sie genau gegenüber der von Victorius auf. Marjam öffnete kurz die milchigen Augen, als wir sie hinlegten. Ihre Lider flatterten und schlossen sich langsam wieder. Sie atmete weiter regelmäßig und zuckte von Zeit zu Zeit mit dem Kopf. Sonst zeigte meine Schwester kein Lebenszeichen mehr.

„Wirklich erstaunlich", sagte Galenus und rieb den Bartflaum an seinem Kinn. „Dass sie noch lebt, nach so langer Zeit im Salzwasser. Entsetzlich, wie ihre Haut aussieht."

„Ob sie jemals wieder aufwacht?", fragte ich.

Galenus hob kurz einen Zeigefinger zum Himmel.

„Das wissen nur die Götter."

„Und wie geht es meinem Vater?"

„Er hat ein paar Löffel Suppe gegessen, kurz bevor ihr vorhin aus Ostia wiedergekommen seid. Das ist ein gutes Zeichen. Jetzt schläft er halbwegs friedlich und stöhnt nicht mehr so laut. Die Wunde sieht besser aus, die Schwellung geht zurück. Ich glaube, seine Körpersäfte beruhigen sich."

Ich drückte dankbar Galenus' Arm. Für ein Lächeln war ich zu müde – und zu entsetzt über Marjams Anblick.

*

„Fabia will ihren Wagen zurück", sagte ich. „Wenn du die gebrochenen Füße meiner Schwester geschient hast, fährst du besser nach Ostia. Aber komm bitte wieder – wenn Fabia dich lässt. Ich gebe dir Geld, damit du einen Wagen mieten kannst."

Maurus kam an den Säulen entlang auf uns zu. Er blickte auf Marjam herunter und musste sich schütteln. Sie sah in den eng gewickelten Decken und im gelblichen Lampenlicht aus wie eine zerschundene Mumie, die man gerade aus ihrem feuchten Grabmal geholt hatte.

„Ich habe heute noch etwas gefunden", sagte Maurus kaum hörbar. „Es ist in meiner Tasche, noch auf dem Wagen. Ich hole es."

Galenus blickte ihm nach. „Irgendetwas Unheimliches geht hier vor. Es verwirrt mich."

„Ich habe schon gestern auf dem Schiff schlechte Vorzeichen erhalten", sagte ich. „Obwohl ich versuche, nicht mehr daran zu glauben."

Maurus kam mit Kaschta zurück. Lela zündete die Lampen zwischen den Säulen an, nahm mich kurz, aber voller Mitgefühl in die Arme und verschwand in der Küche.

„Es ist etwas aus der Schule, oder vielleicht aus der Hafenverwaltung", sagte Maurus und zog eine Wachstafel aus seiner Umhängetasche. Ich nahm ihm die Tafel aus der Hand und bewegte sie im Licht hin und her, um die in das Wachs eingeritzte Schrift zu entziffern.

„Das ist eine Namensliste von Fabias Stiftung! Wo hast du die her?"

„Lag am Strand. Ganz nah an der Kanalmündung."

Galenus zeigte auf die Tafel.

„Hier unten steht noch etwas anderes außer Namen und Straßen: zwei eingekratzte Worte. Das meiste ist noch erkennbar. Die Tafel hat also noch nicht lange im Wasser oder in der Sonne gelegen."

„Ich lese SOROR und CORV", sagte ich. „Aber wessen Schwester und was soll CORV? Schwester des Corvus? Seit wann haben Krähen Schwestern?"

Ich hielt Galenus die Tafel hin.

„Der Strich hinter CORV könnte ein I sein", sagt er. „Nach CORVI steht mit etwas Abstand noch ein M. Vielleicht der Rest einen dritten Wortes?"

„CORVI – also viele Raben. Aber M?"

„Oder es ist eine Ortsangabe," sagte Kaschta leise hinter uns. „CORVIS M – damit könnte *Corvis Mons* an der Via Portuensis gemeint sein, der Krähenhügel auf dem halben Weg nach Rom. Ist das dort unten auf der Tafel nicht die Schrift der Zwillinge? Vielleicht ist Sarah auf dem Hügel?"

Wir blickten Kaschta erstaunt an. Ich fand als erste die Worte wieder. „SOROR CORVIS MONS – das ist wirklich unheimlich. Es muss eine Botschaft von Marjam sein, die mit ihr zusammen im Meer gelandet ist."

Galenus begann vorsichtig die Decken von Marjams Oberkörper zu wickeln, hielt aber ihre Brüste bedeckt. „Auf jeden Fall ist diese Botschaft frischer als die Namensliste auf der Tafel. Das Wachs wurde mit dem Daumen platt gedrückt, bevor die neuen Worte mit eingeritzt wurden, vielleicht mit einem Fingernagel." Er hob vorsichtig Marjams nackten Arm und betrachtete die Nägel ihrer rechten Hand, die schlaff herunterhing. „Hier sind tatsächlich Wachsreste am Zeigefinger. Sie ruft für ihre Schwester um Hilfe."

Ich hielt die Tafel wieder ins Lampenlicht. „Neben den Worten ist noch etwas: ein Abdruck von einem Siegel oder einer Münze. Vielleicht noch ein Ariadnefaden, den wir anknüpfen können, um den Weg zu Sarah zu finden."

Galenus sah auf die Tafel und sagte: „Der Abdruck ist genauso groß wie ein *Aureus*."

Ich spürte die Aufregung in mir steigen. „Und das darauf ist ein Hundekopf. Oder eine Raubkatze? Dazu eine Leier – vielleicht geht es um den Gesang des Orpheus und die wilden Tiere? Kaschta, hol mir ein Goldstück."

Ich legte die warm schimmernde Münze mit dem Profil des Kaisers Antoninus Pius vorsichtig in den Wachsabdruck. Sie passte genau.

*

„Eine Inschrift würde uns weiterhelfen", sagte Galenus und legte Marjams Hand vorsichtig auf die Liege zurück. „Ich erkenne aber keinen einzigen Buchstaben dort um den Tierkopf herum. Es sind nur Kratzer im Wachs. Will da jemand Kaiser spielen, mit eigenen Münzen?"

Ich hob das Goldstück vorsichtig mit meinen Fingernägeln von der Tafel und schloss die Hand darum. „Dieses hässliche Tier sieht aus wie ein Wachhund der Unterwelt. Zwei Köpfe mehr, und es wäre der Zerberus. Ich will auf diesen Krähenhügel, auch wenn das ein Eingang in die Unterwelt ist oder der Teufel dort haust. Wir fahren ganz früh, um vor Mittag dort sein; es ist ein Feiertag, also herrscht nicht viel Verkehr. Kaschta, du läufst jetzt zum Fähranleger und holst den Streitwagen. Wer meine Schwestern hatte oder noch hat – der entführt vielleicht auch einhundert Mädchen aus Ostia ..."

Kapitel XVII
LATIUM – VIA PORTUENSIS
ANTE DIEM XVII KALENDAS NOVEMBRIS
A U C DCCCXCIX
(Latium, Via Portuense, 16. Oktober 146)

Am siebzehnten Tag vor den Kalenden des Novembers wird jedes Jahr das Gewinnerpferd eines Rennens auf dem Marsfeld zum *Oktoberpferd* bestimmt und dem Kriegsgott Mars geopfert. Deshalb fielen wir mit unserem alten Triumphwagen auf der Hafenstraße nach Rom nicht besonders auf. Die Leute dachten wohl, wir seien auf dem Weg zum Rennen – ein wenig verrückt, aber was man nicht alles heute auf den Straßen sieht ...

Nach zwei Meilen musste ich den Wagen an den Rand voller vertrockneter Fäkalien und Tonscherben lenken. Ich brachte die Pferde mit einem scharfen Ruck an den Zügeln zum Stehen. Der Wagen war auf dem frisch verlegten Pflaster gefährlich ins Schlingern geraten.

„Das Rad unter mir tanzt und springt wie ein hispanisches Mädchen!", sagte ich Kaschta neben mir laut und gereizt ins Ohr. „Du solltest doch die Räder schmieren! Oder hat dich Ava wieder bis in die Morgenstunden von deinen eigentlichen Pflichten abgehalten?" Kaschta zog die Schultern ein, sprang vom Wagen in den grauen Staub und untersuchte auf Knien das Radlager, fast so als wollte er für seine Verfehlungen büßen.

„Es ist heiß gelaufen und ausgeschlagen, richtig?", rief ich nach unten. Ich musste die Hände zum Trichter an den Mund legen, um die vorbeiratternden Reisewagen und Lastkarren zu übertönen. Der Holzsplint am Ende der Achse war gebrochen und das Rad hing schief auf dem letzten Stück der Achse. Wenige Momente später wäre es abgesprungen. Kaschta schlug sich in das Gebüsch zwischen zwei verfallenden Grabmälern und suchte nach einem stabilen Ast. Daraus schnitzte er geschickte einen neuen Splint und passte ihn in die Achse ein. Damit rollten wir im Schritttempo zwischen den Fußgängern und Maultieren am Rand weiter.

Kurz nach der Steinbrücke über den schmalen Fluss *Galeria* hielten wir an. Der Fluss kam von den Salinenfeldern; das Gras an seinen Uferböschungen war weiß vom Salz. Ein Meilenstein markierte die Hälfte des Weges von Portus zur Stadtgrenze von Rom. Soldaten bewachten den riesigen, schmutzigweißen Ladeplatz, daneben stand ein Gasthaus mit dem schief aufgemalten Namen PONS GALERIA im Fachwerk neben der Tür. An die Rückwand lehnte sich der Werkstattschuppen eines Wagenbauers. Zerschlagene Räder und Bruchstücke von Deichseln hingen wie Trophäen an den weit geöffneten Türflügeln.

„Sieht verlassen aus", sagte ich.

Kaschta ging in den Schuppen. Nach ein paar Momenten winkte er mir aus dem Halbdunkel zu. Der Wagenbauer schlief in einer Ecke voller Hobelspäne, sein Kopf war auf die Brust gesunken. Über ihm kreiste ein Schwarm aus Fliegen und fetten Stechmücken. Ich trat gegen seine Fußsohle. Der Mann öffnete seine vom Salzstaub geröteten Augen und schrak zusammen, als er mich mein missmutiges Gesicht und einen muskulösen Nubier über sich sah.

*

„Das habt ihr aber richtig zu Schanden gefahren", beschwerte er sich, während er das Radlager untersuchte. Er streckte den Rücken durch und schlug nach einer Pferdebremse, die gerade auf seinen nackten Oberarm gelandet war. „Wartet vorne im Gasthaus. Ich hole euch, wenn das alles ersetzt ist." Der niedrige Schankraum füllte sich langsam mit Reisenden. Es gab eine gräuliche Suppe mit kleinen Tintenfischen darin, dazu Getreidebrei oder, für zwei Asse mehr, einen runden Brotlaib, Olivenöl und klumpiges, aber wohlschmeckendes Meersalz. Kaschta hatte die Pferde ausgespannt, an einen Holzbalken vor dem Gasthaus gebunden und sie mit Heu, Gerste und Wasser versorgt. Er bestellte das Essen am Tresen und begann mit dem Wirt ein Gespräch. Ich setzte mich an einen Tisch vor einem weit geöffneten Fenster. Die fahle Sonne zeichnete jeden Krümel und Schmutzfleck auf der groben Holzplatte nach. Ich wischte mit meinem Taschentuch die Ränder der angeschlagenen Tonbecher ab, bevor ich dünn gemischten Wein aus dem Krug hineingoss, der auf jedem der Tische stand.

„Den Aufenthalt hier habe ich meinem verzogenen Sklaven zu verdanken", sagte ich, als Kaschta zusammen mit der rundlichen Wirtin die Suppenschüsseln an den Tisch brachte. Ich roch daran und schob meine Schüssel angewidert weg.

„Was erzählt der Wirt?"

„Es sind noch drei Meilen bis zum Krähenhügel", berichtete Kaschta. „Er meint, dass dort oben mehr Söldner sind als Prätorianer auf dem Palatin. Die Mauer um das Anwesen herum soll fünfzehn Fuß hoch sein, das ganze so groß wie die Gärten des Maecenas. Außerdem sind im Sommer zwischen hier und dem Krähenhügel alle Huren verschwunden. Die meisten haben hinter und in den Grabmalen entlang der Straße gelebt. Dann kamen andere, die er noch nie gesehen hat."

„Was hat das miteinander zu tun?", fragte ich. „Wer lebt auf dem Krähenhügel?"

„Ein Patrizier: Narcissus Molitor Pletorius. Er ist seit etwa einem Jahr Senator und erst vor ein paar Tagen dort oben in die Villa eingezogen."

Ich lehnte mich vor und griff nach der kleinen Ölkanne. „Victorius hat mir einmal gesagt, man soll nur dort Meeresfrüchte essen, wo man den Koch oder seinen Besitzer persönlich kennt. Also lass das stehen."

Kaschta zog auch meine Suppenschüssel zu sich. „Mein unfreier Magen wird es überleben, Domina. Ich hatte kein Frühstück."

Ich formte nur mit den Lippen das Wort *Ava* und verdrehte die Augen.

„Über deine Frechheit sprechen wir noch. Jetzt müssen wir Sarah finden. Wenn wir es schaffen, wird dich Victorius sicher belohnen, vielleicht mit der Freiheit. Also iss schnell, jede Stunde zählt. Wenn ich mir die Gegend hier nicht ganz falsch vorstelle, hat es dieser Senator nicht weit von seiner Villa zum Tiber. Der Kanal zweigt dann vom Fluss nach Portus und zum Meer hin ab. Aber ich glaube nicht, dass Marjam und die Wachstafel meilenweit den Tiber hinunter und dann in den Kanal getrieben sind. Maurus hat die Tafel sehr nah bei ihr gefunden … Woher hat ein unbekannter Senator das Geld für so ein gewaltiges Anwesen?"

„Der Wirt sagt, dass Pletorius von einem Landgut bei Mediolanum weit im Norden stammt, also aus keiner der großen Familien von Rom. Er hat viele Jahre mit Sklaven gehandelt. Wie so einer in den Senat gekommen ist, das weiß nur Pluto, meint der Wirt."

Ich tunkte ein Stück Brot in die Holzschale mit Olivenöl und streute mit den Fingern grobes Salz darauf.

„Das riecht nach Größenwahn. Bist du fertig mit der Schleimbrühe?" Ich streckte die Hand aus dem Fenster und zeigte nach Osten.

„Sarah muss dort irgendwo sein!"

Der Wagenbauer stellte noch die Deichsel des Streitwagens nach; das neue Bronzelager glänzte schon fett mit Talg eingeschmiert in der Sonne. Er hatte auch die Lederbänder der Federung damit eingerieben und nachgestellt. Dafür verlangte er nur fünf Denare. Der von den Mücken zerstochene Mann schaffte ein Lächeln, als Kaschta ihm auf meinen Befehl zwei Silbermünzen extra in die Hand drückte, als

*

Bonus für die Arbeit an einem Feiertag. Kaschta drehte eine Proberunde auf dem weißen Platz vor dem Wirtshaus und nickte anerkennend. Ich stieg auf und war erstaunt über das fast neue Fahrgefühl. Kaschta gab mir die Zügel und trieb die Pferde mit der Peitsche an. Ich scherte in eine Lücke zwischen zwei Reisewagen ein. Die Via Portuensis führte nur noch ein kurzes Stück an den Salinenfeldern entlang und folgte dann nicht mehr dem Verlauf des Tibers. Sie zog ihr steinernes Band nach Nordosten durch abgeerntete Felder und verwildertes Grasland.

„Bald müssten wir da sein!", schrie Kaschta gegen das Poltern und Rattern des schweren Reisewagens vor uns an.

„Ob das mit den Huren stimmt?", fragte ich genauso laut zurück und zeigte auf die vereinzelten Grabmäler, die an der Straße standen.

Kaschta hob nur die Schultern. „Der Wirt hat noch erzählt, dass es hier seit etwa einem Monat keine Patrouillen der Marine mehr gibt. Vielleicht so lange, wie Victorius nicht mehr im Dienst ist."

Kurz vor dem Krähenhügel bog die Straße in einer engen Kurve nach rechts ab, zurück zum Tiber. Hinter der nächsten Biegung erhob sich eine Bodenwelle. Eine Mauer lief spitz auf uns zu. Sie erschien mir wie der Bug eines Schiffs, das in einem wogenden Meer aus Gras aufgelaufen war. Zypressen loderten hinter der Mauer wie schwarze Flammen auf. Sie wirkten über der hohen Ziegelwand auch mitten am Tag dunkel und bedrohlich. Eine Windbö fuhr durch die Steineichen des Parks und blies einen Schwarm rotbrauner Herbstblätter in den Himmel.

Ich hielt am nächsten Meilenstein. Von hier führte ein Weg auf das mit Eisenblechen beschlagene Tor des Anwesens zu. Davor standen zwei Wachen mit Speeren in den Händen. Es waren keine Soldaten, sie trugen eine Montur aus grobem Stoff und Leder, wie trainierende Gladiatoren oder Söldner.

"Ich glaube, es war nicht gut, nur zu zweit hierher zu kommen", sagte Kaschta leise.

„Stimmt, nach großer Gastfreundschaft sieht das nicht aus … wir könnten zum Tiber hinunter fahren und uns dort umsehen. Nein, warte, ich habe eine bessere Idee! Wir spielen Theater: Du mimst einen verwirrten Sklaven, der den Hund seines Herrn sucht. Geh einfach an das Tor und behaupte, der kleine *Gaius* ist an der Mauer entlang gelaufen und dann war er plötzlich weg. Woraus könnten wir eine Hundeleine machen?"

Kaschta steckte einen Daumen unter das geflochtene Lederband um seine Tunika.

„Aus meinem Gürtel. Mir ist übel von der Fischsuppe, aber ich mache es. Wenn ich noch nach Wasser frage, kann ich vielleicht einen Blick durch das Tor werfen. Warte mit dem Wagen dort auf dem freien Stück neben den drei Grabmälern."

„Ist dir wirklich schlecht?"

„Das kommt davon, wenn man nicht auf seine Herrin hört", sagte Kaschta und löste seinen Gürtel. Ich zog eine alte Armeedecke aus einem Kasten vorne im Wagen und warf sie ihm über die Schultern. Er setzte ein dümmliches Lächeln auf, machte einen Buckel und hinkte auf das Tor zu.

„Du hast wirklich viele Talente. Ava wäre jetzt stolz auf dich!", rief ich ihm hinterher.

Er zuckte als Antwort mit der Schulter, als hätte er seine Muskeln nicht ganz unter Kontrolle.

Weder ich noch Kaschta hatten den Kurierwagen des kaiserlichen Postdienstes bemerkt, der uns gefolgt war. Der zementgrau angestrichene Wagen mit den zwei frischen Pferden hatte ein ganzes Stück entfernt angehalten und sich dann langsam am Straßenrand genähert. Kurz nachdem ich auf den gerodeten Platz neben drei Grabmalen gerollt war, setzte er sich wieder in Bewegung und versperrte mir den Weg zur Straße. Ein Mann sprang vom Bock und kam langsam auf meinen mich zu. Er trug eine einfache graue Tunika, an seinem Gürtel hing ein Legionärsdolch mit versilbertem Griff. Sein dunkelblonder Haarschopf war vom Fahrtwind zerzaust. Das Gesicht darunter wirkte ernst und der Mund kaute auf einem Grashalm herum.

„Eine Amazone mit ihrem Streitwagen …", murmelte er. „Was will der Nubier dort am Tor?"

*

„Ihm ist schlecht vom Mittagessen. Er bittet um Wasser. Und du bist … Herkules, nehme ich an?"

Seine Züge lockerten sich ein wenig. Er spuckte den Grashalm aus seinem Mundwinkel und zog eine kleine Bleitafel aus seiner Gürteltasche.

„Wir sind Frumentarii, Agenten des Hofs. Was wollt ihr wirklich hier?"

„Der versilberte Dolch ist lächerlich", sagte ich und biss mir im gleichen Moment auf die Lippen. Aber ich konnte nicht anders, irgendwie provozierte er mich.

„Seid ihr nicht die Finsterlinge, die unliebsame Politiker im Auftrag des Kaisers in den Bädern um die Ecke bringen?"

„Lenk nicht ab. Hier hält man nicht einfach so an und fragt nach Wasser. Auf dem Hügel lebt ein Senator. Ihr müsst hier weg."

„Weil du das sagst? Oder der Senator?"

„Bei Janus, bist du frech!", rief er mit gedämpfter Stimme aus. „Für Abenteuer auf der Straße bist du ein wenig zu schön, finde ich. Dein Triumphwagen hat übrigens drei angebrochene Speichen. Linke Seite."

Er zwinkerte mir zu und hob die Hand. Aus dem hohen Gras hinter den Gräbern tauchten zehn Männer auf, die wie er einfache Tuniken und Dolche tragen. Ich bemerkte den bläulichen Bartschatten an seinem Kinn und das Grübchen darin. Er wirkte wie ein Angeber aus Rom, aber der dunkle Klang seiner Stimme gefiel mir. Victorius hat mir später gesagt, auf welchem Hügel er aufgewachsen ist – der Aventin –, er konnte es an seinem Akzent hören. Doch schon hier an der Straße habe ich vermutet, dass sein Vater oder seine Mutter aus einer Provinz stammen mussten.

Mein Umhang verfing sich an einer mannshohen Distel. Ich riss mich los und ging an der Seite des Mannes zu seinem Kurierwagen. Er räumte mit seinen Soldatenstiefeln zwei Erdbrocken aus dem Weg, weil ich nur leichte Sandalen trug, mit vergoldeten Bändern bis zu den Knien. Er hängte die Holztreppe an der Tür ein. Während ich einstieg, deutete er auf meine Füße.

„Zuhause schwebst du auf einer Wolke und badest täglich in Eselsmilch, nicht wahr? Ich bin übrigens Dacius Maximus, der Sohn des Tiberius Claudius Maximus."

Ich hob nachlässig die Schultern und stieg in den Wagen. Den Namen seines Vaters hatte ich zwar schon gehört, konnte aber in dem Moment nichts damit verbinden. Dacius blieb auf der obersten Stufe stehen. Ich setzte mich auf die gepolsterte Bank und schob meinen Umhang über die Knöchel.

„Ich heiße Rahel. Oder nenn mich Victoria, nach meinem Vater Publius Victorius, wenn dir das besser gefällt. Was passiert dort hinter der Mauer?"

„Die Tochter des Marinekommandanten von Portus?"

Dacius lehnte sich in den Türrahmen. Der Dolchgriff blitzte in der Nachmittagssonne auf, die durch das kleine Fenster des Wagens über meine Schulter fiel. Das Licht malte einen warmen Schimmer auf seine braungebrannte Haut, betonte aber auch die Falten in seinen Augenwinkeln.

Ich sagte, etwas sanfter als ich eigentlich wollte: „Gut, du hast also keine Ahnung. Holt meinen Sklaven da raus. Der war teuer."

„Wir beobachten nur, wer auf dem Hügel kommt und wer wieder geht. Das ist unser Auftrag. Wenn dein Muskelmann wirklich nur Wasser wollte, dann ist er bestimmt gleich wieder hier."

„Soll ich selbst gehen? Gib mir deinen Dolch!"

Um seine Augen zeigten sich noch mehr Falten, er lächelte breit und legte den Kopf schief.

„Deine Pupillen sind nicht gleich. Das passt zu dir."

Ich bekam eine starke Gänsehaut, zog meine Schultern hoch und legte die Arme übereinander. Wie konnte er es wagen, mir so in die Augen zu sehen? Das hatte noch niemand bemerkt, außer meinen Eltern. Doch, Fabia hat einmal etwas dazu gesagt … Dacius hatte Recht: Ein bernsteinfarbener Kranz leuchtete um meine linke Pupille herum, um die rechte ein rötlicher. Dacius stieg langsam die Stufen hinunter und imitierte dabei die Bühnenstimme eines alten Schauspielers:

*

„Kein Schutzheer rüstend, selber, insgeheim, durch List
Sollst du die Opfer schlachten mit gerechter Hand!'
Solch einen Spruch empfingen wir. Nun gehe du
sobald Gelegenheit sich zeigt, hinein ins Schloss,
erkunde drinnen alles, was vonstatten geht,
und wenn du's weißt, gib uns danach genau Bescheid!"

Wieder durchfuhr mich ein Schauer. Dacius kannte mein Lieb-
lingsstück des genialen Griechen Sophokles auswendig, zumindest die
ersten Seiten. Genau diese Worte sagt der listige Orestes in *Elektra* –
und Dacius betonte sie genau richtig.

* * *

Die Sonne stand knapp über den Grabmalen, gleich würde sie
dahinter verglühen. Durch das kleine vergitterte Fenster in der Wand
des Wagens beobachtete ich die Straßenseite gegenüber. Einer von
Dacius' Männern zeigte auf den Meilenstein und rief etwas. Kaschtas
dunkler, kurzgeschorener Kopf erschien neben der mannshohen
Steinsäule. Ich trat in die Tür des Wagens und winkte ihm zu. Er
passte eine Lücke zwischen zwei Ochsenkarren ab und spurtete los.
Als er vor mir stand, schloss ich für einen langen Moment die Augen
und nickte. Kaschta verstand mein Zeichen dafür, dass keine Gefahr
bestand. Ich bemerkte, dass Dacius meinen Körper von oben bis
unten musterte. Er drehte sich weg, als ich seine männliche Neugierde bemerkte, und lächelte Kaschta breit an.

„Du bist also Rahels Beschützer. Sie hat mir schon einiges über
deinen Mut erzählt, und eure Erlebnisse der letzten Tage. Lasst uns
hier verschwinden und in der nächsten Kurierstation einen Becher
Wein trinken. Meine Männer halten hier hinter den Gräbern den
Posten."

Der Wagen bog scharf von der Straße ab und hörte auf zu
schwanken. Ich stand von der Sitzbank auf und öffnete die Tür. Das

XCVII

letzte Tageslicht strich über die Rücken der Pferde vor den Ställen im Hof der Kurierstation. Dacius hielt zwei Prätorianern seine Bleimarke hin. Sie war etwas besonders, denn er bekam den besten Platz gleich vor dem Gasthaus angewiesen. Kaschta stellte unseren Streitwagen daneben ab. Dacius kletterte über eines der hohen Räder vom Bock, hängte die Treppe ein und hielt mir die Hand hin. Er wollte mir über die steile Stufen helfen, aber ich scheuchte ihn weg. Er machte eine verzweifelte Geste mit beiden Händen, lachte und ging durch einen niedrigen Bogengang zur Gaststube. Ich schaute mich noch einmal um, bevor ich ihm folgte. Vor dem Tor ebbte das Rumpeln und Kratzen der Wagenräder langsam ab und der Staub legte sich. Die einzige, halbwegs ruhige Stunde brach an, bevor der Nachtverkehr von Rom zum Hafen einsetzte.

Drinnen am Tresen kamen und gingen Kuriere und die Sklaven kaiserlicher Beamter. Sie bestellten Essen und Wein, trugen Schüsseln, Becher und Schalen an die Tische. Der Wirt begrüßte Dacius wie einen alten Freund und nickte mir neugierig zu. Dacius machte eine einladende Geste zu einem Tisch am Fenster hin.

„Hier können wir essen, ohne dass wir davon krank werden. Dabei reden wir. Ich habe einen Wagen reserviert, der euch danach komfortabel nach Portus zurückbringt."

Er ließ sich mir gegenüber auf eine Bank fallen, als hätte er gerade einen Schwertkampf hinter sich.

„Deinen Streitwagen lasse ich gleich hier reparieren, obwohl Feiertag ist. Einer meiner Männer fährt ihn dann hinter euch her."

Ich zog mit lautem Scheppern einen Blechteller mit Brot über den Tisch und riss ein Stück von dem runden Laib ab. Dann schob ich Kaschta einen Hocker hin. Dacius legte beide Hände flach auf die Holzplatte und betrachtete scheinbar interessiert seine Fingernägel. Sie waren fast makellos gefeilt und sauber. Erstaunlich für einen Mann, der seine Tage am Straßenrand verbrachte.

„Sind warmer Honigwein und Hühnerbrust für uns alle in Ordnung?" fragte er so laut durch den ganzen Raum, dass es auch der Wirt hören musste.

„Der Zensor zahlt, wie immer?", rief der zurück.

*

Dacius drohte ihm mit der Faust, ohne in seine Richtung zu sehen und rief: „Ich kann das Wort ‚zahlen' bald nicht mehr hören! Wir sind nicht nur Steuereintreiber."

„War nur ein Scherz. Wer ist die Schöne? In Portus beschlagnahmt? Oder kommt ihr gerade vom Oktoberrennen, mit dem verrückten Wagen?", lachte der Wirt.

Einige der Kuriere und Beamten drehten sich zu uns um. Ich zog mein Tuch enger um den Kopf. Dacius deutete mit dem Daumen zum Tresen und dann auf sich.

„Nehmt ihn nicht ernst. Wir kennen uns schon seit einer halben Ewigkeit. Erzählt mir, was ihr über den Krähenhügel wisst. Alles was ihr gesehen, gehört und gerochen habt."

Ich legte Kaschta die Hand auf den Arm und schüttelte kaum merklich den Kopf. Dacius beugte sich vor und blickte mit zusammengezogenen Augenbrauen zwischen uns hin und her.

„Das hier ist kein Verhör. Noch nicht. Dafür nehme könnte ich euch mitnehmen nach Rom, in die Castra Peregrina. Wir arbeiten im Auftrag des obersten Zensors an einem heiklen Fall, und ihr müsst mir dabei helfen."

„Wir wissen einiges und vermuten vieles", sagte ich betont gelassen. „Was bekommen wir dafür, wenn wir einem Vertreter des Zensors Bericht erstatten?"

Dacius nickte verständig, als hätte er die Frage erwartet. „Ruhm und Ehre. Vielleicht einen Anteil an den entgangenen Steuern, wenn wir sie durch eure Hilfe eintreiben können. Was hat dein Sklave hinter dem Tor gesehen?"

Ich nahm die Hand von Kaschtas Arm.

„Dann sagst du mir, was ihr alles über den Senator wisst."

Dacius nickte zögernd.

„Zeig ihm die Wachstafel", sagte ich zu Kaschta.

Dacius rückte näher an den Tisch und stützte die Ellbogen auf. Er öffnete die Handflächen gespannt nach oben, während Kaschta die Tafel aus seiner Umhängetasche kramte. Ich drehte mich weg und band meine aufgegangenen Locken zu einem Knoten zusammen.

Dabei bemerkte ich, wie Dacius' Blick sich in meinem Haaransatz verfing. Mir wurde heiß und ich spürte genau: Gleich entdeckt er das winzige Muttermal hinter meinem Ohr. Fabia hat mich oft an dieser Stelle geküsst, konnte gar nicht damit aufhören …

Dacius schloss genießerisch die Augen und ich musste lächeln. Ein lautes Räuspern von Kaschta holte uns beide in die Wirklichkeit zurück.

„Ich habe bei den Wachen eine schwere Armbrust gesehen", sagte er nüchtern. „In einem Waschraum konnte ich die Stimmen von Frauen hören, auch von sehr jungen. Vielleicht kleine Mädchen."

Dacius lehnte sich zurück und verschränkte die Arme hinter dem Kopf.

Kaschta fuhr fort: „Ich habe mein Mittagessen vor den Füßen der Wachen erbrochen. So glaubten sie mir, als ich nach Wasser verlangte. Dann machte ich Beine wie ein X, als müsse ich sehr dringend auf eine Latrine. Die Wachmänner hatten Narben wie Gladiatoren. Einer stieß mich an einer Reihe niedriger Hallen entlang, die sich innen an der Mauer aufreihen. Nach fünfzig Schritten kamen wir zu einer Latrine. Ich hörte aus einem Lüftungsgitter in der Decke unverständliches Gezeter und Schreie. Manche der Stimmen klangen wie von Kindern, ich kann mich aber auch täuschen. Der Kerl polterte von außen gegen die Tür. Ich bespritzte mich mit Wasser und legte eine Decke über meinen Kopf. Draußen spielte ich weiter den Idioten, stolperte herum und hielt die Hundeleine hoch. ‚Unseren kleinen Gaius habt ihr wirklich nicht gesehen?', fragte ich. ‚Er hat sich schon einmal hier oben verlaufen. Mein Herr schlägt mich, vielleicht dieses Mal zu Tode!' Ich schob mich an dem Wachmann vorbei und ging in die falsche Richtung weg. Aus der nächsten Tür kam aber ein noch breiterer Typ in einer verwaschenen Legionärstunika und starrte mich finster an. Er stellte einen schweren Jutesack neben sich ab. Daraus ragte die Schulterstütze einer Armbrust hervor. Der Mann verschränkte die Arme und machte einen Schritt auf mich zu. Dann brachten mich die beiden zum Tor zurück und warfen mich hinaus."

Ich sagte mit Stolz in der Stimme: „Gut, dass ich dich so oft ins Theater mitgenommen habe."

*

„Diese Wachmänner sind Söldner und ehemalige Gladiatoren", sagte Dacius. „Dazu kommt eine Handvoll Deserteure von den Legionen im Norden."

Er ballte eine Hand zur Faust, legte die andere darüber und rieb sie wie Mühlsteine aufeinander. „Wir haben zwei von den Kerlen in einem Gasthaus an der Kanalbrücke festgenommen und dann ausgequetscht. Sie warfen mit gefälschten Denaren um sich und wollten ein paar Huren mitnehmen. Leider waren sie erst seit kurzem auf dem Krähenhügel und wussten nicht viel."

Kaschta legte die Wachstafel auf den Tisch. Dacius' Augen zeigten blankes Unverständnis. Ich nahm die Tafel und erklärte ihm Fabias Stiftung. Dabei deutete ich auf die Namen der Mädchen im oberen Teil und erzählte von unseren Vermutungen über die unten eingekratzten Worte SOROR und CORVI M: „Meine Schwestern haben diese Listen geschrieben. Die beiden sind verschwunden, mitsamt den Wachstafeln. Kurz danach auch die Mädchen, deren Namen darauf standen. Sie wurden von einer Frau entführt, die sich für Fabia ausgab, und jede Mutter hat dreißig glänzende Denare von ihr bekommen. Ein Fischer hat gestern diese eine Tafel an der Mündung des Kanals von Portus gefunden, kurz darauf lag meine Schwester Marjam in seinem Netz. Sie schwebt zwischen Leben und Tod. Von ihrer Zwillingsschwester Sarah gibt es kein Zeichen, nur die Worte auf der Tafel. Auf der Fahrt hierher haben wir dann noch erfahren, dass die Straßenhuren rund um Krähenhügel verschwinden. Damit hat wohl auch dieser Senator zu tun."

„Danke für deinen Bericht", sagte Dacius trocken. „Aber den Senator überlässt du besser mir und dem Zensor. Uns geht es nur darum, dass er seine Steuern bezahlt."

Kaschta lehnte sich zu mir und flüsterte zwei Sätze in mein Ohr. Ich zeigte auf den leeren Platz neben Dacius. „Warum erzählst du uns von diesem Zensor, als ob er sich gleich wie irgendein Erbsenzähler zu uns setzt? Es gibt seit der Herrschaft von Vespasian keinen Zensor mehr in Rom, sagt mir gerade mein schlauer Sklave ein. Außerdem ist es deine Pflicht, meine Schwester zu befreien, wenn sie

CI

auf diesem finsteren Hügel ist. Sie ist eine römische Bürgerin, und du willst doch mehr als ein Steuereintreiber sein, oder?"

Dacius hob beschwichtigend die Hände. „Seit Vespasian, sagst du? Man lernt wirklich nie aus … Gut, es ist kein Geheimnis: Der Zensor ist heute der Princeps selbst. Ich berichte Antoninus Pius, wenn er Zeit hat, oder Marcus Aurelius. Ich werde deine Vermutungen bei Gelegenheit vortragen."

Er streifte meine Hand auf dem Tisch, scheinbar ohne Absicht. Ich bekam wieder diese Gänsehaut. Plötzlich hatte ich das Gefühl, dass all die hochnäsigen Beamten und abgehetzten Kuriere in der Schankstube ihre Blicke wie Speere auf mich und Kaschta richteten. Mir wurde klar, dass ich Dacius brauchte, um Sarah zu finden. Er brauchte mich auch, aber aus Gründen, die ich in diesem Moment nicht erahnen konnte. Im Kopf schmiedete er damals schon seinen irrwitzigen Plan – der am Ende nicht aufgegangen ist.

Kapitel XVIII
IBIDEM
(Am gleichen Ort)

Ich konnte nicht still sitzen und warf die Polster auf der Bank durcheinander, zog die Beine hoch und überschlug sie. Dann kam ich aus dem Gleichgewicht und stemmte die Füße wieder auf den Boden, um das Schaukeln des Wagens auszugleichen. Dabei drehte ich ständig meinen Mäanderring mit dem Daumen um den Mittelfinger.

„Er trifft die Herrscher und kennt *Elektra* auswendig", sagte ich zu Kaschta auf der Sitzbank gegenüber. „Das erste würde Victorius sehr gefallen … Aber diese Dacius ist ein Angeber, vielleicht lügt er einfach? Sag mir, was hältst du davon?"

„Mit seiner Metallmarke hat er sich in der Kurierstation großen Respekt verschafft", antwortet Kaschta. „Wir wären noch nicht einmal auf den Hof gekommen, auch mit der Marcuse von Victorius nicht."

*

Ich zog mich am Fenstergitter hoch und sah durch die Stäbe hinaus. Brachliegende Felder zogen vorbei, sie waren mit Dornensträuchern zugewachsen. Die Bauern hatten sie vor Jahrzehnten aufgegeben, weil sich der Getreideanbau wegen der gigantischen Importe aus Africa nicht mehr lohnte. Unter dem rot und grau nachleuchtenden Himmel spannten sich die dunklen Schirme der Pinien. Sie standen an der Straße zusammen, als würden sie sich Geschichten zuraunen; Geschichten über den Irrsinn und die verwirrten Gefühle der Menschen, die Tag und Nacht auf dem endlosen Steinband unter ihnen vorbeihetzten.

Ein starkes Rütteln weckte mich aus dem Halbschlaf und warf mich gegen die Holzwand. Der Kutscher musste einem liegengebliebenen Wagen mitten auf der Straße ausweichen und dafür ein Stück durch den Dreck am Straßenrand fahren. Ich tastete mich zurück in die Mitte der Sitzbank, meine Gedanken kreisten wieder um Dacius. Er hatte während unseres gemeinsamen Essens in der Kurierstation eine Pergamentrolle in die Hand gedrückt bekommen. Noch während der Reiter neben ihm stand, brach er das Siegel auf und überflog die Nachricht. Danach wirkte er sehr in Eile und führte uns zu einem Kurierwagen, der mit frischen Pferden vor den Stallungen wartete.

„Erzählst du mir, wer du bist und wo du herkommst, wenn wir uns wiedersehen?", fragte ich ihn auf der Treppe, so sachlich wie ich nur konnte.

Dacius schaute sich nervös um und kniete sich halb auf die Stufen. Er sprach leise, fast verschwörerisch: „Hier hast du die Fassung in einer Nussschale: Meine Mutter stammt von weit weg, aus Napoca in der Provinz Dacia Superior. Mein Vater war zum Ende seiner Laufbahn Decurio in der VII. Legion *Claudia*, vorher ein Explorator. Er hat den Dakerkönig Decebalus gejagt, in einem Bergwald aufgespürt, und Trajan seinen Kopf gebracht. Dafür bekam er als Belohnung ein Stück Land im Norden von Griechenland, bei einem Ort mit dem schönen Namen *Drama*. Dort habe ich meine Kindheit verbracht."

Ich bedankte mich mit einem knappen Lächeln und raffte meinen Umhang. Dacius sollte meine Füße unter den Goldriemen der Sandalen sehen. Ich spürte, wie seine Augen das Ziel fanden, und sagte, schon halb im Wagen verschwunden: „Daher kommt also dein wildes Aussehen – die Mutter eine Barbarin, der Vater ein Draufgänger aus der Zeit der großen Eroberungen."

Dacius musste lächeln und hob die Treppe aus den Haken vor der Tür.

„Du kannst es so sehen, wenn du willst. Aber jetzt gute Fahrt! Ich werde versuchen, schon morgen früh am Hof Gehör für das Schicksal deiner Schwester und der Mädchen von Ostia zu finden."

Zum Abschied hob er die Hand, als ob er einen Federkiel halten würde. Er machte damit eine Wellenlinie in die Luft: Ich werde dir schreiben.

„Glaubst du, er kennt die Herrscher wirklich?", fragte ich Kaschta.

„Auf jeden Fall wollte er ganz sicher gehen, dass wir in Richtung Portus verschwinden", antwortete er und klopfte an die von außen verschlossene Tür des Wagens. „Er wirkt mit jeder Faser wie ein Frumentarius. Da soll es ziemlich verschlagene Typen geben ..."

Über dem tyrrhenischen Meer ballten sich Gewitterwolken wie die Fäuste des Vulcanus zusammen, der seinen Schmiedehammer umgreift und damit ausholt. Es blitzte zwei Mal. Der Donner drang kurz darauf als dumpfes Grollen durch die Holzwände. Ich versuchte Kaschtas Gesicht im aufblitzenden Licht zu lesen, aber er schien mir genauso ratlos über Dacius wie ich.

„Hätte ich doch etwas anderes angezogen", sagte ich noch, mehr zu mir selbst als zu Kaschta. „Wenigstens einen etwas eleganteren Umhang. Jetzt hat er mich nur in dieser langweiligen Kluft einer alten Matrone gesehen. Ob er eine Frau hat? An seinem Finger war zumindest kein Ring. Hoffentlich stimmt wenigstens die Hälfte von dem, was er erzählt hat."

Kaschta hob nur die Schultern und hörte meinem Monolog weiter zu.

„Vielleicht kommt er nach seinem Vater, dem ruhelosen Kundschafter? Das wäre nicht viel besser als der Mann, den ich heiraten musste ... Aber wie war seine Mutter? Ich kannte noch nie einen

*

Daker, auch keinen halben. Auf jeden Fall ist er der einzige Schlüssel zum Krähenhügel – der einzige Mensch, der uns helfen kann, Sarah zu finden. Ich hoffe so sehr, dass sie lebt!"

*

BUCH II
Kapitel XIX
INSULA PORTUS
ANTE DIEM XVI KALENDAS NOVEMBRIS
A U C DCCCXCIX
(Isola Sacra (Fiumicino), 17. Oktober 146)

Im Säulenhof herrschte zur vierten Nachtwache fast völlige Stille. Ich hatte nur kurz Schlaf gefunden und ging eine Runde durch das dunkle Haus. Dabei versuchte ich meine Gefühle abzuwägen und die Gedanken zu sammeln. Victorius schnarchte leise, man konnte seinen Atem in der kühlen Luft über der Liege sehen. Aus dem Gartenhof drang gedämpftes Klappern herüber. Kaschta schleppte die Heizschalen aus einem Vorratsraum neben den Ställen ins Freie. In einer brannte schon Holz und Rauchschwaden zogen über das Dach. Kaschta bemühte sich, die Glut in den Schalen richtig anzufachen, er hatte es während der drei Jahre im heißen Palaestina verlernt.

Maurus hatte die Nacht im Säulenhof auf einem Feldbett unter drei Wolldecken verbracht, gleich neben der Küchentür. Der alte Fischer lag dort nur wenige Schritte von meinem Vater entfernt, seinem alten Freund und ehemaligen Kommandanten, unter dem er vor vielen Jahren als Zimmermann auf einem Schiff gedient hatte. Er wollte nicht in seine Hütte in der Bucht und zu den Dämonen zurück, die er dort vermutete, und unsere Schlafkammern waren ihm zu eng. Die halbe Nacht lang hat er wohl an die Wand gestarrt, dann in die düsteren Nachtwolken über den im Wind schwingenden Palmen. Maurus stand auf, als der Hahn auf einem nahen Bauernhof krähte. Ich traf ihn im Atrium und wir gingen leise auf den Platz vor unserem Haus, der sich langsam mit Händlern, Karren und Waren füllte. Ziellos und schweigend liefen wir umher, dann lenkten wir unsere Schritte über den Kanal und zum Fischmarkt. Schon auf der Brücke hörte ich die heiseren Schreie der Marktfrauen. Die gestreckte niedrige Halle war voller Menschen aus allen Provinzen, dazwischen standen Steintröge, die von Kalmaren, Krebsen, Barschen und Meerestieren überquollen, deren Namen ich nicht kannte. Eine Frau hebelte gerade mit einem kleinen krummen Messer einer lebenden Languste die Scheren ab, hielt sie sich wie Hörner neben den Kopf und grinste uns an. Ich machte vor Schreck einen großen Schritt zurück – dort wo das linke Auge der Frau sitzen sollte, klaffte ein kugelförmiges Loch. Maurus fuhr ebenfalls zusammen, stieß an einen Karren und riss eine Holzwanne herunter, in der sich unzählige Aale wanden. Ein junger Fischer brüllte ihm einen derben Fluch ins Gesicht und griff in die glitschigen Fische. Wir gingen eilig aus der Halle. Die gerade aufgegangene Sonne blendete mich, ich bekam stechende Kopfschmerzen und lief auf die Brücke zurück. Unten auf der Kaimauer des Kanals hatte sich eine Menschenmenge versammelt. Ich blickte hinunter und erkannte im Wasser den Umriss eines gesunkenen Bootes. Unter der Brücke staute sich ein halbes Dutzend breiter Boote. Es waren Marmorkähne, die auf das Meer hinaus wollten. Maurus und ich gingen an den Gasthäusern vorbei, durch die Staubflocken der Flachsgasse und zurück zu unserem Haus. Auf dem dunklen Holz der Tür erschien mir plötzlich Marjams Gesicht mit den roten Haarsträhnen, die sich wie Schlangen um das Haupt der Medusa wanden. Ich schlug heftig dagegen, um es zu vertreiben. Kaschta öffnete die Tür und sah mich entgeistert an.

„Victorius ist wach", sagte er und trat zur Seite. „Ich habe ihm schon von Mariam und unserer Fahrt zum Krähenhügel erzählt."

Ich eilte in den Hof und griff die schmale Hand meines Vaters. Ein Nicken war sein einziger Gruß. Sein Blick war glasig, die Mundwinkel verzerrt. Er sah um ein Jahrzehnt gealtert aus.

"Das ist Theater", sagte ich langsam und betont. „Ein gruseliges Stück mit einer meiner Schwestern als Darstellerin zwischen Leben und Tod."

"Was bedeutet das?", fragte Maurus irritiert.

Victorius drehte den Kopf zu ihm und begann stockend zu sprechen: "Gut dich zu sehen, Maurus ... Rahel redet wie immer nur vom Theater. Sie meint wohl, dass Marjam nicht durch Zufall in dein Netz geraten ist."

Er griff meine Hand ein wenig fester.

*

„Vielleicht hat sie sogar Recht. Hier ist schon lange niemand mehr ertrunken, und die Leichen aus Rom treiben immer den Tiber hinunter ins Meer. Nie in den Kanal. Hoffentlich kommt nicht bald Sarah hinterher."

Ich zog meine Hand weg.

„Rede nicht so grob, Vater! Du musst hier deine Gefühle nicht mit harten Worten überspielen, wie vor deinen Soldaten."

Ich hielt Maurus den Holzzapfen vor die Augen, den ich gestern in einer Falte der zerfetzten Tunika meiner Schwester entdeckt und eingesteckt hatte.

„Könnte das von einem Fischerboot sein? Den Zapfen habe ich im Netz gefunden."

Maurus griff nach dem dunkelrot angemalten Stück Holz. Er stand auf und ging damit zwischen die Säulen ans Licht. Ich trat hinter ihn und sah die Falten in seinem von der Sonne verbrannten Nacken. Er roch wie die See und in den Falten schimmerte es weiß, als ob sich dort Salz angesammelt hätte.

Maurus gab mir den Zapfen zurück und sagte: "Sieht eher aus wie von einem Fährboot. Die Rillen an dem Zapfen sind dazu da, damit die Leinen nicht abrutschen, wenn man sie darum wickelt. Es waren dünne Leinen, die Einschnitte sind schmal und der Zapfen ist nicht sehr groß. Wahrscheinlich ein altes Boot irgendwo vom Tiber, mit einem kleinen Segel darauf. Eher kein Fischerboot oder Lastkahn. Die sind viel stabiler gebaut."

"Also müsst ihr ein rotes Fährboot suchen", sagte Victorius mit schwacher Stimme. Seine Lider sanken langsam über die rot geäderten Augäpfel.

"Aber davon gibt es doch hunderte", wandte Maurus ein, heftiger als er wohl wollte. „Und was hat das mit eurer Marjam zu tun? In meiner Bucht war die letzten Tage kein einziges Boot."

„Auch nachts?", fragte Victorius.

Ich merkte, wie er auf den Fischanhänger an meinem Hals starrte und noch etwas sagen wollte, doch dann drehte er den Kopf auf die Seite und dämmerte weg. Etwas gelblicher Speichel lief aus seinem Mund. Ich wischte ihn behutsam mit einem Baumwolltuch weg, das

Lela über das Kissen gelegt hatte. Kaschta kam in den Hof und meldete Dacius an der Tür. Seinem Gesicht nach zu schließen, muss ich ihn angestarrt haben wie einen Lemuren – oder einen Boten der Götter. Im nächsten Moment rief ich laut nach Ava und stürmte zu meinem Schlafzimmer davon.

Auf dem Weg zurück in den Hof zog ich den vergoldeten Gürtel um meine lindgrüne Seidentunika noch ein wenig enger, um meine Taille zu betonen. Meine Augen hatte Ava schnell mit indischem Kohl umrandet. Ein auf die Schnelle etwas schief geratener, ägyptischer Schwung zierte die Augenwinkel.

„Genial", sagte Dacius anstatt einer Begrüßung und deutete auf die Schiene um Victorius' Bein. Die Kniewunde hatte einen dicken Schorf gebildet, das Bein darunter war abgeschwollen.

Dacius drehte sich ganz zu mir um.

„Den Arzt möchte ich kennenlernen. Marcus Aurelius bestimmt auch, er sucht gerade einen neuen Leibarzt, wegen seiner andauernden Kopfschmerzen und seiner Angst vor Giften. Ich hoffe, dein Vater träumt jetzt nicht von Pfeilgeschossen und Strandräubern."

Er legt dem erstaunten Kaschta die Hand auf den Arm und sagte vertraulich: „Kann ich deine Herrin, dich und Maurus in Ruhe sprechen?"

Ich führte die drei Männer quer durch den Hof zu Victorius' Arbeitszimmer gegenüber der Küche. Neben Marjams Liege kniete ich mich hin und hörte kurz auf ihren Atem. Er ging langsam, aber stetig. Ich strich ihr die Haare von der kalkweißen Stirn. Sie hatte sich in der Nacht wieder bewegt und lag nun halb auf der Seite. Dacius betrachtete ihr Gesicht für einen langen Moment, als wolle er es sich einprägen, und folgte mir dann in das Arbeitszimmer. Ich lehnte mich an den großen Schreibtisch aus Wurzelholz und verschränkte die Arme. Dacius schloss die Flügel der Tür bis auf einen Spalt.

"Ich bin schon seit dem Morgengrauen hier in Portus", sagte er und sah mir völlig unverfroren in die Augen. „Nur falls du dich gewundert hast, dass ich so schnell hier bei euch auftauche. Die Sache mit dem Krähenhügel ist noch in der Nacht sehr wichtig geworden. Auf dem Palatin sind alle nervös wegen der gigantischen Jahrhundert-

*

feier im nächsten Frühjahr. Jedes schlechte Vorzeichen und jede Störung der Ordnung sorgt im Palast für einen mittleren Aufruhr." Er suchte Maurus' Blick im Halbdunkel. „Ich war gerade bei deiner Hütte. Meine Männer haben sich die Soldaten auf den zwei letzten Wachtürmen vorgenommen. Die Kerle haben Marjams Körper schon vor der Mündung im Kanal treiben gesehen – und nichts getan. Sie wurden dafür bezahlt, das ist sicher. Einer hatte zwei Hände voll Silbermünzen im Beutel. Wir haben die Münzen verglichen: Sie sind genau wie das Falschgeld, dass die Mütter der entführten Mädchen in Ostia bekommen haben. Es gibt also keine Dämonen in der Bucht. Rahels Schwester ist in den Kanal gefallen, oder sie wurde gestoßen und dann von der Strömung ein Stück über den Grund geschleift."

In Dacius Stimme schlich sich leiser Triumph ein: „Die vielen Kratzer in ihrem Gesicht stammen nämlich nicht vom Meeresboden, sondern vom Grund des Tibers oder des Kanals."

Maurus' Gesicht wurde zu einem großen fragenden Q. Nach einer etwas zu langen Kunstpause kramte Dacius ein kleines, kegelförmiges Schneckengehäuse aus der Ledertasche an seinem Gürtel. Er legte es mit spitzen Fingern in die Mitte seiner Handfläche, als wäre es eine kostbare Perle.

"Diese Wasserschnecke habe ich in einem Fetzen von Marjams Tunika entdeckt, der noch im Netz hing. Ich weiß von einem der Schiffer im Marmorlager oben am Kanal: Diese Schnecken gibt es nur im Tiber und hier, sicher nicht im Meer."

"Kann ich mal sehen?", fragte Maurus und griff nach der Schnecke. Er hielt sie fast eine Armlänge entfernt, damit seine alten Augen sie richtig erkennen konnten.

„Mag sein, dass es die dort oben bei den versoffenen Marmorschleppern gibt. Die habe ich aber auch oft im Netz. Sie kleben am Treibholz."

"Die Schnecken kenne ich auch", warf ich ein. „Es gibt sie am Strand, bis hoch zur Mündung des Tibers."

Dacius hob beide Hände und machte eine abwehrende Geste, die sogar mir zu theatralisch war. "Ich werde mich hüten, den Zorn von

Neptuns zwei engsten Vertrauten auf mich zu ziehen. Ihr habt sicher Recht."

Nun stellte ich den Holzzapfen auf die wild gemaserte Tischplatte und trat zur Seite, damit das Licht aus dem Türspalt darauf fallen konnte.

"Hier haben wir vielleicht etwas, das wirklich weiterhilft. Dieses Ding war auch im Netz. Es steckte unter der Kleidung meiner Schwester. Wir müssen das Boot dazu suchen, hat Victorius gesagt. Ich weiß wo es ist."

Dacius griff nach dem Zapfen, rollte ihn nachdenklich zwischen den Fingern. Er tat so, als ob er nicht wüsste, wovon ich spreche – und gab dabei wieder einen wirklich schlechten Schauspieler ab.

Kapitel XX
INSULA PORTUS
ANTE DIEM XVI KALENDAS NOVEMBRIS
A U C DCCCXCIX

„Du musst Fische fangen, bring dein Netz wieder ins Wasser", sagte ich zu Maurus und versuchte ein aufmunterndes Lächeln. „Schaffst du es zu Fuß zurück in die Bucht?"

Ich begleitete den alten Fischer durch das Atrium bis vor die Tür. „Du hast meiner Schwester das Leben gerettet, weil du so schnell zu uns gekommen bist. Sie wacht bald auf, wenn Gott es will."

Maurus nickte nur stumm. Ich drückte seine sehnige sonnenverbrannte Hand zum Abschied.

„Victorius ist dir ebenfalls sehr dankbar, auch wenn er es nicht sagt."

"Hauptsache, ihr alle werdet gesund. Dann kommt ihr mich wieder besuchen und wir grillen Barsche. Wie früher."

Ich sah Maurus nach, wie er sich einen Weg durch die abgestellten Karren, Verkaufsstände und Flachsbündel auf dem Platz bahnte. Er verschwand in der Gasse nach Westen, zum Meer hin. Ich schloss

*

die Tür und fuhr im gleichen Moment herum. Dacius lehnte mit verschränkten Armen im Durchgang zum Säulenhof und scharrte mit dem Schuh auf dem Boden. „Was weißt du von dem Boot?", fragte er. „Erzählst du es mir beim Essen? Auch ein Becher Wein wäre jetzt nicht schlecht." Er ging in Richtung der Küche davon.

„Fühl dich ganz wie zuhause, du …", rief ich ihm nach. „Wir haben jetzt keine Zeit zum Trinken! Was bildest du dir ein? Du benimmst dich gerade so, als ob du zur Familie gehörst! Wie wäre es, wenn du endlich anfängst meine Schwester zu suchen? Du und deine Bande von Agenten!"

Ava kam auf mich zu und wollte mir fürsorglich einen Wollumhang umlegen; es war über Nacht spürbar kälter geworden. Ich riss ihr den Umhang weg und warf ihn wütend auf den Boden. Die schwache Sonne streifte den Rand des Ziegeldachs über dem Säulenhof. Die Strahlen wurden von den Regenwolken unterbrochen. Der Geruch von Salz und Tang hing in der Luft, die Herbststürme kamen. Ich ging zur Küche und ließ mich auf die schmale Liege neben der Tür sinken. Meine Hand strich über das abgenutzte Polster. Es war einer der Lieblingsplätze meiner Schwestern im Haus. Neben der Liege stand eine Heizschale, in der frisch angefachte Kohlen glühten. Ich blickte zu Dacius hoch. Er kam aus der Küche und zwinkerte mir frech zu. Lela folgte ihm mit einem Silbertablett. Darauf lagen in Honig getauchte Brotstücke, drei Äpfel und ein kleines krummes Obstmesser. Dacius nahm ihr das Tablett ab, stellte das Essen neben mich auf die Liege und setzte sich ans andere Ende. Er griff sich einen Apfel, schälte ihn und begann das Fruchtfleisch in Würfel zu schneiden.

„Was wird das?" fragte ich. „Ich bin kein kleines Kind mehr."

„Das ist für deinen Vater. Er muss wieder auf die Beine kommen. Wir brauchen ihn."

Von der Eingangstür war lautes Pochen zu hören. Dacius sprang auf und lief durch das Atrium. Nach wenigen Momenten kam er mit einem Stück Pergament in der Hand zurück.

„Hier steht es jetzt auch geschrieben: Ihr sollt mitkommen, du und Victorius. Wir teilen uns auf. Kaschta geht zum Kanal. Dort ist kurz hinter der Brücke ein dunkelrotes Fährboot gesunken, das bestimmt zu dem Holzstück passt. Dein schlauer Sklave sieht sich das an und kommt nach. Ich lasse ein paar Prätorianer hier, die ihn sicher zu uns bringen."

„Du weißt schon von dem Boot?", fragte ich ungläubig. „Eine Eskorte für einen Sklaven? Warum muss Victorius mit? Er kann sich doch kaum bewegen. Wohin sollen wir überhaupt?"

Dacius legte als Antwort auf alle meine Fragen nur die Handflächen vor der Brust zusammen und setzte sein überfreundliches Lächeln auf.

„Ich könnte euch auch zwingen. Aber es wäre mir eine viel größere Ehre, euch als Gäste zu betrachten. Wenn sich das mit dem Boot im Kanal bestätigt, lasse ich die ganze Küste nach den Schweinehunden absuchen, die deiner Schwester das angetan haben. Dazu alle Häfen von Centumcellae bis Antium – ich schwöre es bei den Medaillen meines Vaters aus den Dakerkriegen."

Ich wusch mir die Hände in einer Wasserschale voller frischer Zitronenschnitze und Lavendelzweige, die mir Lela hinhielt. „Alle Häfen durchsuchen? Das kann noch nicht einmal Victorius anordnen."

Dacius hörte meinen letzten Satz schon nicht mehr. Er war mit dem Tablett auf dem Weg zu Victorius. Ich war wütend. Aber ich fühlte mich auch auf eine unheimliche Weise zu ihm hingezogen.

* * *

Vor dem Haus standen zwei Kurierwagen zur Abfahrt bereit. Flankiert wurden sie von zwanzig Prätorianern. Ich staunte über die Reiter in ihren glänzenden Rüstungen, wagte es aber nicht, nach dem Grund für die Eskorte zu fragen. Ich ging immer noch davon aus, dass es nach Rom ging, und die brauchte man dort wohl …

*

Dacius zog eine Bare aus dem ersten Wagen und holte Victorius mit einem der Prätorianer zusammen aus dem Säulenhof. Kaschta übergab Chiron die Schlüssel für das Haus.

Ich ermahnte ihn aus der Tür des Wagens heraus: „Der junge Arzt aus Ostia wird hoffentlich wiederkommen. Lass ihn nicht vor der Tür warten, wie Maurus gestern. Hilf Lela, wenn sie dich bei Marjam braucht." Dann erklärte ich Ava, dass sie mit Kaschta und ein paar Kleidern nachkommen sollte, zwei Reiter würden sie begleiten. Ava sprang sofort ins Haus zurück und begann eine Reisekiste für mich und Victorius zu packen, Kosmetik in Glasflakons und Dosen zu füllen, die Lockenstäbe einzuwickeln und alles in den zweiten Kurierwagen zu laden. Kaschta rannte über den Platz in Richtung Kanalbrücke und verschwand zwischen zwei Lagerhallen. Zwei Prätorianer trabten gelassen auf ihren Pferden hinter ihm her.

Kapitel XXI
OSTIA
ANTE DIEM XVI KALENDAS NOVEMBRIS
A U C DCCCXCIX
(Ostia Antica, 17. Oktober 146)

Ich möchte das Geheimnis noch nicht ganz aufdecken, doch hinter den Entführungen der Mädchen aus Ostia steckte der Sklavenhändler, mit dem ich auf dem Weizenschiff schon so heftig aneinander gestoßen war. Warum mir Crasnicus mehrmals über den Lebensweg geschickt wurde – von welcher Himmelsmacht auch immer –, es wird unergründlich bleiben. Aber Crasnicus konnte das Verbrechen nur mit Komplizen begehen. Dacius' bester Agent Rufus hat ihn und eine elegante Frau bei einem Treffen in einer Schenke beobachtet. Er hat es geschafft, von einem Nebentisch ihre Unterhaltung zu belauschen. Sein kurzer, aber genauer Bericht lautete so:

Crasnicus und die Frau tauschten keine Wangenküsse aus, wie man es zur Begrüßung unter Freunden und Bekannten tut. Sie kamen in der neuen Taverne im ehemaligen Wachhaus der Porta Marina von Ostia zusammen. Das Publikum hier war bunt gemischt aus Reisenden, Huren und den schweren Ringern, die ganz in der Nähe im Gymnasion der Meeresthermen trainierten. Keiner beachtete die hochgewachsene Frau mit dem verschleierten Gesicht. Crasnicus trank den teuersten Wein und bestellte Aalsuppe. Die Frau verzog den Mund, sah sich im Schankraum um und sagte geringschätzig: „Einmal Plebejer, immer Plebejer."

Crasnicus überhörte die arrogante Bemerkung und fuhr mit seiner dick verbundenen Hand durch die Luft, wie der öffentlicher Ausrufer auf dem Forum Romanum.

„Bald bin ich hier im Westen der Größte. Dann kann ich tun und lassen was ich will. Und wenn unser großer Gönner endlich Prätor geworden ist, wird er dich reich belohnen. Er mag ohne jede Rücksicht sein, aber seine Freunde vergisst er nicht."

„Solange sie ihm auf seinem Weg nach oben nutzen …", sagte die Frau. Ihr Tonfall hatte sich kaum geändert. „Nächstes Mal treffen wir uns in Rom. Ich will hier in der Gegend nicht mehr mit dir gesehen werden. Was passiert mit dem anderen Zwilling? Die Göre stammt aus einer halbwegs guten Familie und kann nicht nach Neapolis auf den Sklavenmarkt, wie diese halb verhungerten Mädchen. Sie muss verschwinden."

Crasnicus schüttelte den Kopf. "Pletorius hat etwas mit ihr vor. Das geht immer ein paar Tage mit diesen Rothaarigen, dann hat er sie satt, und sie kommen in den Kanal. Als Opfer für Pluto, oder so ähnlich."

"Dein Geschäftspartner wird mir immer unheimlicher. So ein Irrer kann heutzutage Prätor werden?"

Crasnicus schnauzte sie an: „Das ist nicht dein Geschäft. Du hältst still, bis die Mädchen im Süden sind. Nimm dann einfach das Geld und bezahle damit deine Schulden für die Haussklaven bei mir, und bei den Leuten, die dein Haus so prächtig renoviert haben."

*

Kapitel XXII
INSULA PORTUS
ANTE DIEM XVI KALENDAS NOVEMBRIS
A U C DCCCXCIX
(Isola Sacra, Fiumicino, 17. Oktober 146)

Kaschta hat mir aufgeschrieben, was am Kanal passierte. Gut, dass er in unserem Haus voller Bücher aufgewachsen ist. So musste ich Kaschtas Sätze nur ein wenig zurechtrücken, um sie für alle lesbar zu machen:

Die beiden Prätorianer ärgerten mich den ganzen Weg zum Kanal mit bösen Sprüchen. Sie warfen mit Kürbiskernen nach mir und traten so lange von ihren Pferden aus nach meinen Schultern und meinem Kopf, bis ich ihnen erzählte, was ich suchte: Das Boot zu dem Holzzapfen, den ich in meiner Faust hielt.

Am Kai hatte sich eine Menschenmenge gebildet. Die Leute diskutierten laut, wie man die versperrte Fahrrinne wieder frei bekommen könnte. Der Mast des Fährboots war noch zu sehen, die Spitze ragte bis knapp unter die Wasseroberfläche. Sie formte dort einen Strudel. Ein Lastkahn voller Marmorplatten wurde gerade am Kai festgemacht. Sein Rumpf hatte den mit Metall beschlagenen Bug des versunkenen Bootes gerammt. Durch das Leck drang Wasser ein. Hektisch versuchten drei Schiffer es mit in Teer getränkten Stofflappen zu stopfen und Bretter darüber zu nageln. Hinter dem Lastkahn stauten sich zwei Dutzend Boote, die alle auf das Meer hinaus wollten.

„Nimm gleich ein Seil mit runter und binde es am Mast fest", rief einer der Prätorianer von seinem Pferd herunter. „Dann müssen die Hafentaucher da nicht rein. In die Brühe würde ich nicht mal meine Hand halten."

Ich antwortete: „Dacius hat gesagt, wir haben keine Zeit zu verlieren." Dann zog ich meine Tunika aus und sprang in den Kanal. Mit zwei Zügen schwamm ich in die Mitte und tauchte unter. Ich sah kaum die Hand vor meinen Augen, so trüb war das Wasser. Einen sehr langen Moment später fand ich einen Zapfen in der Bordwand, der genau so geformt war, wie der aus dem Fischernetz. Ich tauchte auf, schwamm zum Kai zurück und stieg über ein paar Stufen die Steinwand hoch. Der Prätorianer hielt den trockenen Zapfen neben meinen und nickte, ohne wirklich zu verstehen.

"Du stinkst und die Haut an deinem Hals wird rot", sagte er. „Wasch dich und pack die süße Ornatrix deiner Herrin ein. Wir müssen dort sein, bevor es dunkel wird."

Wo, sagte er nicht.

Ich rannte und die beiden galoppierten los. Wir erreichten das Haus, lange bevor sich die gaffende Menge auf dem Kai einen Reim auf die Szene machen konnte.

„Wer ist eigentlich dieser Halbgott Dacius, der alle Kurierwagen von hier bis Rom reservieren kann und uns als Eskorte bekommt?", sagte einer der Prätorianer. „Hat die Stadtkohorte von Ostia keine Reiter mehr?"

Der andere antwortete: „Das hat bestimmt mit den großen Spielen im Frühjahr zu tun. Alle sind nervös: unser Präfekt, und die Herrscher auch. Dieser Dacius soll der Sohn von Tiberius Claudius Maximus sein."

„Bei Mars – von DEM Maximus? Trajans Explorator aus den Dakerkriegen?"

* * *

Während Kaschta das Beweisstück dafür herauftauchte, dass meine liebe Schwester Marjam zwischen der Brücke und der Kanalmündung von einem Boot gestoßen wurde, schaukelten wir im Strom der Lastkarren durch das Stadttor von Portus. Ein Botenreiter kam heran und brachte sein Pferd nur mit Mühe vom gestreckten Galopp in das Schneckentempo der Hafenstraße. Er trabte neben unserem Kurierwagen her und rief laut nach Dacius. Der öffnete die Tür, griff nach der Nachricht in der ausgestreckten Hand des Boten, brach sofort das Wachssiegel auf, entfaltete das Pergament und überflog die

Zeilen. Er schlug mit der Faust gegen die Holzwand. Der Wagen scherte aus dem Verkehr, hielt auf dem schmalen Streifen sandiger Erde neben dem Pflaster an und versperrte einer Gruppe laut fluchender Fußgänger den Weg. Sie mussten sich an der offenen Tür vorbei durch ein Dornengebüsch kämpfen und starrten uns nur noch böse an, als sie den kaiserlichen Adler auf der Seitenwand gesehen hatten.

Dacius warf sich mir gegenüber auf die Sitzbank.

"Der Plan hat sich gerade geändert. Ich muss sofort nach Ostia, und bringe euch am Besten in euer Haus zurück. Wie komme ich dann in das Mithraeum unter den Offiziersthermen? Das soll in der Nähe der ‚Aula der Getreideabmesser' sein - so steht es hier."

Eine Sorgenfalte grub sich tief in seine Stirn. „'Der Ort, wo sich die Marinekommandeure treffen'. Victorius, hilf mir."

„Vom Fähranleger aus musst du gleich nach Westen", sagte mein Vater von der Bahre am Boden aus. „Die Thermen sind im dritten Häuserblock zwischen dem Marinehafen und dieser Aula. Aber das Mithräum dürfen nur Eingeweihte betreten. Der Kult ..."

„Was ist schon wieder in Ostia los?", fragte ich aufgeregt dazwischen. „Geht es um Sarah und die Mädchen? Wir kommen natürlich mit!"

„Nein, es ist etwas anderes. Aber auch eine wirklich üble Sache. Mein Freund Nicephorus von der Stadtkohorte ist schon dort. Was er schreibt, klingt völlig unglaublich", sagte Dacius. Er lehnte sich weit aus der Tür und schlug dem Kutscher gegen das Bein.

„Umkehren und nach Ostia!"

Kapitel XXIII
OSTIA
ANTE DIEM XVI KALENDAS NOVEMBRIS
A U C DCCCXCIX
(Ostia, 17. Oktober 146)

Auf den Stufen drängten sich die abgewiesenen Badegäste. Gute drei Dutzend Schaulustige füllten die Gasse vor dem Hauptportal der Offiziersthermen. Ein Zenturio der Stadtkohorte versperrte mit ausgebreiteten Armen die Tür. Hinter ihm standen seine Soldaten. „Bürger!", rief der Zenturio. „Morgen könnt ihr hier wieder baden. Also geht nach Hause. Wenn ihr die Straße nicht freigebt, lasse ich Gewalt anwenden!"

Ein fauliger Apfel flog aus der Menge in seine Richtung und traf ihn an der Schulter. Ein halber Kohlkopf kam hinterher. Zwei Soldaten traten vor und begannen die Menschen mit einem Schild die Stufen hinunter zu schieben. Der Zenturio bahnte sich mit den Ellenbogen einen Weg durch die Menge zu unserem Kurierwagen. Die Soldaten trieben die Leute mit derben Stößen auseinander. Der Wagen kam genau vor dem Portal zum Stehen.

„Hoher Besuch von der Marine aus Portus?", fragte der Zenturio mit ein wenig Häme in der Stimme, als Dacius und der Kutscher Victorius auf der Bahre hereintrugen. Durch die Menge in der Gasse ging ein Raunen, manche zeigen auf das geschiente Bein. Ein Christ bekreuzigte sich verstohlen.

„Du kennst Victorius", sagte Dacius ungeduldig. „Dann muss ich dir nicht von seinem letzten mutigen Kampf gegen die Küstenpiraten berichten. Seine Tochter Rahel begleitet ihn. Wo müssen wir hin?"

„Geehrt", sagte der Zenturio, lächelte knapp und deutete eine Verbeugung an. „Du wartest hier bei deinem Vater in der Halle."

Er nahm seinen Helm ab, legte Dacius den Arm um die Schultern und bot ihm Walnusskerne aus einem kleinen Lederbeutel an.

*

„Das ist mein Freund Nicephorus, Kommandant der Stadtkohorte", sagte Dacius in meine Richtung.

„Wo ist die Leiche? Wir müssen heute noch weiter."

„Immer die Ruhe, du dakischer Windhund ..." Der Zenturio deutete mit dem Daumen nach unten. „Ziemlich genau unter uns. Dieser Priester sollte schon längst hier sein, er ist verantwortlich für das Mithräum. Irgendjemand hat die Sklaven eingeschüchtert. Sie trauen sich nicht mehr in die Heizkeller und an die Wasserräder."

Er zeigte auf einen fast kahlen Mann in einer Sklaventunika, der verloren hinten in der Eingangshalle stand und seinen Kopf nervös hin und her wiegte. „Sieht irgendwie nach Kultopfer aus. So etwas habe ich noch nie gesehen – in meinen ganzen fünfundzwanzig Jahren bei den Kohorten nicht. Auch nicht in Rom."

Dacius wippte vor Ungeduld auf den Fußspitzen. „Wo geht es in das Mithräum?"

Nicephorus zeigte auf eine flach abfallende Treppe am Ende der Halle und warf sich eine ganze Handvoll Walnüsse in den Mund.

„So weit ich weiß, treffen sich hier die Marineoffiziere hier zum Opferdienst. Tieropfer natürlich. Normalerweise junge Stiere oder Ziegenböcke. Aber das waren Wahnsinnige."

Nicephorus bemerkte meinen vorwurfsvollen Blick und sagte: „Du denkst bestimmt, wie abgebrüht der ist. Futtert Nüsse wie beim Wagenrennen und unter uns liegt eine Leiche ... Ich kann besser denken, wenn ich etwas im Magen habe. Aber zur Sache – kein normaler Mensch schleppt hier eine dicke Africanerin herein, um sie dann im Keller abzustechen."

„Jetzt sprichst du endlich Tacheles, wenn auch mit vollem Mund", sagte ich.

„Wie bitte?" fragte Nicephorus und hob eine seiner buschigen Augenbrauen.

„Rahel hat ihre Wurzeln in Palaestina und bevorzugt klare Worte", sagte Dacius hastig um die Situation zu klären. Er ging auf die Treppe zu. Nicephorus folgte ihm kopfschüttelnd.

Ich kniete mich neben Victorius auf den Mosaikboden und fragte ihn: „Wie geht es dir?"

„Nach Baden ist mir nicht gerade. Wir fahren besser heim. Frauen dürfen auf keinen Fall in den Kultraum, tot oder lebendig. Aber du bist wohl nicht die erste."

„Vater, das reicht jetzt!", rief ich, sprang auf und lief die Stufen hinunter. Am Eingang des Gewölbes standen zwei gedrungene Säulen. Ich musste mich ducken, so niedrig war der Durchgang. An den Seiten der Spelunca zogen sich Steinbänke entlang. Die Decke war durch Linien in Quadrate eingeteilt und mit Symbolen des Mithraskultes ausgemalt. Ich sah einen Stab mit Flügeln, Schlangen, Helme und Lanzen, einen Raben mit aufgerissenem Schnabel, den Halbmond und eine Strahlenkrone. Am Ende des Gewölbes stand eine lebensgroße Marmorstatue, die durch ein vergittertes Loch in der Decke vom Tageslicht angestrahlt wurde. Sie sah aus, als würde sie von selbst aus der Dunkelheit leuchten. Es war der Gott Mithras als hübscher, lockiger Jüngling in einem sehr knappen Gewand. Er kniete halb auf einem Opferstier und zog dessen Kopf nach hinten, um ihm die Kehle durchzuschneiden. Aber das Messer in seiner Steinhand fehlte. Was davor lag konnte ich noch nicht genau sehen, meine Augen gewöhnten sich nur langsam an das Halbdunkel. Ich erkannte einen massigen Frauenkörper, der auf einem hüfthohen Opferstein lag. Arme, Beine und Kopf hingen nach unten. Dacius machte eine kreisförmige Handbewegung um einen länglichen Gegenstand, der aus dem Hals der Frau ragte. Ihre Haut schimmerte tiefschwarz, fast bläulich. Die Augen waren geschlossen, das Gesicht verzerrt. Ein Messingreifen um den Hals kennzeichnete sie als Sklavin, die wohl schon einmal geflohen war und wieder eingefangen wurde, doch die Besitzmarke aus Blei war abgeklemmt. Die Marmorplatten am Boden glänzten im Umkreis von drei Fuß vom halb eingetrockneten Blut, das aus einem faustgroßen Loch im Hals der Frau gelaufen war. Ein Messer ohne Griffstück steckte mitten in der rotbraun verkrusteten Wunde. Es war das Messer aus der Hand der Marmorstatue.

„Ausgeblutet. Wie ein Opferstier. Mit einer stumpfen Klinge abgestochen", sagte Nicephorus, strich nachdenklich über seinen kurz getrimmten Bart. Ein Priester trat durch einen Seiteneingang in das Mithräum und schluckte hörbar. Er trug ein weißes Tuch über Kopf

*

und Schultern, blieb gebückt stehen und wisperte unverständlich vor sich hin. Alle wandten sich dem alten Mann zu. „Was für eine Bestie tut so etwas? Dieser Ort ist entweiht, für immer … Fragt mich bitte, was ihr sonst noch wissen müsst. Oder Victorius dort oben. Können wir zu ihm gehen?" Auch ich war froh, aus dem niedrigen Raum herauszukommen. Mir war vom süßlichen Eisengeruch des Blutes und dem Anblick der ermordeten Africanerin mulmig im Magen geworden. Dacius setzte sich halb auf den Rand eines Brunnenbeckens. Nicephorus hockte sich neben Victorius' Bahre und berichtete ihm leise von der Szene in der Spelunca. Dabei strich er über den Fellbusch seines Helms, als würde er einen zahmen Marder kraulen.

„Sie liegt dort schon seit mehreren Stunden, die Wunde ist eingetrocknet", sagte Dacius laut. „Die Sklaven leben hier im Gebäude. Sie müssen etwas von der Schandtat mitbekommen haben."

Nicephorus wiegte den Kopf hin und her.

„Ich habe den alten Vorsteher dazu gebracht, von ‚Männern, stark und voller langer Narben wie Gladiatoren' zu berichten, die in der Nacht mit einem großen Sack in die Thermen gekommen sind. Ihnen folgte ein ‚fast quadratischer' Mann, der eine Kapuze trug. Dabei waren noch ein langer Dürrer und vier andere, die ebenfalls ihre Gesichter verbargen. Ich habe dem Alten angedroht, alle Sklaven der Thermen bei den nächsten Frühjahrsspielen den Bestien zum Fraß vorwerfen zu lassen, wenn er nicht sofort mit der Wahrheit herausrückt, und davon nur ein einziges Wort aus dem Thermen dringt. Meine Drohung hat gewirkt: Der lange dürre Mann hatte dem Alten fünfzig blanke Silbermünzen gegeben – allerdings nicht dafür, dass sie schweigen. Im Gegenteil: Sie sollten allen Badegästen von der Schändung erzählen, um die Nachricht in der Stadt zu verbreiten. Das Geld war falsch, ich habe es hinter einem losen Ziegelstein in der Schlafkammer des Alten gefunden, gleich neben den Wasserrädern. Ich denke, dass der Körper der Frau das Blut in heftigen Schüben herausgepumpt hat, während diese Klinge in ihrem Hals brutal gedreht wurde, um die Wunde noch zu vergrößern. Sie wurde wohl erst betäubt und dann hier unten erstochen – hoffentlich nicht von Anhängern des Mithras."

Der Priester hatte sich bei Nicephorus' Beschreibung der Tat abgewandt. Er deutete mit erhobener Hand an, dass er einen Moment brauchte, um sich zu sammeln.

„Ich bin ebenfalls Meister des Mithraskultes", sagte Victorius und zeigte zum Tiberhafen. „Mein erstes Schiff lag keine hundert Fuß von hier entfernt. Wir opfern ein weißes Stierkalb, wenn ein guter Mann in die höheren Ränge des Kultes aufsteigt. Es ist grässlich zu sagen, aber die Wunde bei der Frau sitzt perfekt. Wer das getan hat, der kennt sich mit den alten Riten gut aus. Er hat unseren Ort mit Menschenblut für entweiht."

Der Priester drehte sich zu uns. „Wir werden hier Mithras nie wieder ehren können. Wenn sich das in der Marine herumspricht, dann gibt es einen Aufruhr. Ich will an die frische Luft. Das Blut riecht bis hier oben …"

Er hielt sich die Hand vor den Mund und lief quer durch die Halle auf einen Innenhof zu. Victorius stützte sich auf die Ellenbogen und räusperte sich.

„Wir müssen unbedingt verhindern, dass Gerüchte in der ganzen Stadt herumgehen", sagte er leise. „Dieser Ort ist der Marine äußerst heilig. Die Offiziere könnten den Magistrat angreifen, denn seine Beamten verwalten die Thermen. An der Spitze des Magistrats steht Fabius Agrippinus. Ich glaube, das hier ist eine gezielte Provokation, um in Ostia Unruhe zu stiften und Fabius Karriere zu schaden."

„So wie mit der Entführung der Mädchen seiner Stiftung?", fragte ich leise.

„Wir müssen unbedingt mit ihm sprechen", sagte Nicephorus. „Er wird in Rom sein, wie fast immer."

Dacius stieß sich vom Brunnenbecken ab.

„Darum kümmere ich mich. Aber jetzt weiter – wir werden dringend erwartet."

* * *

*

Vor den Thermen war es ruhig geworden. Nur noch ein paar Gaffer drückten sich in der Gasse herum. Die untergehende Sonne brachte die Marmorfassade zum Glühen. Nebelschwaden zogen vom Tiber hoch ins Hafenviertel. Von den Kais war nur noch vereinzelt das Hämmern und Sägen der Schiffszimmermänner zu hören, ein Lastkran knarzte über die Dächer hinweg. Der Priester und Victorius verabschiedeten sich mit einem verschlungenen Händedruck voneinander. Dabei küssten sie sich wie Brüder auf Wangen und Mund. Im Wagen hockte ich mich neben meinen Vater und legte sanft meine Hand auf seinen abgemagerten Arm.

„Wer tut so etwas Entsetzliches?"

„Der gleiche Irre, der auch meine Tochter mit gebrochenen Füßen in den Kanal wirft. Was ihm wohl als nächstes einfällt?"

„Vater, wie kannst du bloß immer so kaltblütig sein

Ich versuchte, meinen Ärger herunterzuschlucken und wechselte das Thema. „Bist du nicht auch gespannt, wie Dacius' Hauptquartier aussieht? Hoffentlich kannst du dich in Rom weiter ausruhen."

Victorius schüttelte meine Hand ab.

„Warum will er bloß, dass wir beide mitkommen? Er hat dir schöne Augen gemacht, nicht wahr? Und du ihm. Einem Frumentarius! Vielleicht will er gleich morgen mein Einverständnis, um dich zu heiraten? Aber vergiss nicht: Du bist eine vergebene Frau, zumindest so lange dein Nipsius nicht für tot erklärt wurde, und jetzt ist wirklich nicht die Zeit für eines deiner Liebesabenteuer. Zum Glück hat diese verdorbene Fabia endlich von dir abgelassen."

Ich wollte etwas erwidern, merkte aber, dass Victorius den Mund vor Schmerzen verzog. Ich gab ihm schweigend einen Löffel Opiumsaft. Er blickte mich danach fast dankbar an. Ich wusste in dem Moment nicht, was ich wirklich von seinen harten Worten halten sollte. Gleichzeitig fühlte ich mich, als würde mir von hinten ein Korb Steine aufgeladen, wie einem Sklaven beim Straßenbau. Es war das Gewicht der Verantwortung – für das Leben meiner Schwester.

Die Soldaten der Stadtkohorte stellten sich in zwei Reihen zum Abmarsch auf. Dacius hob auf den Stufen vor den Thermen die Hand, um sich bei ihnen zu bedanken und sie noch einmal zum Schweigen zu verpflichten. Nicephorus achtete darauf, dass die Sklaven die in einen Decke gewickelte Africanerin schnell hinaustrugen. Ich winkte ihn zu mir an die Wagentür und gab ihm eine Handvoll Geld für den Bestatter, damit der die Leiche nicht einfach in den Tiber warf. Nicephorus Kommentar dazu war wieder eine erhobene Augenbraue, doch er nahm die Münzen und gab sie weiter. Der offene Leichenwagen rumpelte zu einem Verbrennungsplatz außerhalb der Stadtmauer davon, nicht zum Fluss. Kurz darauf ruckte auch unser Wagen an.

*

CXXVII

Kapitel XXIV
ROMA
ANTE DIEM XVI KALENDAS NOVEMBRIS
A U C DCCCXCIX
(Rom, 17. Oktober 146)

Dacius' Agent Rufus hat nicht nur die Unterhaltung zwischen Crasnicus und der Patrizierin in der Taverne in Ostia belauscht. Er war Crasnicus ständig auf den Fersen und ging dabei sehr geschickt vor. Als Lastenträger verkleidet schlich er sich in das große Emporium am Tiber ein und lauschte auf den Gängen und an den Türen der Lagerräume. Crasnicus kam dort regelmäßig mit einer Hure und Zuhälterin aus Suburra namens Scintila zusammen. Die beiden machten Sklavengeschäfte miteinander. Alle nun folgenden Worte entsprechen – ein wenig gerade gerückt, aber nicht besonders ausgeschmückt – Rufus' Bericht von einer Stunde des Tages, an denen er im Emporium war. Wir machten uns zu der Zeit auf den Weg nach Rom, das glaubten Victorius und ich damals zumindest noch.

Crasnicus zeigte auf die schwere Holztür des Lagerraumes und fragte: „Diese schönen Frauen, die du mir unbedingt zeigen willst, die sind doch alle gesund?"

„Zwei sind leider gestern an einem Fieber gestorben", antwortete Scintila. „Sie waren ganz mit roten Pusteln übersät. Wir haben sie gleich in den Tiber geworfen. Aber drei sind übrig, und die werden alle deine Erwartungen übertreffen." Sie führte ihre Fingerspitzen zum Mund und küsste sie geräuschvoll. Dann schob sie langsam die Tür auf.

Crasnicus schnauzte sie an: „Wehe dir, wenn ich den ganzen Weg umsonst gemacht habe. Ich mag das Emporium nicht, hier sind mir zu viele Schnüffler vom Zoll. Du weißt, was für Ware ich von dir erwarte: Gnome, Muskelmänner, Tänzerinnen aus Gades, von mir aus Kinder mit vier Armen und drei Augen, und wenigstens eine Rothaarige. Aber keine halb toten Weiber, die keinen Ton mehr aus der Flöte bekommen!"

*

„Nächstes Jahr kann ich dir eine ganze Schiffsladung rothaariger Mädchen aus Gades liefern, spätestens im Sommer. Der Markt ist im Moment etwas …"

Crasnicus' stieß die Tür mit dem Fuß ganz auf. Drei Frauen standen an der hinteren Wand und klammerten sich aneinander. Sie waren weder „im Frühling ihres Lebens", noch „bildhübsche Schauspielerinnen", wie Scintila die Sklavinnen noch auf dem Weg über vielen Treppen des Handelshauses angepriesen hatte. Crasnicus schnappte nach einer der besonders Mageren mit rot gefärbten Haarsträhnen und presste ihr die Finger in den Arm, als ob er so auch Scintila Schmerzen zufügen könnte. Er stieß die Frau in eine Ecke voller nasser Felle und packte Scintila am Hals. Angewidert vom süßen Geruch ihres Parfüms hielt er sie einen Armlang von sich entfernt.

„Du dumme, alte Hure. Hast du mir die Ladung nicht schon einmal angeboten? Vor einem Monat, damals als Syrerinnen mit rabenschwarzen Haaren? Die taugen nicht einmal mehr für die Bettler unter den Tiberbrücken oder als Tierfutter. Kapier es endlich: Ich will nur noch das Beste! Auch Einzelstücke – egal, wo du die herbekommst. Noch so ein Desaster und ich werfe dich zurück in die Scheiße, aus der ich dich gezogen habe!"

Ich steckte den Kopf durch die Tür des Kurierwagens und blicke mich neugierig um. Zwei Stallburschen wechselten im Flackerlicht der Laternen die Pferde. Ein Soldat kam heran und reichte mir einen Proviantkorb mit frischem Brot und Früchten hoch, dazu einen prall gefüllten Wasserbeutel. Ein Schild an der Wand der Relaisstation bestätigte meinen Verdacht: Wir waren von der Via Portuensis nach Nordwesten in die Via Aurelia abgebogen.

„Das ist nicht der Weg nach Rom", rief ich zum Kutschbock hoch. „Wir hätten auf der Hafenstraße bleiben müssen. Über die Via Ostiensis wären wir sogar noch schneller in der Stadt gewesen."

Der Soldat und der Kutscher schauten sich fragend an. Dacius kam mit einer Nachricht in der Hand aus der Station, legte dem Soldaten den Arm um die Schultern und deutet mit dem Daumen auf mich.

„Wenn es weibliche Offiziere gäbe, würden die uns irgendwann zeigen, wo es lang geht, nicht wahr?"

„Also – wohin fahren wir?" fragte ich und trommelte ungeduldig gegen die Holztür.

„In die Höhle der Löwen."

„Geht das auch etwas genauer?"

„Lorium."

„Zum Landsitz der Familie von Antoninus Pius?"

„Der Princeps und Marcus Aurelius erwarten uns seit mehreren Stunden. Hoffentlich bekommen wir um die Zeit noch einen Becher Wein und etwas Warmes zu essen."

„Lebst du auch dort?"

*

„Nein. Aber ich bleibe über Nacht – wenn nicht wieder etwas Grässliches an der Küste passiert. Der hübsche Nubier und deine Ornatrix müssten schon angekommen sein, mit eurem Gepäck."

Kapitel XXVI
LORIUM
ANTE DIEM XV KALENDAS NOVEMBRIS
A U C DCCCXCIX
(Ortschaft Castel di Guido (Latium), 18. Oktober 146)

Der Landsitz lag friedlich in die nächtliche Landschaft geschmiegt. Er war auf üppig bewachsenen Terrassen angelegt, die sich an den Hügeln entlangzogen. Ein Lager der Prätorianer grenzte an die östliche Außenmauer. Die Hauptgebäude, eine kleine Thermenanlage und die Halle für die Olivenpressen und Weinbottiche waren zur Zeit des Augustus erbaut worden. Klare Linien und Bögen beherrschten die zwei Stockwerke der Fassade der Hauptvilla. Eine Reihe Bleiglasfenster blickte über den quadratisch angelegten Garten. Marmorstatuen schimmerten zwischen den kugelförmigen Buchsbäumen hindurch. Es waren griechische Helden und Sportler, die mit ihren Schwertern und Diskusscheiben in die sternklare Nacht und die dunklen Hecken zielten. Unterhalb des Gartens wanden sich üppige Weinstöcke um Holzpfähle und an Seilen entlang. Daran hingen zum Schutz der Ernte in regelmäßigen Abständen tellergroße Tontafeln mit dem Gesicht des Weingottes Bacchus darauf und schwangen im Wind. Auf einer Terrasse darunter reihten sich knorrige Olivenbäume auf. Die Villa schien in den Wogen eines Meeres aus Pflanzen zu schwimmen. Zwei Zypressen flankierten das Portal, ihre Spitzen überragten die Dachkante um ein paar Fuß. Zu beiden Seiten der Freitreppe standen grimmig dreinschauende Prätorianer, breitbeinig und in voller Uniform, Speere in den Händen. Hinter ihnen flackerten Lampen in einem Bogengang, der rechts zu den Wirtschaftsgebäuden führte und links elegant in einer langgestreckten Säulenhalle auslief.

Dacius schritt über die breiten Stufen zu der mit Weinranken aus Messing beschlagenen Flügeltür. Er breitete die Arme aus und mimte die Erschöpfung eines Helden der alten Sagen. Er wollte mir imponieren und wirken wie Hektor oder Achill nach geschlagener Schlacht. „Grieche oder Trojaner?", fragte ich und betonte die Silben wie auf der Bühne. „Du Angeber – weißt du etwas Neues über meine Schwester?"

Dacius drehte sich um und neigte den Kopf in scheinbarer Demut.

„Nur noch Geduld bis zum Morgengrauen, meine schöne Zweiflerin. Der Schlachtplan ist entworfen."

Hinter der Tür warteten zwei Hofdiener in blütenweißen Tuniken. Von der Seite trat der Nomenclator hinzu. Alle nannten ihn so, seinen Namen habe ich bis heute nicht erfahren. Er war so breit wie die beiden Diener zusammen, sein Doppelkinn hing fast auf der Brust. Er plusterte sich auf wie ein Truthahn und wackelte aufgeregt mit den kurzen Armen. Nach einem kurzen Wortwechsel mit ihm kam Dacius zu mir und deutete nach oben.

„Eure Sklaven sind schon im Gästetrakt und die Leibärzte des Kaisers sind benachrichtigt. Sie werden sich um deinen Vater kümmern; auch für Schmerzmittel ist gesorgt. Antoninus Pius und Marcus Aurelius sind noch beim Essen. Mach dich schnell etwas frisch, dann legen wir uns dazu. Der Nomenclator wird dir vorher erklären, wie du die Herrscher zu grüßen hast. Es ist ein wenig umständlich, aber beim zweiten Mal macht es fast jeder richtig."

Wir folgten dem Nomenclator durch das Atrium. Die Wände wurden von feinen roten Linien in rechteckige Felder aufgeteilt. Sie waren angefüllt mit Vögeln, Weinranken und Szenen einer Hetzjagd auf wilde Bären. Davor standen Lampen auf mannshohen Kandelabern. Ein dunkelblauer Vorhang mit eingewebten goldenen Sternen schloss das Atrium zum Säulenhof hin ab. Der Stoff wallte in der Mitte auf, dann teilte er sich. Eine zierliche, fast magere Frau glitt

*

hindurch und trippelte uns auf Zehenspitzen entgegen. Ihr voller Mund lächelte mit jedem Schritt ein wenig breiter. Sie trug eine violette Tunika und bewegte sich mit der Selbstsicherheit einer schönen Frau um die dreißig, die wusste, dass sie jeden Mann betören konnte. Sie streckte die Arme in die Höhe und räkelte sich, als ob sie bis gerade eben in einem gut geheizten Raum geschlafen hatte. Enge, mit Rubinen besetzte Schlangenbänder aus Silber wanden sich an ihren Oberarmen hoch bis unter die perfekt epilierten und gepuderten Achseln. Rabenschwarze Locken rahmten das Oval ihres Gesichts und ihre Wangen leuchteten wie die eines jungen Mädchens.

„Die schönsten Gäste kommen doch immer zuletzt", flötete sie, und fügte fast grob hinzu: „Damit meine ich nicht dich, du verkommener Spitzel."

Mit ihren langen Fingern kämmte sie Dacius die Haarsträhnen aus der Stirn, dann packte sie sein Kinn mit Daumen und Zeigefinger. „Du brauchst dringend einen Haarschnitt und du stinkst."

Der Nomenclator verbeugte sich kurz vor der Frau und wollte die Stimme erheben. Sie winkte ab.

„Ich weiß, wen ich vor mir habe. Rahel – eine Blüte Palaestinas, die unsere Legionen zum Glück nicht zertrampelt haben. Begleitet wird sie von ihrem Vater Victorius, dem todesmutigen Piratenjäger von Portus. Verletzt, aber nicht unterzukriegen. Dann der unvermeidliche Dacius. Irgendwann will der wilde Daker uns das ganze Gold aus den Donauprovinzen wieder rauben – aber schau gut her, hier hängt mindestens die Hälfte davon."

Sie schüttelte ihre Hände, an denen zwei Dutzend goldene Reifen klingelten, und lachte schrill. „Geschenke des Kaisers für hervorragende Dienste."

Dacius grinste von einem Ohr zum anderen.

„Darf ich vorstellen: Galeria Lysistrate. Amüsant bis in die frisch gefärbten Haarspitzen, auch in den schlimmsten Zeiten."

„Pass gut auf, was du sagst", zischte Lysistrata. Sie machte einen Schritt zurück und zeigte Dacius mit dem Zeigefinger direkt ins Gesicht. Ihre großen rehbraunen Augen verengten sich zu schmalen Schlitzen.

„Für die Spiele im Frühjahr suchen wir noch nach Attraktionen, und du würdest dich gut als Tierkämpfer machen. Das Volk wird dich lieben! Stellt euch die Ausrufer vor, wie sie durch Suburra schreien:

VENATIO!

Ein einziger Daker im Kampf mit den Löwen.
Nur mit einem Dolch bewaffnet!
Für jedes Jahrhundert Roms eine Bestie, neun an der Zahl. Auf dass
er möglichst lange durchhalte!
Orgelmusik und Tänzerinnen in den Pausen."

Der Nomenclator räusperte sich und ruckte empört mit dem Kopf. Lysistrata streckte mir beide Hände hin. Ihr Gesicht wurde auf einen Schlag hart und ernst, aus ihren Wangen wich die frische Farbe. „Beinahe hast du gelächelt, meine Schöne. Natürlich weiß ich vom Schicksal deiner Schwestern. Doch lach nur – solange du noch kannst."

Zwei Diener trugen die Bahre mit Victorius eine Marmortreppe hoch zu den Gästezimmern. Ich ging nebenher, drehte mich aber noch einmal um. Lysistrata und Dacius verschwanden Arm in Arm im Spalt des blauen Vorhangs, durch den die Schreie von Papageien und aufgeregtes Flattern zu hören waren.

„Wer ist die Frau mit dem Namen einer Theaterfigur?", fragte ich Victorius hinter vorgehaltener Hand. "Und was meinte sie mit: Lach, solange du noch kannst?"

„Das war die Konkubine des Princeps", antwortete mein Vater mit erstaunlich kräftiger, fast zu lauter Stimme. „Er hat nicht wieder geheiratet, seitdem die Augusta Faustina vor fünf Jahren gestorben ist. Antoninus Pius will ihr Andenken bewahren, auch für das Volk. Lysistrata war eine Sklavin der Augusta. Sie wurde freigelassen und soll großen Einfluss auf dem Palatin haben. Vor allem auf den Präfekten der Prätorianer, Marcus Gavius Maximus."

*

„Warum bist du eigentlich nicht am Hof, wenn du solche Dinge weißt?", flüsterte ich. „Aber wieso wird soll mir das Lachen vergehen?"

Victorius senkte jetzt auch die Stimme. „Ich weiß wirklich nicht, was wir hier sollen. Beim Essen werden sie uns vielleicht alles erklären. Es ist erstaunlich, dass ich daran überhaupt teilnehmen darf, so zerschlagen wie ich bin. Unter normalen Umständen hätte der Princeps einen Krüppel wie mich nicht einmal in seinen Garten gelassen. Er achtet auf jedes Vorzeichen. Also versteck besser den Fisch an deinem Hals. Obwohl es dafür wahrscheinlich zu spät ist. Die wissen bestimmt schon durch Dacius, dass du eine Anbeterin des Chrestus bist."

Kapitel XXVII
IBIDEM
(Am gleichen Ort)

Die Diener führten mich durch den Vorhang in einen Hof voller exotischer Pflanzen und schillernder Vögel. Sie hockten und flatterten in einem Käfig herum, der so groß wie ein Zimmer unseres Hauses in Portus war. In jeder Ecke des Säulenhofs stand ein Prätorianer und starrte unter seinem polierten Blechhelm geradeaus, die rechte Hand ruhte am Schwertgriff. Ich versuchte noch ein paar Falten aus meiner zerknitterten, dunkelgelben Stola zu streichen. Ava hatte es in der Eile nicht geschafft, den dicken Stoff mit einem heißen Eisen zu glätten. Dacius kam mir entgegen. Er hatte seinen Dolch abgelegt und trug eine blütenweiße Tunika mit goldenen Rändern. Ich verschränkte die Arme vor der Brust.

„Was spielt ihr hier mit uns?"

„Das wird dein großes Spiel", antwortete er.

„Ich mache alles, um meine Schwestern und die Mädchen zu retten. Aber sicher nicht für dich."

Dacius setzte sein breitestes Lächeln auf. „Den Mut hast du wohl von deiner jüdischen Mutter geerbt, und den Spürsinn von Victorius. Lass uns hineingehen, Lysistrata ist schon bei den Herrschern. Alle warten auf dich."

Der Nomenclator stampfte uns mit weit geöffneten Armen entgegen. Er ruckte dabei mit seinem hochroten Kopf, als würde er gleich platzen.

„Das ist noch nie vorgekommen", krähte er. „Wirklich noch nie! Der Princeps verzichtet auf die ganze Prozedur für Bürger, die das erste Mal vor ihn treten. Die Ganze!"

Er schaute zu der schrankgroßen Wasseruhr in einer Nische. „Aber das hat auch sein Gutes. Es spart uns eine Stunde. So muss ich hoffentlich das Morgengrauen nicht gemeinsam mit euch erleben ... Trotzdem – du, Tochter des Publius Victorius, blickst erst auf, wenn der Princeps oder der Konsul Marcus Aurelius dich ansprechen. Danach kannst du frei handeln. Halte aber deine Zunge und vor allem deine Hände dabei im Zaum."

Er verschränkte zur Verdeutlichung seine fleischigen Finger vor der Brust. „Große Gesten sind hier nur Mitgliedern des Kronrats erlaubt, und auch das wird nicht gerne gesehen. Dein Halsschmuck erscheint mir hier zwar äußerst unpassend, aber der Princeps hat dazu gelächelt. Nun, solange du nur diesen widerlichen Fisch und nicht den Stern der Zeloten um den Hals trägst ..."

Zwei Prätorianer zogen die Flügel der Tür an schweren Messingringen auf, die von Löwenköpfen in den Mäulern gehalten wurden. Von der Decke hingen über ein Dutzend Lampen und erleuchteten den Speisesaal. Er war an der Stirnseite offen, eine Reihe grün und weiß marmorierter Säulen grenzte ihn zum offenen Innenhof ab. Der Durchblick in den Garten wurde von einer mächtigen Blutbuche ausgefüllt. Es war warm in dem hohen Raum, die Glut der Kohlenbecken zwischen den Säulen wirkte wie ein dicker Wollvorhang und hielt die kalte Luft der Herbstnacht ab. Auf einer Liege räkelte sich Lysistrata, neben ihr standen zwei Männer. Der ältere wirkte steif, sein Rücken sah aus wie von einem Brett gestützt. Der etwas kleinere und um viele Jahre jüngere beugte sich zu einem niedrigen Esstisch

*

hinunter und griff nach seiner Trinkschale. Sofort sprang ein Diener hinzu und goss bernsteinfarbenen Wein aus einer Glaskaraffe hinein. Die Männer trugen kurz gestutzte Vollbärte. Die Falten ihrer Togen fielen, als wären sie aus Marmor gemeißelt. Dacius senkte den Kopf tief auf die Brust. Nach einem schnellen Seitenblick zu ihm tat ich das gleiche.

„Kommt näher und stärkt euch!", rief Marcus Aurelius und hob seine Trinkschale. „Endlich seit ihr hier, nach eurem gespenstischen Irrweg durch die Unterwelt von Ostia."

Antoninus Pius fixierte zuerst Dacius, und dann mich mit Augen, die weder blau noch grau waren. Er nickte zögernd. Wir gingen langsam quer durch den Raum auf die Liegen zu. Der Nomenclator blieb dicht hinter uns.

„Wenn du dich hinlegst, Rahel, dann rechts", zischte er. „Seltsam, aber wahr: Du bist heute der Ehrengast."

Er winkte zwei Serviersklaven heran, die neben einer Anrichte warteten. „Es gibt heute nur ein ländliches Abendmahl aus kaltem Wildbraten, Forelle, Brot und Wein. Alles stammt aus den Hügeln und Bächen der Gegend hier. Dazu wie jeden Abend: Alpenkäse. Kommt das nächste Mal einfach früher, und ihr werdet mit warmen Speisen bewirtet."

Antoninus machte einen steifen Schritt auf Dacius zu. Er reichte ihm die Hand hin, ergriff seinen Unterarm und hielt ihn fest.

„Ich glaube es ist in der Tat machbar, lieber Sohn des Tiberius Claudius Maximus." Er neigte den Kopf in meine Richtung, blickte aber weiter direkt in Dacius' Augen. „Du hast uns wohl nicht zu viel versprochen."

Mit der Linken winkte er mich heran, drehte den Kopf zu mir und sagte mit freundlicher, ein wenig rauer Stimme: „Es freut mich, eine außergewöhnliche Frau kennenzulernen. Dacius hat mir von deinem Mut erzählt, und auch von deiner Liebe zur Bühnenkunst. Uns beide verbindet wohl, dass wir unsere Leidenschaft für das dramatische Fach oft vor den Spöttern und Neidern verbergen müssen.

Rom kann in seinem Urteil gegenüber allem Griechischen gnadenlos sein, wie du vielleicht schon selbst erfahren musstest."

Antoninus ließ Dacius los und deutete zu Marcus Aurelius. „Er fand schon in früher Jugend Gefallen an den großen Tragödien, dann an der Redekunst. Heute schlägt sein Herz für die Philosophie. Für all das Helle und Schöne wird Zeit sein in friedlicheren Tagen, wenn wir nach geschlagener Schlacht die Rüstungen wieder ablegen können – um in einem Bild zu sprechen. Nimm bitte Platz und iss mit uns, Rahel. Oder bevorzugst du hier deinen römischen Namen Victoria?"

Seine Augen wurden hart, die Stimme fast schneidend: „Dacius Maximus wird uns nun in seinen Plan einführen. Wir warten schon seit Stunden voller Spannung darauf. Nur die Fakten, und in präzisen Worten, wenn ich darum bitten darf."

Dacius verneigte sich tief. Er ging zu den Säulen und blickte einen Moment lang in die Krone der Buche. Der Wind frischte auf und ließ einen Ast wie eine Riesenhand in den Saal winken. Blätter lösten sich, wirbelten zwischen den Säulen hoch und wurden von der Hitze der Heizschalen wieder zurück in den nachtschwarzen Himmel getrieben. Dacius drehte sich auf den Fersen um und begann zu sprechen.

„Vielen Dank für dein Vertrauen, Princeps. Auch Dank an dich, Konsul. Den Beginn des Unternehmens *Troja* will ich morgen auf die erste Stunde legen. Es gibt nicht nur Hinweise auf die massive Hinterziehung von Steuern und die Fälschung von Münzen durch den Senator Narcissus Molitor Pletorius und seine Komplizen, vieles deutet auch auf einen Mordversuch an mindestens einer der Töchter des freien Bürgers Publius Victorius hin. Die grausame Tötung einer africanischen Sklavin, die Entweihung einer der Marine heiligen Stätte in Ostia, und die Entführung von fast einhundert frei geborenen Mädchen sind dem Senator auch anzulasten, zumindest mit großer Wahrscheinlichkeit. Von meinen Männern ist bereits einige Unruhe in den Straßen der Hafenstädte und bei der gerade führungslosen Marine beobachtet worden. Der Unmut richtet sich gegen Fabius Agrippinus, den Patron von Ostia."

*

„Genau das fehlt uns jetzt," sagte Marcus Aurelius leise, doch gut hörbar. „Ein Aufstand kurz vor den Säkularfeiern."

Dacius hob die Hand. Ein hochgewachsener Diener erschien neben ihm. Er entrollte eine grobe Kohlezeichnung des westlichen Latiums und hielt sie neben einer Lampe hoch. Der Verlauf der Via Portuensis war mit einem roten Pinselstrich darauf gemalt. Sie lief wie eine pulsierende Ader von Portus am Tiber entlang bis zur Stadtgrenze von Rom. Dacius zeigte mit dem Zeigefinger auf die Küste. „Die zwei Mordanschläge ereigneten sich im Bereich der Häfen." Sein Finger wanderte die rote Linie hoch zum Krähenhügel auf dem halben Weg nach Rom und blieb dort. "Wir wissen nicht, was auf dem Anwesen des Senators passiert. Pletorius hat es zur Festung ausgebaut, wir vermuten etwa zweihundert Söldner darin, dazu Armbrüste und wahrscheinlich Pfeilgeschütze auf den Wachtürmen. Dort oben werden eine weitere Tochter des Publius Victorius und die entführten Mädchen festgehalten – vermuten wir."

Während Dacius sprach, ging Antoninus langsam zu einem Sessel mit hölzernen Armlehnen. Er ließ sich mit einem bleischweren Seufzer darin nieder.

„Wir werden heute Nacht wohl nicht viel Schlaf finden, bei so vielen Kleinigkeiten", sagte er eher zu sich selbst, dann wieder mit fester Stimme zu allen: „Breite nun deine Kriegslist vor uns aus. Aber zügig."

„In wenigen Momenten, Princeps." Dacius hielt ein Stück Pergament hoch. „Zu dem Mordversuch an der Küste liegt mein Bericht bereits vor. Das zweite Opfer ist eine africanische Sklavin. Mit ihrem Blut wurde ein Mithräum in Ostia entweiht, das für die Offiziere der Marine von großer Bedeutung ist. Ziel des Verbrechens könnte es tatsächlich sein, Unruhe in der Marine und dann in den Häfen zu stiften. Die Sklavin war wahrscheinlich eine Prostituierte. Auch in diesem Milieu sind starke Veränderungen zu beobachten. Ein Bericht für die lokalen Beamten ist in Arbeit, mit besonderem Augenmerk auf die Steuerpflicht des Gewerbes."

Antoninus rieb ungeduldig seine Handflächen über die Lehnen des Sessels. Dacius bildete mit Daumen und Zeigefinger einen Kreis um den Krähenhügel auf der Karte.

„Die Täter fälschen Silbergeld, bestechen damit die Wachposten der Marine am Tiber und bewegen sich ungehindert auf den Straßen und Wasserwegen zwischen Rom und der Küste."

Ich fuhr ungeduldig mit dem Arm durch die Luft, wurde mir jedoch sofort meiner herrischen Geste bewusst und senkte die Hand. Meine Stimme klang vor Anspannung bestimmt ein wenig schrill.

„Seht ihr es denn nicht? Da führt eine brutale Bande aus, was sich ein kranker Kopf ausdenkt – es muss dieser Senator sein!"

Lysistrata richtete sich auf.

„Endlich klare Worte", sagte sie in Dacius' Richtung. „Wie heißt es bei den Juden? *Tacheles reden*, nicht wahr?"

Dacius ging ein paar Schritte in den Raum hinein und stellte sich neben Lysistrata.

„Danke für die Zusammenfassung, Rahel Victoria."

Ich hob entschuldigend die Handflächen in die Höhe und lehnte mich auf meiner Liege zurück. Dacius nahm fast Haltung an wie ein Soldat und wandte sich wieder Antoninus Pius zu.

„Die Belagerung der Mauern des Krähenhügels kommt nicht in Frage, Princeps. Es gibt keine Geräte dafür in ganz Rom, und solche zu bauen dauert Tage. Also wollen wir uns auf eine bewährte Kriegslist verlassen."

Ich nahm eine der mit Wein gefüllten silbernen Schalen vom Tisch, wagte es aber nicht, daraus zu trinken. Die Oberfläche der bernsteinfarbenen Flüssigkeit zitterte, wie meine Hand. Mir war endlich aufgegangen, was Dacius Plan war. Er hatte ihn schon gefasst, als wir uns das erste Mal auf der Hafenstraße vor dem Krähenhügel begegnet waren. Unwillkürlich sagte ich in die gespannte Stille hinein:

„Kein Schutzheer rüstend, selber, insgeheim,
durch List sollst du die Opfer schlachten …"

*

Kapitel XXVIII
INSULA PORTUS
ANTE DIEM XV KALENDAS NOVEMBRIS
A U C DCCCXCIX
(Isola Sacra (Fiumicino), 18. Oktober 146)

Während mir im Luxus des Landhauses des Princeps dämmerte, was Dacius vorhatte, fuhr ein Reisewagen mit Fabia und Galenus darin auf der Via Flavia nach Portus. Etwa auf dem halben Weg hatte Galenus Fabia endlich davon überzeugt, dass ein misslungenes Opfer an die Göttin Venus nicht der einzige Grund für das Verschwinden von einhundert Mädchen sein konnte – so hat er es mir gestern erzählt. Dann ist er vom Schaukeln des Wagens eingeschlafen. Das hat ihm das Leben gerettet.

Zwei Soldaten der Stadtkohorte schoben in der Nacht Wache auf dem Platz vor unserem Haus. Nach dem, was die beiden berichtet haben, muss folgendes geschehen sein:

Fabia stieg aus und sah sich vor unserem Haus um. Die aus groben Brettern zusammengezimmerten Verkaufsstände in der Mitte des Platzes waren mit Planen verhüllt. Der Seewind zerrte daran, sonst bewegte sich nichts. Der Kutscher reichte eine Laterne herunter. Fabia nahm sie und ging auf die Tür unseres Hauses zu. Chiron hatte wohl den Wagen gehört. Er öffnete einen Flügel der Eichentür und trat mit einer großen Öllampe in der Hand heraus. Fabia muss plötzlich nach vorne gekippt sein – ganz so, als hätte sie jemand mit aller Gewalt in den Rücken gestoßen. Dann sirrte ein zweiter Pfeil durch die Luft. Knapp neben Chirons Kopf sprang das lange, dünne Stück Holz von der Wand ab und klapperte auf das Pflaster. Der dritte Pfeil schlug in seinen Brustkasten ein. Die Eisenspitze drang zwischen zwei Rippen durch und durchbohrte das Herz. Sein lebloser Körper rutschte an dem geschlossenen Türflügel entlang. Er kam auf der Marmorschwelle zum Sitzen. Chirons Kopf kippte zur Seite an den Rahmen, Augen und Mund weit aufgerissen – so haben ihn die Soldaten gefunden. Das Öl der Lampe lief aus und unter der Tür durch.

Die brennende Pfütze breitete sich über den Mosaikboden des Atriums aus und erreichte nach ein paar Momenten unsere Bibliothek.

Die Nachricht von dem Mordanschlag vor unserem Haus kam auf uns herab wie Vulkans Blitz aus den Wolken. Von dem Brand erfuhren wir sogar noch später. Kurz danach nahm mich Lysistrata am Arm und führte mich über das Wellenmuster des Mosaiks in den Gartenhof. Sie redete leise auf mich ein. Ihre Worte verwirrten mich anfangs und meine warmen Gefühle für Dacius schlugen in einen starken Zorn um.

„Das soll tatsächlich ich sein?", rief ich aus und ballte meine Fäuste.

Die beiden Herrscher standen etwas entfernt an einer Heizschale und drehten sich erstaunt zu uns um. Der Wind fuhr in ihre Gewänder und bauschte sie auf. Zwei Diener liefen zu ihnen und brachten die Falten wieder in Ordnung. Lysistrata legte mir ihren Arm um die Schultern. Dacius sprang von einem Teller voller Brot und Käse auf und kam im Laufschritt zu uns in den Hof. Er versuchte mich mit sanfter Stimme zu beschwichtigen.

„Nur unsere List kann deine Schwester und die Mädchen noch retten. Wir haben so gut wie alle Sklavenhändler in Rom befragt – Pletorius' Komplizin kauft alle Edelsklaven auf, die sie finden kann, und bringt die meisten davon auf den Krähenhügel."

Ich drehte nervös an meinem Mäanderring um den Mittelfinger, wie ich es immer tat, um meine Gedanken zu zähmen. „Erzähle mir mehr über meine Rolle."

*

"Für den Plan brauchen wir nicht nur dich, sondern auch deinen Kaschta", begann Dacius. „Wir werden ein Feuer an der hinteren Mauer legen, um die Wachen vom Tor abzulenken. Kaschta muss versuchen es zu öffnen. Wenn ihr vorher Sarah und die Mädchen findet und in Sicherheit bringen könnt, dann ist das noch besser."

„Das traust du uns zu? Nur weil Kaschta es dort vorgestern in eine Latrine geschafft hat?"

„Zum Glück haben ihn ein nur ein paar der Wachen gesehen ... Wer soll das schaffen, wenn nicht ihr beiden? Die Stadtkohorte von Ostia und meine Männer ziehen noch heute Nacht in Verstecke unterhalb des Hügels. Die Prätorianer, die römischen Stadtkohorten und die Marine müssen wir aus der Sache leider heraushalten."

Er blickte zu Antoninus und Marcus Aurelius. „Deren Einsatz würde zu viel Staub aufwirbeln. Außerdem traut man hier Gavius Maximus nicht mehr." Er sah Lysistrata durchdringend an. „Das ist der Präfekt der Prätorianer."

„Also soll ich mich für euch wie eine Hure an die Straße stellen?", fragte ich aufgebracht. „Bis mich diese Irren mitnehmen, auf ihren unheimlichen Hügel schleifen und mit mir Dinge tun, bei denen sich sogar die Götter der Unterwelt voller Scham abwenden?"

Dacius schüttelte den Kopf. „Nein, nicht ganz. Wir schleusen euch über das Emporium am Tiberhafen ein. Dort werdet ihr morgen ein unwiderstehliches Paar Edelsklaven spielen. Für eine Händlerin, die euch dann an Crasnicus verkauft."

„Nur deshalb bin ich also hier", sagte ich und ließ den Kopf in echter Enttäuschung sinken. „Wann hast du dir diesen Irrsinn ausgedacht?"

Dacius deutete mit dem Daumen in Lysistratas Richtung, dann auf sich.

„Wir beide. Ich hatte die erste Idee, als ich dich auf der Straße vor dem Krähenhügel traf. Konkret wurde unser Plan, nachdem du mir von deinen Schwestern und der Stiftung erzählt hattest. Ich habe sofort einen Bericht an den Hof geschickt. Darin stand, durch welchen Trick Kaschta durch das Tor gekommen war. Dann berichtete ich noch, wie du ohne zu zögern versucht hast, deine Schwester aus dem Fischernetz zu retten. Kaschta wird dich auf dem Krähenhügel beschützen, wie er es seit deiner Kindheit tut. Sein Tauchgang zu dem Bootswrack im Kanal hat uns dann endgültig von ihm überzeugt – und was wir sonst noch alles von euch wissen."

Ich spürte, wie mir die Hitze ins Gesicht schoss. „Der Kampf auf dem Weizenfrachter, als wir aus Caesarea wiederkamen …"

Dacius nickte mit geschlossenen Augen.

„Ihr habt sicher schon viele Situationen wie diese zusammen gemeistert. Morgen machen wir Luxusgeschöpfe aus euch, die sich Pletorius bestimmt nicht entgehen lassen will. Im Emporium sitzt eine ehemalige Hure aus Suburra und wartet verzweifelt wie die Spinne im Netz auf schöne Menschen wie euch."

„Noch so ein Vergleich, und ich schicke Dacius wirklich als Tierkämpfer in den Circus", sagte Lysistrata und versuchte mich mit einem fast ehrlichen Lächeln aufzumuntern. Sie stellte sich hinter mich, streichelte zärtlich meinen Hals und rückte das Tuch auf meinen Locken zurecht.

„Du wirst eine betörend schöne, rothaarige Tänzerin aus Gades mimen. Ich könnte mir vorstellen, dass Pletorius dafür eine Vorliebe hat, denn deine Schwestern waren auch – sind rothaarig. Zumindest eine der beiden muss ganz nah bei ihm gewesen sein, um sich die Münze mit dem hässlichen Tierkopf zu nehmen, die sie dann in die Wachstafel gedrückt hat. Oder du spielst eine verführerische Syrerin, die Doppelflöte spielt. Auf jeden Fall passt dein nubischer Sklave perfekt zu dir, mit seinen wohlgeformten Muskeln. Einen Akzent aus den Provinzen bekommst du leicht hin: einfach das R ordentlich rollen, das üben wir. Außerdem darfst du ein wenig stottern, so schön wie du bist."

„Ihr beiden solltet baufällige Villen an Neureiche verkaufen", sagte ich. „Das klingt alles nach einem Kinderspiel. Viel zu einfach, um zu funktionieren."

Antoninus und Marcus kamen langsam auf uns zu. Marcus' eindringlicher Blick wanderte von einem Gesicht zum nächsten.

*

„Was genau soll nun auf dem Krähenhügel geschehen, Dacius Maximus?", fragte er mit einem verwegenen Zug um die Mundwinkel.

"Kaschtas Aufgabe wird es sein, das Tor zu öffnen", erklärte Dacius ernst. „Wenn nötig, mit Gewalt. Rahel muss herausfinden, wo ihre Schwester und die Mädchen sind. Einer von beiden wird uns dann ein Signal zum Losschlagen geben. Was das genau sein soll, wissen wir leider noch nicht."

„Was ist, wenn die Wachen Kaschta wiedererkennen?", warf ich ein.

„Du selbst wirst deinen Lieblingssklaven nicht erkennen, wenn ich ihn hübsch gemacht habe", sagte Lysistrata.

"Ich möchte mich zur Nacht zurückziehen und mit meinem Vater beraten", sagte ich. „Ihr braucht sein Einverständnis. Er verfügt über mich, und Kaschta ist sein Eigentum. Deswegen musste er auch mitkommen, nicht wahr?

"Ganz richtig", sagte Dacius mit großem Gewicht in der Stimme. „Bitte bedenke gut: Wenn deine Schwester wirklich auf dem Hügel ist, dann kannst du sie morgen retten."

Er verneigte sich leicht vor Antoninus Pius. „Das ganze wird vorbei sein, lange bevor Rom davon erfährt. Unser Plan ist angelaufen und er funktioniert nur mit Rahel Victoria. Und mit dem Sklaven, der sie seit einer ganzen Dekade treu beschützt."

BUCH III
Kapitel XXX
CORVIS MONS
ANTE DIEM XV KALENDAS NOVEMBRIS
A U C DCCCXCIX
(Krähenhügel, 18. Oktober 146)

Ich bin auf den Wachturm am Kanal gestiegen, um besser beschreiben zu können, wie die zwei elenden Söldner meine Schwester Marjam misshandelt und dann ins Wasser geworfen haben. Auch auf dem Beobachtungsturm der Frumentarii am Krähenhügel war ich. Dacius hat ihn mir voller Stolz gezeigt und den Bau beschrieben, obwohl er Teil seines gescheiterten Plans war. Von dort oben konnte man die ganze Mauer überblicken. Die Villa sah man nicht mehr, aber dazu komme ich am Ende meiner Erzählung. Die Agenten und Soldaten hatten sich viel Mühe mit dem Turm und seiner Tarnung gegeben. Er wurde etwa zu der Zeit errichtet, als wir uns in Lorium zur Nachtruhe zurückzogen.

Drei Leiterwagen rumpelten über einen fast zugewachsenen Feldweg auf eine Baumgruppe zu. Die Bausoldaten schlugen sich mit langen Messern durch das Unterholz. Dann luden sie Holzpfähle, Bretter und Hanfseile ab, wie sie auch zum Gerüstbau an Tempeln und Palästen verwendet werden. Zwei von Dacius' Agenten kamen angeritten und ermahnten die Soldaten so leise wie möglich zu arbeiten. Sie berieten sich darüber, in welcher Höhe die Plattform zwischen den Baumstämmen angebracht werden sollte. Alle weiteren Arbeiten gingen ohne einen einzigen Hammerschlag voran. Nur mit den Holzteilen und Seilen errichteten alle gemeinsam einen schmalen Turm innerhalb der Baumgruppe. Zur Tarnung banden sie Äste an die Streben. Die stammten von einer Trauerzypresse, die eine Meile entfernt gefällt worden war. Zur Krönung der Täuschung wurde die Spitze des Baumes mit einem Flaschenzug hochgezogen und über der Plattform des Ausgucks in fünfzig Fuß Höhe festgebunden. Die zwei Agenten waren froh über jeden Schutz, den ihnen die falsche Baum-

*

krone vor dem Herbstregen bot. Der setzte ein, als sie dort oben ihren Beobachtungsposten bezogen.

Kapitel XXXI
LORIUM
ANTE DIEM XV KALENDAS NOVEMBRIS
A U C DCCCXCIX
(Castel di Guido, 18. Oktober 146)

Auf Zehenspitzen schlich ich über die Schwelle in den Schlafraum meines Vaters. Es fiel mir schwer, die Aufregung in meiner Stimme zu unterdrücken. „Vater, bist du wach? Im Hof sind Reiter. Dutzende davon! Und ich habe Sarah im Traum gesehen. Es herrschte Licht wie in einer Grotte, grün und weit entfernt. Aber alles war doch so deutlich, als würde Sarah hier in einer Ecke kauern. Sie wartet auf mich, das weiß ich jetzt ganz sicher. Ob Dacius geschlafen hat?"

„Komm herein und schließ die Tür", brummte Victorius unter den Decken. Dann stöhnte er leise, sein Geist kämpfte noch gegen die Umklammerung des Opiums an.

Ich lief quer durch den Raum, zog die Fensterflügel auf und lehnte mich hinaus. Vor der Freitreppe des Portals standen um die einhundert Pferde in zwei Reihen. Die Reiter hielten sie an kurzen Zügeln. Dacius ging mit Nicephorus die erste Reihe ab, begrüßte jeden der Männer mit Handschlag und legte den nervösen Pferden die Hand auf die Stirn, um sie zu beruhigen.

„Vater, das musst du sehen! Du kannst doch schon wieder ein paar Schritte laufen, oder? Steh auf und lass es uns versuchen – du bist schon ganz grün und blau vom Liegen. Dort draußen ist ein echtes Spektakel im Gange. Eine Legion, die in die Schlacht zieht, und ich soll sie anführen!"

„Willst du wieder einmal eine Theateramazone spielen? Das hier ist kein Kinderspiel ..."

„Das weiß ich doch, die ganze Nacht habe ich darüber nachgedacht. Aber wir kommen aus der Geschichte nicht mehr heraus, weder du noch ich. Ich frage mich, ob Dacius dem Ganzen wirklich gewachsen ist. Es klingt so unheimlich groß."

„Was klingt groß?"

„Ich soll mit Kaschta zusammen ein Paar Edelsklaven mimen, die in diese finstere Festung auf dem Krähenhügel eindringen. Kaschta wird dann das Tor von innen öffnen ..."

„... und du bist der hübsche Köder, damit ihr von Senator Pletorius gekauft werdet. Das hat sich dieser elende Tagedieb also die ganze Zeit zurechtgelegt ..."

„Lysistrata hat es mitgeplant und die Herrscher billigen es, zumindest Marcus Aurelius. Es ist der einzige Weg, Sarah und die Mädchen zu retten, sagen sie. Oder weißt du etwas Besseres?"

Victorius stützte sich mühsam auf die Ellenbogen. „Du willst also zur Märtyrerin werden, nur damit die einen machtgierigen Senator loswerden? Die Sonne Palaestinas hat schon vielen vor dir nicht gut getan ..."

„Eure hässliche Politik ist mir egal! Es geht um unsere Familie. Sag mir nur eines: Traust du Dacius das ganze zu? Ich brauche wirklich deinen Rat!"

„Was können wir Sterblichen tun, wenn ein Agent des Kaisers will, dass du die Kastanien für ihn aus dem Feuer holst? Falls Kaschta wirklich die ganze Zeit bei dir bleibt, überlebst du das Abenteuer vielleicht sogar. Dann bleibt mir wenigstens eine Tochter ..."

„Kaschta wird immer bei mir sein! Noch dazu hat jemand in der Nacht eine Statue der Fortuna neben mein Bett gestellt. Ich habe nicht nur von Sarah, sondern auch von ihr geträumt. Man trifft Fortuna bestimmt nicht oft im Leben, dann muss man alles in ihre Hände legen."

„Also glaubst du doch noch an unsere Götter ...", murmelte Victorius.

Ich lief schon wieder zum Fenster und rief: „Ihr reitet doch nicht ohne mich los?"

*

Die Sonne tauchte für einen Augenblick zwischen den Wolkenfetzen auf. Dacius' Augen blitzten, als er zu mir hochblickte. Er deutete eine knappe Verbeugung an, sein übernächtigtes Gesicht verzog sich zu einem Lächeln. Eine sehr große Krähe, vielleicht auch ein Rabe, flog in diesem Moment vom Dach hoch in den grauen Himmel. Ich schaute zu meinem Vater, mein Gesicht muss vor Erregung geglüht haben. Victorius richtete sich ächzend weiter auf und schüttelte den Kopf.

„Oh du Unbelehrbare. Du verliebst dich gerade in diesen Abenteurer. Aber auch das war sicher Teil seines Plans. Von Anfang an."

Kapitel XXXII
IBIDEM
(Am gleichen Ort)

Ich traf Dacius bei den Vogelkäfigen. Er roch nach den Pferden und nach Leder, in sein Gesicht stand die Müdigkeit geschrieben. Eine Frage hatte mich in der Nacht immer wieder beschäftigt, jetzt konnte ich sie nicht mehr zurückdrängen. „Was mache ich, wenn diese Verbrecher mir etwas antun wollen? Du weißt, was ich meine."

Dacius antwortete mit erstaunlicher Seelenruhe: "Sag einfach, dass du Jungfrau bist. Damit steigt dein Wert ins Unermessliche und die fassen dich nicht an."

Ich schwieg einen langen Moment.

„Du hast wirklich auf alles eine Antwort ... Gilt das auch für diesen wahnsinnigen Senator?"

Dacius drehte den Kopf weg und tat so, als hätte das Gekreische eines Papageis hoch oben seine Aufmerksamkeit erregt. „Ihr müsst einfach schnell sein. Wir stehen jeden Moment bereit ..."

"Gut, spar dir noch mehr falsche Worte. Meine Schwester wartet auf mich. Ich muss sie dort herausholen, das weiß ich seit dieser Nacht. Auch die Mädchen aus Ostia sind auf dem Hügel – das fühle ich in meinem Herzen."

„Ich wusste, dass du eine echte Victoria bist", sagte Dacius. „Bitte verzeih mir eines im Voraus: Wir werden in den nächsten Stunden kaum mehr als ein paar Momente miteinander haben, alleine. Ein so großer Plan läuft wie ein Feldzug ab, und ich führe den Stab."

„Wer hat eigentlich gesagt, dass ich jemals mit dir alleine sein will, du verdammter Angeber?", entfuhr es mir. Doch die Hitze in meinem Gesicht verriet genau das Gegenteil.

Der Nomenclator schob Kaschta vor sich her aus dem Gang zu den Baderäumen in den Säulenhof. Dacius streckte ihm freundschaftlich beide Hände entgegen. Der Nomenclator fuchtelte mit dem Zeigefinger in der Luft herum.

*

„Keine Zeit für Vertraulichkeiten! Der Princeps will euch alle in der Bibliothek sehen. Dort haben eigentlich nur Mitglieder des Kronrats Zutritt. Also ordnet wenigstens eure Kleidung."

Er musterte Kaschta, der in einer hautengen gelben Tunika steckte, mit zitterndem Kinn von oben bis unten.

„Und du, herausgeputzter Sklave: Steh aufrecht."

Lysistrata umfasste meine Schultern von hinten und begann meinen Nacken mit den Daumen zu massieren.

„Entspann dich, meine Schöne. Denk immer an Victoria – ich werde ihr gleich morgen früh in ihrem Tempel auf dem Palatin Opfer bringen lassen. Weißt du eigentlich, dass du selbst schreitest wie eine Göttin?"

Lysistratas Hände glitten an meinen Seiten entlang und umfassten mich an der Taille. Dann spürte ich ihr Kinn auf meiner Schulter.

„Du wirst sehen: Ich mache ein unwiderstehliches Wesen aus dir, herrlicher als es in ganz Syrien und Palaestina jemals die Erde berührte …"

Dacius beobachtete uns aus dem Augenwinkel.

„Kommt, ihr Turteltauben, schnäbeln könnt ihr später. Die großen Herren warten."

Lysistrata machte eine wegwerfende Geste mit ihrer schmalen Hand.

„Besprich du deinen Schlachtplan mit dem Erbsenzähler. Wir beschäftigen uns lieber mit den schönen Dingen."

* * *

Lysistrata zog ein ganzes Dutzend Tuniken und Umhänge aus ihren Kleidertruhen, hielt sie mir an, begutachtete meine Erscheinung mit schräg gelegtem Kopf und warf die Kleider einer Hofdienerin über den Arm. Dann führte sie mich aus dem Ankleideraum in ihr Schlafzimmer und ließ uns Honigwein einschenken. Am Schminktisch hatte ihre Ornatrix silberne Kämme, Quasten und Pinsel ausgebreitet. Auch Ava war da. Sie legte zögernd die mitgebrachten Kleider neben die Prachtstücke von Lysistrata auf das Bett. Dann löst sie meinen Haarkranz und kämmte die Locken aus. Eine große Tonschüssel mit rotbrauner Haarfarbe aus Indien stand neben dem Schminktisch bereit. Lysistrata hielt eine karminrote Tunika hoch, die an der Schulter mit einem Stück Stoff vernäht war, das Falten bis zum Boden warf, fast wie eine Toga.

„Es ist keine Seide", sagte sie. „Aber ein wirklich feiner Wollstoff. Genau richtig für eine weit gereiste Hetäre – verzeih mir: eine Tänzerin. Wenn es oben herum eng wird, können wir es gleich ändern."

Ava half mir die Tunika und das Brustband abzulegen. Lysistrata ließ ihre Augen über meinen nackten Körper wandern.

„Ich frage mich gerade, ob du nicht wirklich eine halbe Göttin bist. Mit dieser Olivenhaut ohne jeden Fleck und Makel … Ach, wie gerne wäre ich noch einmal achtzehn! Aber glaub mir: du wirst auch in meinem Alter die Männer noch so verzaubern, dass ihnen das Denken vergeht. Mit den Tricks, dir ich dir zeige."

Das rote Kleid saß fast perfekt. Eine Schneiderin passte es mit ein paar Stichen an. Meine Hüfte war zwei Finger breiter als die von Lysistrata, meine Taille um das gleiche Maß schmaler, aber unsere Oberweiten stimmten überein.

Lysistrata klatschte begeistert in die Hände.

„Mein Herr und Gebieter hat mir verboten, das Kleid in der Öffentlichkeit zu tragen. Er findet es vulgär, aber er ist auch wirklich sehr konservativ. Noch Rauchschwarz auf die Lider, Zinnober auf die Wangen und ein winziger Tropfen Tollkirsche, um deine Augen tief wie hispanische Brunnenschächte zu machen. Gib mir die Kette mit dem Fisch, die trägst du morgen besser nicht. Das passt nicht zu …"

Es klopft laut.

„ Seid ihr endlich fertig?", rief Dacius durch die Tür. „Marcus Aurelius will uns eine geniale Idee vorstellen."

Lysistrata öffnete die Tür einen Spalt. Dacius steckte den Kopf herein.

„Steht ihr gut, nicht wahr? Besonders hinten herum", lachte Lysistrata ihn an.

*

Ich drehte mich, ein wenig übermütig vom starken Honigwein, ging in die Knie, blickte über die Schulter und machte einen Schmollmund. Dann öffnete ich die Augen weit und schüttelte den Zeigefinger, als ob ich Dacius beim Naschen erwischt hätte. Er wurde tief rot im Gesicht und zog seinen Kopf ins Halbdunkel des Gangs zurück.

Lysistrata nahm meine Hände, drückte sie fest und küsste mich auf den Mund.

„Vielleicht sollte lieber ich bei dir in die Schule der Verführung gehen ... Du beherrscht deine Rolle aus dem Stand. Apropos Stand: Unserem hohen Herrn zeigst du dich besser nicht in dem Kleid. Sonst komme ich heute Nacht nicht mehr dazu, mich auszuruhen. Er hat eine blühende Phantasie, nicht nur was komplizierte Gesetze betrifft."

Kapitel XXXIII
IBIDEM
(Am gleichen Ort)

Ganz wohl war mir in der Männerrunde im Arbeitszimmer des Princeps nicht. Dacius stand mit Nicephorus, den ich am Tag zuvor in den Offiziersthermen von Ostia kennengelernt hatte, an einem bauchhohen Klapptisch. Er trug noch seine Uniform.

„Ich muss dich dabei haben", sagte Dacius zu ihm. „Du sollst im Emporium einen wohlhabenden Bürger spielen, der seine Luxussklaven verkaufen will. So kannst du die beiden noch beschützen, falls gleich am Anfang etwas schief geht."

Nicephorus hob nur erstaunt die Augenbrauen und deutete mit dem Daumen auf sich. Dann hielt er Dacius seinen Lederbeutel mit den Walnusskernen hin, den er immer bei sich trug. Dacius griff zu und warf sich eine Handvoll in den Mund. Der Privatsekretär des Kaisers kam mit einem halben Dutzend Schriftrollen unter den Armen auf die beiden zu. Er streckte umständlich die linke Hand aus, um Nicephorus zu begrüßen.

„Willkommen in Lorium, Zenturio. Hoffentlich bleibt in Ostia alles halbwegs ruhig, wenn ihr dort nicht wacht ... Kein Wort darf diesen Raum verlassen, das versteht sich."

„Versteht sich", wiederholte Nicephorus leise, nahm dem Sekretär die Hälfte der Schriftrollen ab und legte sie auf die Kupferplatte. Drei spindeldürre Satyrn aus Bronze bildeten die Beine des Tischs. Zwei davon spielten Flöte, den dritten zierte ein beinahe fußlanger, erigierter Phallus. Die Tunika des Sekretärs verfing sich daran, während er um den Tisch ging, um das erste Dokument vor uns zu entrollen.

„Irgendwann lasse ich das verdammte Ding absägen", brummte er und riss sich los.

„Wozu der Papierkram?" fragte Dacius und kaute weiter Nüsse.

Der Sekretär strich das Pergament glatt.

„Nun, dies hier ist ein Kaufvertrag: Publius Victorius überschreibt den Antoninen seinen nubischen Sklaven. Das ist der einfache Teil. Etwas komplizierter wird es mit seinen Töchtern. Als Bürger Roms und Vater kann er über ihr Leben verfügen, solange sie bei ihm in seinem Haus wohnen. Dieses Recht geht bei einer Heirat auf den Ehemann über, wie ihr sicher wisst. Aber den Mann von Victoria können wir kaum fragen, soweit ich über seinen unklaren Verbleib in Syrien informiert bin. Also werden unserem Herrscher in seiner Funktion als *Vater des Vaterlandes* die Leben der Töchter übertragen. Sie werden dadurch nicht zu Sklavinnen, eher zu einer Art von Vestalinnen – wir haben dafür eine interessante Lücke zwischen den Gesetzen gefunden."

Abwartendes Schweigen schlug dem Sekretär von uns allen entgegen. Er rollte das zweite, eng beschriebene Schriftstück ab.

„Durch diesen Zusatz kann der Bürger Publius Victorius nicht angeklagt werden, wenn eine seiner Töchter bei der Sache, nun, verloren geht. Die Schuld bleibt in der Familie der Antonine und wird niemals vor Gericht kommen."

Ich schloss meinen Mund, der jetzt vor Staunen über soviel Berechnung offen stand. Auch Dacius musste hörbar schlucken.

*

„Bei der Sache verloren geht …", sagte er, und wirkte dabei ehrlich betroffen.

An der Tür war lautes Pochen zu hören. Ein Diener zog sie auf und Victorius hinkte in den Raum, schwer auf Kaschta und einen kräftigen germanischen Hofdiener gestützt. Er versuchte den Schmerz, der aus dem Knie in seine Hüfte hochschoss, nicht zu zeigen; doch bei jedem Schritt zuckten seine Mundwinkel. Der Sekretär ließ erstaunt die Pergamente los. Sie rollten sich mit einem schnappenden Geräusch zusammen. Dacius ging meinem Vater entgegen, griff unter seine Schulter und begleitete ihn anstatt des Germanen an den Tisch. Dann half er dem Sekretär die Schriftstücke wieder auf der Tischplatte auszubreiten. Der Sekretär nickte Victorius anerkennend zu.

„Willkommen in unserer Runde, Publius Victorius. Du scheinst hier an der Landluft schnell wieder zu Kräften zu kommen. Doch gleich zur Sache. Wir müssen einen Vertrag über deine Töchter und den Sklaven machen, der mit ihr in dieses Anwesen auf dem Krähenhügel eindringen soll. Die Details lege ich dir gleich dar. Grundlage für das Vorgehen gegen Senator Pletorius ist auch ein neues Gesetz, das schon morgen dem Kronrat und dann sofort dem Senat vorgelegt wird. Es betrifft die Bluttat an der Sklavin in den Offiziersthermen in Ostia. Ich zitiere den Entwurf unseres genialen Juristen Gaius:

‚Der seinen Sklaven tötet ist strafbar, ebenso wie jener, der einen fremden Sklaven tötet. Auch Strenge, die kein Gesetz kennt, oder unerträgliche Grausamkeit dürfen nicht angewandt werden. Wer sich solcher Vergehen strafbar macht, dem soll der Verkauf aller seiner Sklaven angeordnet werden, denn Recht darf nicht missbraucht werden und jedwedes Vermögen nicht verschwendet.'"

Es herrschte Stille im Raum. Antoninus und Marcus blickten von ihrem Schreibtisch herüber. Die beiden wussten, dass der Sekretär gerade das neue Sklavengesetz vorgetragen hatte. Sie erhoben sich langsam. Victorius winkte den Germanen von der Tür heran, ließ sich von ihm einen Feldsessel bringen und sank mit schmerzverzerrtem Gesicht und einem leisen Stöhnen hinein.

„Da wir hier wohl gerade vor dem Abschluss eines Geschäftes stehen, möchte ich fragen, was eure Gegenleistungen für meine geliebten Töchter und einen hochwertigen Sklaven sind."

Alle am Tisch blickten Victorius erschrocken an. Er faltete die Hände und sprach mit leiser, aber sehr fester Stimme weiter. „Zumindest der Ritterstand für Dacius Maximus und die Freiheit für meinen Sklaven sollten möglich sein. Dazu eine kleine Summe Geld zum Beginn eines neuen Lebens – für beide. Oder gedenkt ihr, mein Eigentum in das Inventar des Hofes aufzunehmen?"

Dacius nickte lebhaft und ließ die Schriftrollen los.

„Eine gute Idee", sagte er, und fügte hastig hinzu: „Die Freiheit für Kaschta meine ich."

Der Sekretär rieb nachdenklich über den Rücken seiner Hakennase, raffte die Dokumente zusammen und musterte Victorius von oben herab.

„Selbstverständlich lösen wir diese Verträge sofort wieder, wenn wir Erfolg gehabt haben. Ich werde dem Princeps deine gewagten Forderungen gleich vortragen, Bürger."

Der Nomenklator kam an den Tisch geschnauft und meldete einen Boten. Dacius warf Victorius noch einen anerkennenden Blick zu und lief in den Hof. Nicephorus verneigte sich knapp und folgte ihm. Victorius richtete sich mit Kaschtas Hilfe aus dem Sessel auf. Er zog mit der freien Hand seinen marineblauen Umhang zurecht und machte sich langsam auf den Weg quer durch den Raum zu den Herrschern. Der schwere Schreibtisch lag wie ein Kriegsschiff im Wellenmuster des Bodenmosaiks vor Anker. Antoninus hörte seinem Sekretär konzentriert zu. Sein Gesicht zeigte dabei keine Regung, verriet keinen Gedanken. Er trat Victorius mit verschränkten Armen entgegen.

„Wenn es deine Verletzung erlaubt, würde ich dich gerne zu einem Spaziergang einladen. Nur wir beide, in meiner Säulenhalle."

*

Kapitel XXXIV
IBIDEM
(Am gleichen Ort)

„Also gut! Kein Königsbalsam für unseren Goldschatz!", rief Lysistrata, stöpselte die winzige Amphore aus Bergkristall wieder zu und legte sie mit einem Klicken auf den Marmortisch zurück. Sie hatte in der letzten Stunde drei Becher Wein getrunken und Lust bekommen, mich selbst zu parfümieren.

„Aber Rosenöl sollte doch gehen. Haben wir so etwas billiges überhaupt hier?"

Ava hob zitternd einen Finger und versteckte die Hand sofort wieder hinter ihrem Rücken.

„Ich habe, Domina."

„Dann bring es mir, du Maus! Und noch eine einfache Silberspange für den Umhang. Wir haben nur diese schweren aus Gold hier."

Ich begann zu schwitzen. Lysistrata legte den Kopf schief und lächelte betrunken.

„Die glänzende Stirn und die roten Wangen stehen dir, meine Schöne. Du siehst aus, als hätte dich gerade ein Gladiator genommen. Oder dein sicher auch unten herum gut gebauter Nubier."

Die Ornatrix warf ihrer Herrin einen ermahnenden Blick zu und zupfte weiter an Rahels Frisur herum. Lysistrata hob entschuldigend die Hände in die Luft.

„Gut, gut, ich höre auf damit. Ich weiß, Rahel soll eine Jungfrau spielen ... Du siehst jetzt zwei, vielleicht drei Jahre jünger aus, und das Rot in deinen Haaren wirkt fast natürlich. Bleiweiß lassen wir besser, das haben heute nur noch Matronen und alte Huren im Gesicht. Bevor wir fahren, tragen wir noch Bronzepuder auf, dann ist deine Maske perfekt. Jetzt lass uns nachsehen, ob es auf diesem elenden Bauernhof noch etwas zu essen gibt. Dabei erzähle ich dir etwas über hispanische Tänzerinnen. Die Doppelflöte spielst du doch? Du brauchst noch einen guten Namen ... Wie findest du *Velina*? Ich kannte einmal eine junge Tänzerin, die sich so nannte. Sie war fast noch ein Kind, wollte aber unbedingt berühmt werden. Ihr war dafür alles Recht, sie hat sich sogar auf der Bühne ausgezogen. Gleich beim ersten Mal, als sie einen Fuß darauf setzte."

Kapitel XXXV
LORIUM
ANTE DIEM XV KALENDAS NOVEMBRIS
A U C DCCCXCIX
(Am gleichen Ort)

Es war nicht wirklich schwierig, aus Victorius herauszubekommen, was Antoninus Pius in der Säulenhalle zu ihm gesagt hatte. Er war stolz darauf, ein paar Schritte nur mit dem Princeps gegangen zu sein – fast wie ein kleiner Junge, der seine erste Taube mit einer Steinschleuder erlegt hatte. Zu der Unterhaltung hinzugedichtet habe ich lediglich ein paar Eindrücke aus der Säulenhalle, die ich mir vorgestellt habe, und die einem Mann wie meinem Vater nicht unbedingt wichtig sind.

Die Prätorianer lösten sich aus ihrer Versteinerung, um dem Princeps und Victorius in die Säulenhalle zu folgen. Antoninus Pius hob nur die Hand, und sie sprangen sofort in ihre Ecken zurück. Zwei der blonden Germanen trugen Victorius in einer offenen Sänfte neben dem Princeps her. Der aufziehende Herbststurm schickte seine Windböen durch die Flure, Höfe und Hallen der Villa jagte und rüttelte an den Türen. Der Gang voller flackernder Lampen machte nach fünfzig Fuß einen scharfen Knick nach links und öffnete den Blick auf die langgezogene, zu beiden Seiten offene Wandelhalle.

„Hier können wir offen sprechen", setzt der Princeps an. Sein Blick wanderte zwischen den Säulen durch in den Garten vor der Villa.

„Deine Haltung gefällt mir, lieber Publius Victorius. Du denkst an das Fortkommen deiner Familie. Dacius kann unter meiner Obhut Karriere machen und an den Hof gelangen, deine älteste Tochter mit

*

ihm. Ich für meinen Teil habe letztes Jahr meine Annia mit Marcus Aurelius verheiratet. Er ist einfach der beste Mann, um das Imperium zusammenzuhalten – gegen den Barbarensturm, den er aus dem Norden befürchtet. Der junge Verus kann ihn dann im Osten unterstützen, wenn ich nicht mehr regiere. Doch Marcus ist derjenige, an den sich die Welt erinnern wird ... Das ist die große Politik von Übermorgen, lass uns jetzt nur an die kommenden Stunden denken, und ihre Bedeutung für den Feiertag morgen. Ich muss mittags zur Heerscha auf dem Aventin sein, wenn die Waffen von den Priestern des Mars gereinigt und gesegnet werden. Spätestens dann *muss* diese Situation auf dem Hügel geklärt sein. Wenn Dacius Maximus sich dabei bewährt, wird er schnell ein Amt bekommen und in den Ritterstand aufsteigen, dafür sorge ich. Der Einsatz ist sozusagen seine Feuerprobe unter meinen wachsamen Augen. Aber du scheinst uns auch wohlgesonnen zu sein. Ich brauche unbedingt lebenskluge Berater, die nicht in das korrupte Treiben auf dem Forum verwickelt sind. Ich gebe zu: Auch ich halte Dacius' Methoden für ungewöhnlich und riskant. Aber ich denke, er wird alles tun, um deine junge Tochter zu retten und diese eine, ganz besondere zu beschützen."

Er lächelte durch den gestutzten Bart, seine Augen bekamen einen warmen Glanz. „Denn da ist ein Funken von Verliebtheit in seinen Augen, den man nur schlecht vortäuschen kann, auch wenn man ein Agent und Spieler ist wie er."

„Princeps, bitte erlaube mir eine Bemerkung."

Antoninus nickte aufmunternd und lächelte weiter, doch seine Augen wurden hart.

„Mein Sklave Kaschta hat sich schon oft bewährt. Warum gebt ihr ihm als Begleitung keine schöne Sklavin oder Freigelassene vom Palatin?"

Pius fuhr herrisch mit der Hand durch die Luft.

„Deinen Sklaven dort hineinzuschicken reicht nicht. Lysistrata wäre die einzige Frau am Hof, die unter der Aufgabe nicht zusammenbrechen würde. Aber sie ist einfach zu alt dafür. Zudem ist ihr Gesicht zu bekannt, und sie ist zu verwöhnt. Wir müssen sicher gehen, dass Pletorius wie eine Muräne anbeißt und den Köder in seine

Höhle schleppt – bitte entschuldige, das war nicht der passendste Vergleich. Der Plan funktioniert nicht ohne deine Tochter, denn wir finden bis morgen keine Frau, die ihre Schönheit, ihren Mut und ihre Intelligenz besitzt, dazu diese gewisse Frechheit und schauspielerisches Talent. Nennen wir sie bei ihrem römischen Namen, auch wenn sie an etwas anderes glaubt: Victoria. Sie ist sicher auch Fortunas Favoritin, und von ihr dazu bestimmt, Rom vor großem Unheil zu bewahren. Sagen wir es so: Deine Tochter ist unsere trojanische Frau."

„Verzeih mein Nachfragen, Princeps: Warum lasst ihr das Anwesen des Senators nicht von den Prätorianern stürmen? Davon sind, soweit ich weiß, fast fünftausend in Rom stationiert."

„Dies ist wiederum der Politik geschuldet. Der Senat würde Kopf stehen, und wir würden Tage mit Erklärungen verbringen, ich und Marcus. Im Vertrauen: Es gibt starke Hinweise darauf, dass Senator Pletorius eine Verschwörung gegen uns anführt. Es heißt, er will erst das Amt des Prätors erringen und dann die Macht ergreifen. Vor Tagen hat er Kontakt mit dem Präfekten der Prätorianer aufgenommen. Du weißt: Wer die Garde auf seiner Seite hat, der beherrscht Rom. Ich muss Marcus Gavius morgen bei der Heerschau zur Rede stellen – das geht aber nur nachdem Pletorius zumindest gefangen, oder sogar beseitigt wurde. Die Angebote von einem so extrem reichen Mann und Falschmünzer könnten Marcus Gavius und seine Truppen durchaus in Versuchung führen. Die Prätorianer dienten schon oft dem, der sie am besten bezahlt hat. Was bis jetzt passiert ist, das sind nur die Stiche eines kleinen Skorpions. Wenn die Verschwörer nicht gleich morgen – am Tag des Mars – ihren Umsturz versuchen, dann planen sie ganz sicher, die Jahrhundertspiele im Frühjahr stören. Zweimal hat man es schon in den letzten Jahren gewagt, mich massiv anzugreifen. In beiden Fällen habe ich Milde walten lassen, vor allem gegenüber den Hintermännern. Dieses Mal verfahren wir robuster, und dafür brauchen wir euch. Es ist mein fester Wille, dass diese unschöne Angelegenheit beendet wird, bevor der Senat und das Volk davon erfahren. Ich kann die Heerschau nicht

*

absagen oder einfach nicht zur Waffenweihe erscheinen, alles muss seinen geordneten Weg weitergehen. Männer wie Pletorius werfen uns zurück in das Chaos, wie es zu Zeiten der Bürgerkriege herrschte."

Die beiden waren am Ende der Säulenhalle angelangt. Die Sänftenträger machten umständlich kehrt. Antoninus musste einen Schritt zur Seite treten.

„Ich füge mich in dein weises Urteil, Princeps", sagte Victorius und lehnte sich in die Kissen zurück.

Antoninus trat nah an die Sänfte heran und legte seine Hand auf Victorius' Unterarm.

„Nicht so förmlich, mein Freund. Ich habe großes Vertrauen in euch und bewundere deine schnelle Genesung. Auf dem Palatin werden noch heute vier prächtige Kühe im Tempel der Victoria geopfert. Am Hof kann man ruhig darüber reden, denn mit eurer Hilfe haben wir Pletorius erledigt, bevor die Nachrichten auf dem Forum sind. Dann sind es Gerüchte, die niemand mehr glaubt, vor allem wenn ich morgen wie geplant aufrecht und in voller Rüstung auf dem Aventin stehe. Wir opfern hier in Lorium gleich in einen Stier, und die Priester werden bestimmt nur die günstigsten Vorzeichen entdecken. Ich bin überzeugt: Es ist Nemesis, die deine älteste Tochter dazu bestimmt hat, Gerechtigkeit walten zu lassen und Rache zu nehmen – auch wenn sie gerade nicht an unsere Götter glauben möchte."

Antoninus nahm Victorius' Hand. „Dacius Maximus hat mir von deinen mutigen Kämpfen gegen die Küstenpiraten und von deiner Suspendierung vom Dienst erzählt. Ich lasse den Fall gerade sehr genau prüfen. Dein ehemaliger Stellvertreter wird in diesem Moment intensiv befragt, vor allem zu der schlechten Bewachung des Tibers und des Kanals von Portus. Was hältst du von einem neuen Amt, wenn wir gesiegt haben, der Präfektur über die latinische Küste anstatt deines Marinekommandos?"

Victorius neigte den Kopf demütig, konnte aber sein erfreutes Lächeln sicher nicht ganz unterdrücken. Der Kaiser hob einen Zeigefinger, er war mit seiner Ansprache noch nicht zu Ende.

„Wir haben beide unsere Gebrechen. Du deine Kampfwunden, mich schmerzt mein Rücken jeden Tag. Das sei mein ‚Tribut an die Aufrichtigkeit' hat Marcus dazu gesagt. Andere machen jetzt die großen Schritte, aber wir lenken sie. Wie die Spielleiter im Theater, sozusagen. Es gilt um jeden Preis den Frieden in Rom zu bewahren. Der Preis kann das Leben deiner Tochter sein. Doch wir sehen uns hoffentlich alle wieder, hier oder auf dem Palatin. Mit mehr Muße und wenn sich unsere Seelen wieder eingependelt haben. Dann können wir diese Tragödie im Licht des stoischen Denkens genauer betrachten. Wie immer sie enden wird."

*

CLXIII

Kapitel XXXVI
IBIDEM
(Am gleichen Ort)

Der Bote sah irritiert in die Runde. Dacius gab ihm mit einer kreisenden Bewegung seiner Hand zu verstehen, dass er berichten soll. Vor allen, die im Arbeitsraum der Herrscher versammelt waren. Er war noch außer Atem von seinem wilden Ritt aus Rom.

„Nur ganz knapp vor der Kaserne, da konnten wir ihn stellen und vom Pferd zerren", flüsterte er noch, dann sprach er normal weiter: „Auf dem Viminal wäre er uns fast entwischt, in den verwinkelten Gassen dort oben. Wir haben seine Nachricht genau kopiert, dann ist einer von uns mit dem Original und seinem Pferd weiter zu den Prätorianern in die Kaserne. Er kam heil wieder heraus, aus dem finsteren Kasten."

Dacius entfaltete ein handgroßes Stück Papyrus auf dem Tisch. Es war eng einer langen Reihe von Zahlen beschrieben. Der Bote legte den Finger auf die rechte untere Ecke.

„Hier war auf dem Original ein Münzabdruck in Siegelwachs, etwa so groß wie ein Goldstück. Es war keine römische Münze. Darauf war ein sehr hässlicher Hund, aber keine Schrift. Daneben hatte noch jemand drei Striche in das Wachs gekratzt."

„Den Münzabdruck kennen wir", bemerkte Dacius und blickte kurz zu mir und Kaschta.

„Für wen in der Kaserne war die Botschaft?", fragte er den Boten.

„Für den Präfekten, höchstpersönlich. Wir nehmen an, dass der Reiter nicht gelogen hat, nach dem, was wir mit seinen Daumen gemacht haben. Er kam vom Krähenhügel und wusste das Tagespasswort der Prätorianer. Unser Mann hat die Nachricht dann Gavius Maximus selbst in die Hand gedrückt. Der hatte es so eilig, sie zu lesen, dass er das zusammengeflickte Siegel nicht bemerkt hat."

Dacius drückte dem Boten fest die Hand, umarmte ihn kurz und schickte ihn in den Küchentrakt, wo er sich stärken sollte.

*

„Bei Jupiter, das wird dem Princeps den Appetit verderben", sagte Victorius gewichtig. „Er lag goldrichtig damit, die Prätorianer aus dem Spiel zu halten und wird die Heerschau morgen absagen müssen."

Er ließ sich das Stück Papyrus geben und strich es zwischen seinen Händen glatt. „Unser Princeps hat mir schon von seiner Befürchtungen über Gavius Maximus erzählt. Und das hier ist Kryptografie für Kinder. Rahel kann uns das gleich vorlesen." Mein böser Seitenblick wurde nur von Dacius beachtet. Er schaute spöttisch in die Runde.

„Es ist doch gut, jemanden hier zu haben, dem der große Mann gleich beim ersten Spaziergang seine Seele ausschüttet. Vor allem, wenn er seine Tochter kaufen will."

„Ich habe den Vertrag noch nicht unterschrieben", sagte Victorius trotzig und ließ das Stück Pergament auf den Tisch fallen. „Wir werden uns jetzt zurückziehen und ausruhen. Komm mit, Rahel."

Nicephorus' Mundwinkel zuckten amüsiert.

„Meine Herren, Ich spüre hier eine gewisse Anspannung. Wollen wir uns nicht unseren Gastgebern anschließen und etwas zur Stärkung zu uns nehmen? Dabei klärt ihr mich dann auf, um was es eigentlich geht. Damit ich mitdenken kann. Auch ein Becher Wein wäre zu dieser Stunde nicht schlecht."

„Da kommen gerade viele Stränge zusammen, die ich erst entwirren muss", sagte Dacius beinahe entschuldigend und winkte einen Diener heran.

„Geht es um eine Verschwörung gegen den Princeps? Dieser irre Senator will an die Macht, nicht wahr?", fragte Nicephorus. „Das wäre dann der dritte Umsturzversuch in dieser Regierungszeit."

„Die Politik geht uns erst einmal nichts an", sagte Dacius mit Ungeduld in der Stimme. „Was ist nun diese Botschaft an den Präfekten, Victorius? Ich entschuldige mich für meine schlecht gewählten Worte."

Victorius blickte ihn noch einmal scharf an und fuhr betont langsam mit dem Zeigefinger an der Zahlenreihe entlang.

CLXV

XIX-VIII-V-XVII-XII-I-V-XIII-V-XVII-XIV-XIII-IX-I-XIII-I-
V-XV-XIV-XVII-XIX-I-XIV-XVII-IX-V-XIII-XIX-I-XI-XVIII-
XVIII-V-III-XX-XIII-IV-I-XX-IX-VII-IX-XI-IX-I-XX-IX-XIII-III-
V-XVII-V-I-XX-XIX-XII-XIV-XVII-IX

Ich langte über den Tisch nach einer frischen Wachstafel und begann, Buchstaben aufzuschreiben:

THERMAENERONIANAEPORTAORIENTALIS
SECVNDAVIGILIAVINCEREAVTMORI

Nicephorus brummte seine Zustimmung, ohne wirklich zu verstehen.

„Macht das Sinn? Victorius, erkläre uns das", sagte Dacius und
rieb an seinem seit drei Tagen unrasierten Kinn. „Oder Rahel."

„Kannst du nicht lesen?", fragte ich. Dann blies ich die Backen
auf, bildete einen Ring mit Daumen und Zeigefinger vor den Mund
und machte ein dumpf trötendes Geräusch.

„Siehst du alle Frauen so begehrlich an wie eben, wenn sie nicht
in drei Lagen dicke Wolle eingewickelt sind?"

„Ich weiß eine wahre Schönheit zu schätzen. Magst du keine echten Römer?"

„Sofort aufhören!", rief Victorius dazwischen. „Wenn ihr euch
jetzt auch noch in die Haare bekommt, erwischen wir diesen irrsinni-
gen Senator nie. Wir müssen jeden Moment nutzen, damit der
Princeps morgen die Heerschau in Rom nicht absagen muss."

„Was interessiert mich eine Parade?", sagte ich, fast fauchend.
„Mir geht es um Sarah und die Mädchen, um nichts anderes."

Dacius grinste. „Nimm meine Verzückung bitte als Kompliment
an deine Anmut − aber lass uns jetzt weitermachen. Dein Vater hat
Recht; die Zeit rast davon wie Phaeton mit dem Sonnenwagen."

Ich bemerkte wie mir die Hitze ins Gesicht geschossen war, meine Hand zitterte leicht vor Anspannung. Auf der Wachstafel bildete
ich mit dem Griffel ein paar verschiedene Kombinationen, bis sich
die Worte formten:

THERMAE ·NERONIANAE | PORTA · ORIENTALIS

*

Dacius lehnte sich nah zu mir, bis sich unsere Schultern berührten. Er tippte auf den hölzernen Rand der Tafel. „So schnell? Niemand hat dir den Kode gesagt."

„Das war nicht so schwierig. Die meisten *echten Römer* glauben doch, es reicht, dass sie bis drei zählen können, um die Welt und die Frauen zu beherrschen. Das Alphabet ist einfach um drei Buchstaben verschoben und durchnummeriert. Deshalb die III neben der Münze."

Dacius schluckte meine spitze Bemerkung hinunter und pfiff leise durch die Zähne.

„Ich bin beeindruckt. Die Nerothermen sind auf dem Marsfeld, zwischen dem Pantheon und dem Circus Flaminius. Ob die Bäder ein Portal an der Ostseite haben, weiß ich nicht. Es muss ein Nebeneingang sein, zum Pantheon hin. Ich erinnere mich nur an eine Reihe mächtiger Säulen an dieser Seite der Thermen. Zur zweiten Nachtwache soll sich hier also der Präfekt der Prätorianer einfinden. Dazu kommen mit Sicherheit weitere *geladene Gäste*."

Er fixierte meinen Vater über den Tisch hinweg und faltete seine Hände. „Einer davon wirst du sein, Victorius. Du musst dich dann mit der Losung *Siegen oder Sterben* als Eingeweihter ausgeben. Der Princeps findet es sicher gut, wenn du mithörst, was die Verschwörer mitten in der Nacht auf dem Marsfeld zu besprechen haben. Deine Verletzung ist die perfekte Tarnung, so können wir dir einen Beschützer mitgeben. Ich habe da schon jemanden aus meiner Truppe im Auge."

Ich musterte Dacius' überfreundliches Gesicht, dann das Profil meines Vaters mit der Adlernase und sagte leise: „Jetzt sind wir also beide Teile deines monströsen Plans geworden. Oder waren wir das schon immer?"

Kapitel XXXVII

IBIDEM

(Am gleichen Ort)

Der nächste völlig abgehetzte Bote fing Dacius auf dem Weg durch den Säulenhof ab und winkte ihn in eine Nische. Ich ging mit Victorius und Nicephorus in den Speisesaal weiter. Wir ließen uns auf den Liegen um einen Tisch nieder, der gerade frisch gedeckt wurde. Der Nomenklator wackelte heran und wischte sich mit einem riesigen Leinentuch den Schweiß von der Stirn.

„Haltet das Essen kurz und macht euch dann für die Opferzeremonie im Hof bereit. Die Männer werden in Uniform erwartet, die Frauen hochgeschlossen und in gedeckten Farben. Unsere Herrscher empfangen gerade noch eine wichtige Delegation aus Palmyra, die sie aber schnell wieder verabschieden werden. Also beeilt euch."

Wir drei nickten ihm verständnisvoll zu.

„Ich habe eine Frage, die mich seit gestern beschäftigt", sagte Victorius.

Nicephorus lehnte sich zurück und verschränkte die Hände hinter dem Kopf. „Ich höre."

„Könnt ihr diesen Krähenhügel nicht stürmen – auch ohne die Prätorianer? Deine Stadtkohorte kann in einem halben Tag vollzählig dort sein, dazu die Feuerwachen mit ihrem Gerät um brennende Häuser einzureißen. Dann wäre das Problem bis zur Heerschau gelöst."

Nicephorus schwang sich von der Liege und ging ein paar Schritte mit gesenktem Kopf hin und her – etwa so, wie Cäsar vor einer Ansprache an seine Soldaten. Mich überkam das Gefühl, dass ich nur von Angebern umgeben war. Was Nicephorus sagte klang dann aber doch halbwegs vernünftig:

„Das war auch meine Idee, aber der Princeps hat sie rigoros abgelehnt. Das Anwesen eines Senators kann man nicht überfallen, ohne einen Aufruhr im Senat zu provozieren. Außerdem würden die Straßen von Ostia nicht mehr bewacht, wenn ich alle meine Männer

*

abziehe, und auf die Marine ist gerade wirklich kein Verlass. Der Hügel ist zur Festung ausgebaut und die Situation hinter der Mauer mehr als unklar. Deshalb brauchen wir jemanden innerhalb der Mauern – also dich, Rahel, und ... Wie hieß euer Sklave noch?"

„Kaschta", antwortete ich. „Seinen nubischen zweiten Namen konnte ich nie aussprechen."

Nicephorus trank einen großen Schluck aus seiner silbernen Weinschale.

„Erinnert ihr euch an die Belagerung von Masada in Palaestina?"

Ich nickte. „Ein Uronkel meiner Mutter war unter den Zeloten und ist auf dem Berg von Masada umgekommen. Wir haben aber in der Familie so gut wie nie darüber gesprochen. Irgendwann hatten wir einfach entschieden, mit den Römer zu sein."

Nicephorus setzte sich auf und schwang die Beine von der Liege.

„Dann weißt du natürlich, dass Masada die Bergfestung des Königs Herodes war. Wir Römer haben dort gleich nach seinem Tod eine ganze Garnison untergebracht. Aber die Zeloten überwältigten unsere Soldaten und machten Masada vor achtzig Jahren zu ihrem Hauptquartier. Mutig waren sie, das muss man zugeben – todesmutig. Es dauerte Monate, bis die komplette X. Legion zusammen mit viertausend Mann Hilfstruppen eine meilenlange Ringmauer um den Berg gebaut hatte. Dann schütteten die Soldaten eine Rampe für die Belagerungsgeräte auf und rissen die Festungsmauer ein. Im Inneren hatten sich allerdings kurz vorher fast alle gegenseitig und dann selbst umgebracht, um als freie Judäer zu sterben. Männer, Frauen und Kinder, wohl auch dein Uronkel – eine echte Tragödie, aber damit war der letzte Widerstand in Palaestina vergangen. Dieser Krähenhügel ist fast so groß wie Masada, und die Mauer vielleicht sogar stabiler. Der Hügel ist zwar nicht ganz so hoch und auch nicht mitten in der Wüste, aber er liegt viel zu nah an Rom."

Nicephorus hob die Hand und wedelte damit in der Luft herum, als würde er mit dem Pinsel auf eine Wand malen.

„Stellt euch die Ankündigungen an den Häusern vor:

CLXIX

GROSSE BELAGERUNG DER VILLA EINES
WAHNSINNIGEN SENATORS
GLEICH VOR DEN TOREN DER STADT
FÜR SPEISEN UND GETRÄNKE IST GESORGT
IN DEN PAUSEN TANZ UND PANTOMIME
– dort würdet ihr auch hinwollen, nicht wahr?"

Er ließ die Hand sinken und wartete auf unsere Reaktion, zumindest ein kleines Lächeln für seine Einlage. Er bekam keines und fuhr fort: „Das wäre die Attraktion des Herbstes, besser als jede Tierhetze und dreißig Paare Gladiatoren. Die Leute aus Rom würden in Scharen die Hafenstraße entlangziehen, bis vor den Krähenhügel. Das Ansehen des Princeps könnte großen Schaden nehmen. Es war schon nicht einfach für ihn, die Getreideknappheit vor drei Jahren zu erklären … Er wird zum Gespött der ganzen Stadt, wenn diese Belagerung länger als einen Tag dauern würde, und davon gehe ich aus. Wir haben hier weder die Rammböcke, fahrbaren Türme und Schleudern der X. Legion, und die Prätorianer fallen ganz aus."

Die Türflügel sprangen auf und beendeten Nicephorus' Vortrag. Dacius stürzte herein. Wir schraken zusammen und drehten ihm die Köpfe zu.

„Rahel, Victorius - wir haben eine schreckliche Situation vor eurem Haus", sagt er, mit ehrlich bewegter Stimme.

Alle schwiegen.

„Euer Sekretär wurde am Eingang erschossen, mit zwei Pfeilen. Auf dem Platz vor dem Haus lag eine junge Frau, in den Rücken getroffen und schwer verletzt. Eine Patrouille der Stadtkohorte hat die Angreifer vertrieben, doch den Brand eures Hauses konnten sie nicht aufhalten. Die Bibliothek hatte zu schnell Feuer gefangen."

„Bei Jupiter und Mars", flüsterte Victorius laut und ließ sich auf seine Liege zurückfallen.

Ich sprang auf und stellte mich direkt vor Dacius hin.

„Was ist mit Marjam? Ist sie mit dem Haus verbrannt? Und unsere Köchin? Wie haben diese Banditen uns gefunden? Wenn Marjam tot ist, verzeihe ich dir das nie!"

*

Dacius drehte sich weg und ging zum Gartenhof, ich dicht hinter ihm her. Zwischen den Ästen der Blutbuche stürmten Wolkenfetzen dahin.

Ich redete weiter auf Dacius ein: „Unser alter, schlauer Grieche ist nicht mehr? Alles, was er wusste ist vergangen, die Dramen, die er auswendig konnte? Das Haus nur noch ein Haufen verkohlter Balken und Ziegel?" Dacius ließ langsam den Kopf sinken. Regentropfen malten dunkle Punkte auf das raue Leder seiner Soldatenstiefel. An den Rändern der Säulenfüße lag noch Sand, den der Sommerwind aus Afrika bis hierher getragen hatte.

„Jetzt gibt es wirklich keinen Weg zurück mehr, weder für dich, noch für Victorius", sagte Dacius.

Ich fühlte mich für einen Moment, als würde ich durch den feuchten Boden in den grauen Nebeln der Unterwelt versinken. Meine Fäuste ballten sich.

„Schlag ruhig zu. Ich habe es verdient", flüsterte Dacius ohne den Kopf zu heben. Ich war zu verblüfft, um es wirklich zu tun. Dacius griff nach meinen Handgelenken und hielt sie fest.

„Ich weiß, wie diese Mörder euer Haus gefunden haben."

Ich starrte ihn wohl nur ungläubig an.

„Sie sind dir und deinem auffälligen Streitwagen gefolgt", fuhr Dacius fort. „Von der Kurierstation an der Via Portuensis. Dort, wo wir gemeinsam gegessen haben."

„Willst du mir jetzt auch noch die Schuld geben?", rief ich aus. Meine Worte hallten von den Wänden des Gartenhofes wieder. Dacius hob den Finger an die Lippen und deutete rundherum auf die erleuchteten Fenster des oberen Stockwerks. Er sagte leise: „Ich wusste damals einfach noch nicht, wie gefährlich dieser Senator ist. Lass uns gemeinsam hoffen, dass irgendjemand deine Schwester retten konnte. Wer war die Frau vor eurem Haus?"

Ich schüttelte Dacius' Hände ab.

„Wahrscheinlich Fabia. Du weißt hoffentlich, wer das ist. Wenn Fabia stirbt, bekommst du gewaltigen Ärger mit ihrem mächtigen Vater Fabius Agrippinus. Fabia wollte bestimmt zu mir, oder mit dem

Arzt zu meiner Schwester … Ich bringe wirklich nur Unglück – allen, die ich treffe, seitdem ich wieder hier bin!"

*

CLXXIII

Kapitel XXXVIII
IBIDEM
(Am gleichen Ort)

Lysistrata trippelte in den Raum. Sie breitete die Arme aus, als wolle sie nicht nur mich, sondern die ganze Welt umarmen. Ihr Gesicht, nein, ihr ganzer Körper strahlte, nicht nur die Augen. Dacius nutzte die Gelegenheit und wandte sich zwei seiner Männer zu, die an der Tür zum Atrium auf ihn warteten.

„Jetzt sehen gleich alle, was für ein göttliches Wesen sie in die Schlacht führen wird!", rief er in meine Richtung. „Geht bald in den Garten, das Opfer ist so gut wie vorbereitet. Danach brechen wir auf."

„Wie erfahren die Soldaten und deine Männer denn nun, wann sie mich und Kaschta dort herausschlagen sollen?", fragte ich zurück.

Dacius blieb stehen, legte den Finger an die Lippen und hielt die andere Hand ans Ohr. „Nicht hier, die Wände können manchmal lauschen … Nach der Zeremonie führt uns einer von Marcus Aurelius' Leibsklaven seine geniale Idee vor."

Ich trat mit Lysistrata auf die Freitreppe, sie legte den Arm um meine Taille. Der Geruch von Pferdemist, Leder und Hafer hing über dem Garten der Villa. Die Reiter standen in Gruppen zusammen. Sie schauten erst alle zu uns, dann beobachteten sie weiter ein Dutzend Gartensklaven bei der Arbeit. Die wuchteten einen Opferstein vom Format eines Sarkophags vor die Freitreppe und richteten ihn parallel zu den Stufen aus. Der Nomenclator trat neben uns in das weit geöffnete Portal, schüttelte aufgebracht sein Doppelkinn und zeigte mit beiden Händen auf eine ausladende Edelkastanie, die fünfzig Fuß entfernt am Rand der obersten Weinterrasse stand. Die Sklaven hievten den Opferstein wieder auf ihren flachen Wagen und trieben die vier Maultiere an, ihn neben den Baum zu ziehen. Von der Säulenhalle her kam ein Dutzend stämmiger Soldaten heran. Sie hatten eine lebensgroße Marmorstatue des Kaisers Hadrian geschultert und keuchten auch auf die Kastanie zu.

*

Kapitel XXXIX
CORVIS MONS
ANTE DIEM XIV KALENDAS NOVEMBRIS
A U C DCCCXCIX
(Krähenhügel, 18. Oktober 146)

Ich muss an dieser Stelle eine Tatsache berichten, die ich bislang unterschlagen habe. Sarah lebte zur Zeit unserer Opferzeremonie in Lorium. Sie war in einem Kellergewölbe unter der Villa des Krähenhügels eingesperrt. Die folgende Szene habe ich aus dem zusammengesetzt, was der Sekretär und ein Mann, der sich *Arzt* nannte, in den Verhören gesagt haben. Dem Sekretär konnte ich selbst noch ein paar Fragen stellen. Auch die Worte des Gärtners Gratianus haben mir geholfen. Ein kleiner Teil ist meine Erfindung; die reinen Fakten würden nicht genügen, um den wahren Charakter des Senators zu beschreiben.

Zwei Wachen drückten Sarah auf den Lehmboden des Gewölbes und zerrten an ihren Haaren, bis sie den Mund öffnete. Der Arzt flößte ihr einen Löffel bräunliche Tinktur ein. Zur Mittagsstunde schleppten die zwei sie dann die Kellertreppe hoch, schlugen auf dem Weg durch das Haus ihre Schulter gegen die Türrahmen und legten sie in einem schmalen Gang ab, als wäre sie ein Tier. Sarah erwachte von den Stößen aus ihrem Dämmerzustand. Vor Sarahs Augen tauchten dürre Beine in grauen Wollstrümpfen auf. Knochige Finger umgriffen ihr Handgelenk und zerrten daran.

„Komm mit. Du hast nichts zu befürchten, wenn du dich in dein Schicksal fügst", presste der Sekretär des Senators zwischen seinen strichschmalen Lippen hervor. Mit erstaunlicher Kraft zog er Sarah auf die Füße. Sie stolperte hinter dem mageren Mann her in ein Atrium, das mit Statuen grotesk tanzender Faune vollgestellt war. Pletorius beendete gerade an der Tür sein tägliches Gespräch mit dem Gärtner. Er ging mit energischen Schritten auf Sarah zu, stieß den Sekretär weg und fragte beinahe freundlich: „War er etwa grob zu dir?"

Sarah zitterte am ganzen Körper und konnte den Mann nur anstarren. Er war kaum größer als sie und grinste wie ein Krokodil. „Komm mit mir. Du hast sicher großen Hunger. Wir speisen gemeinsam, und ich erkläre dir dabei alles."

„Du hast meine Schwester ermordet!", stieß Sarah hervor.

Pletorius packte sie am Arm.

„Spricht man so mit seinem Retter?"

Sarah fehlte die Kraft, um sich loszureißen. Sie taumelte neben Pletorius her in den Speiseraum. Der Sekretär folgte den beiden. Weder er noch sein Herr hatten den Gärtner Gratianus bemerkt, der in Hörweite an der Tür stehen geblieben war. Sarahs Worte machten ihn misstrauisch. Er erinnerte sich an die lautstarken Selbstgespräche des Senators in dem seltsamen Tempel neben dem Termitenbau. Gratianus konnte sie bei der Arbeit im Park durch die Luftkanäle in der abgesägten Kastanie mithören. Auch das Gepolter auf dem Gewächshaus neben seiner Hütte vor ein paar Tagen fiel ihm wieder ein. Er hatte gedacht, es sei ein Marder, aber dafür waren die Geräusche zu laut gewesen.

Auf dem Weg durch den Park fragte er sich, ob es vielleicht doch ein Mensch gewesen war, der über die Mauer klettern wollte? Dann hörte er das Hornsignal vom Tor. Es bedeutete, dass gleich das Rudel Hyänen losgelassen wurde – zum ersten Mal tagsüber, lange vor Einbruch der Dunkelheit. Gratianus ging schneller und schüttelte den ganzen restlichen Weg über den Kopf. Er verstand nicht mehr, in was er hier auf dem Krähenhügel geraten war. Aber wie hätte er eine so gut bezahlte Arbeitsstelle bei einem reichen Mann mit dem Amt eines Senators ablehnen können?

Auch Pletorius horchte kurz auf das Hornsignal, dann stieß er Sarah auf eine Liege. Die schwarzen Wände des Speiseraums waren mit Szenen der Unterwelt ausgemalt: Sisyphos und Tantalos litten ihre ewigen Qualen, Orpheus war im Begriff, sich nach Euridyke umzuwenden, und auf der Wand gegenüber brachte Hermes eine Seele an den Grenzfluss zur Unterwelt, wo ein silbernes Boot mit einem Tempel darauf wartete. Pletorius ließ sich Sarah gegenüber auf eine Liege fallen. Er nahm einen Granatapfel vom Tisch, brach ihn auf,

*

begann die Kerne aus seinem Innern zu pflücken und warf sie auf einen vergoldeten Teller.

„Hör mir gut zu", sagte er leise. „Ich bin nicht einverstanden mit dem, was dieser grobe Crasnicus mit euch Frauen macht. Deine Schwester wollte ich beschützen, doch sie hat mich weggestoßen und beschimpft. Dann hat sie sogar etwas von mir gestohlen und wollte fliehen – obwohl ich nur ihr bestes wollte."

Sarah presste die Daumennägel in die Innenflächen ihrer Hände, bis sie den brennenden Schmerz kaum mehr ertrug. Es half ihr, halbwegs bei Sinnen zu bleiben. Ihr Blick folgte gebannt jedem der rubinroten Kerne von Pletorius' Fingern auf den Teller.

„Mädchen, du verstehst mich doch?" fragte er gereizt.

Sarah biss so heftig auf ihre Unterlippe, dass sie Blut schmeckte. Die Tränen zogen schmale Bahnen über ihre schmutzigen Wangen.

Pletorius bemühte sich um Ruhe in seiner Stimme und setzte wieder das freundliche Krokodilgesicht auf.

„Doch ich werde dich vor diesem Menschenschinder bewahren. Seine Geschäfte gehen mich schon lange nichts mehr an. Ich will Rom beherrschen, und du sollst dabei an meiner Seite sein."

„Du willst mich als deine Sklavin", sagte Sarah mit schwerer Zunge.

„Wovon sprichst du? Ich schenke dir Sklaven, drei Dutzend davon! Schmuck und Kleider dazu, wie für eine Augusta. Du kannst alles wählen oder das Nichts", fauchte Pletorius, beugte sich vor und schlug mit seiner flachen Hand auf den Teller. Der Saft spritzte nach allen Seiten. Pletorius nahm ein Leinentuch, schüttelte es auf und wischte seine rot verschmierte Rechte sorgfältig damit ab.

„Willst du nicht verstehen? Du sollst die Ehre haben, meine Nachkommen zu gebären. Wir werden eine Dynastie gründen, groß-artiger als die der Julier und der Antonine zusammen. Wir werden für das römische Volk ein leuchtendes Beispiel sein!"

Sarah rutschte ohnmächtig von der Liege. Ihr Kopf schlug dumpf gegen die Tischkante. Sie blieb ausgestreckt auf dem Boden liegen, ihre Lider zuckten. Pletorius erhob sich und warf das Tuch wie Abfall auf den Boden neben sie. Er ging langsam aus dem Speiseraum, und weiter durch das Atrium hin zur Treppe. Auf dem Weg die Marmorstufen hoch zu seinem Schlafzimmer schnalzte er mit den Fingern.

Der Sekretär ließ sich von einem Küchensklaven starken Weinessig bringen, ging neben Sarah in die Hocke und drückte ihr einen getränkten Lappen auf Nase und Mund. Bevor sie aufwachte, bemerkte der Sekretär, dass ihre Tunika eingerissen war und die sanft geschwungene Taille freigab. Er nahm schnell den Lappen weg, richtete sich auf und blickte gehetzt zur Tür. Pletorius war schon im oberen Stockwerk angekommen und der Sklave zurück in der Küche. Der Sekretär kniete sich hin, riss Sarahs Tunika mit beiden Händen ein Stück weiter auf und ließ seine Fingerspitzen über ihren warmen und weichen Körper gleiten. Als er ihre Scham und die Brüste erreichte, schlug sie die Augen auf. Er drückte Sarah brutal auf den Boden und hielt ihr den Mund zu. Sie strampelte in Panik. Ein Tritt ging gegen sein Schienbein, dann einer in die Hoden. Der Sekretär schrie auf, krümmte sich und sackte über Sarah zusammen wie eine alte Wolldecke. Dabei stieß er eine volle Weinkanne vom Tisch. Die gelbliche Flüssigkeit breitete sich in den Ritzen des Bodenmosaiks aus. Sarah schob den knochigen Körper von sich weg, tastete hektisch um sich und bekam den Griff der Kanne zu fassen. Sie schwang den silbernen Metallbehälter mit aller Kraft gegen die Schläfe des Sekretärs. Sein Schädel klang hohl, er wimmerte und lag dann still. Sarah zog sich an der Tischkante hoch auf die Knie.

„Wenn der Idiot das ohne Schaden an seinem Spatzenhirn übersteht, dann hat er Glück gehabt", zischte Pletorius plötzlich neben ihr. Mit der flachen Hand schlug er Sarah so heftig ins Gesicht, dass sie ein halbe Drehung machte, bevor sie fiel. Dann trat er ihr mit der Spitze seiner roten Senatorensandale in den Bauch. Sarah stöhnte nur auf, zum Schreien fehlte ihr die Luft.

„Du willst dich also nicht fügen. Das hätte ich mir denken können. Genau wie deine Schwester. Aber ich habe alle Zeit und die richtige Frau für meinen Plan wird schon bald kommen. Du allerdings hast nur noch ein paar Stunden hier oben auf der Erde. Irgendwann werde ich eure Schatten in der Unterwelt besuchen und wieder ins Licht zurückkehren – ihr beide nicht."

*

Pletorius rief nach den Wachen an der Tür.

„Nein, du wirst endlose Qualen leiden", keuchte Sarah noch, dann wurde sie weggezerrt.

Es war ein kurzes Aufleuchten, dann fiel Pletorius' Arbeitsraum wieder ins Halbdunkel zurück. Die Sonne wurde von einer Regenwolke verschlungen, kurz darauf prasselte ein Schauer gegen die fingerdicken Fenstergläser im ersten Stock der Villa. Pletorius setzte seine nervösen Kreise um den Schreibtisch fort. Die Worte seiner Rede kamen ihm noch nicht so flüssig von den Lippen, wie er es wollte. Auch wusste er nicht, wie er an einer bestimmten Stelle zu den Sabotageakten übergehen sollte, die er schon vollbracht hatte, und die er für die kommende Nacht plante.

„Soll ich das Menschenopfer von Ostia erwähnen?", fragte er laut in Richtung seines Sekretärs, der in einem Sessel vor sich hin dämmerte und die Beule an seinem Kopf mit einem Metallteller kühlte.

Nur eine Handvoll von Pletorius' engsten Verbündeten und der Sekretär waren bei dem Mord an der Afrikanerin im Mithräum der Marine von Ostia dabei gewesen. Keiner hatte ihn so genossen wie Pletorius. Er selbst hatte das Messer in der Wunde am Hals noch gedreht, damit mehr Blut herausfloss.

Pletorius ging zu seinem Schreibtisch, kritzelte mit einem Bleigriffel eine Bemerkung an den Rand des Manuskripts und rief nach Wein. Es kam keine Antwort. Pletorius brüllte. Nach einem langen Moment schlurften träge Schritte die Treppe hoch.

„Was ist in diesem Haus eigentlich los?", blaffte Pletorius einen alten, halb blinden Diener an, den er zusammen mit der Villa vom Vorbesitzer gekauft hatte. Der Sekretär versuchte seinen Blick auf das finstere Gesicht seines Herrn zu konzentrieren.

„Soll ich mich darum kümmern?", murmelte er mit pelziger Zunge.

„Nein, das schafft der alte Idiot schon alleine! Ich muss bald nach Rom aufbrechen und meine Rede sitzt überhaupt nicht."

Pletorius schob den Diener durch die Tür zur Treppe. Als der linkisch mit dem Fuß nach der ersten Stufe tastete, überkam Pletorius unbändige Wut. Er stieß den alten Mann mit aller Kraft in den Rücken. Der ruderte mit den Armen nach dem Geländer, griff ins Leere, fiel vornüber und überschlug sich. Kurz bevor sein Schädel auf die letzte Marmorstufe schlug, brach sein Rückgrat. Das Knacken hallte durch das ganze Atrium. Pletorius stieg über den verdrehten Körper hinweg. Er befahl den Wachen, ihn in eine Ecke des Parks zu werfen, als Abendmahlzeit für die Hyänen.

Kapitel XL
LORIUM
ANTE DIEM XIV KALENDAS NOVEMBRIS
A U C DCCCXCIX
(Castel di Guido, 18. Oktober 146)

Der Himmel hing wie eine riesige graue Fluchtafel über dem Garten. Ich saß neben Victorius, in der Reihe vor uns nahmen Antoninus Pius, Lysistrata und zwei Mitglieder des Kronrats ihre Plätze ein. Über den gepolsterten Klappsesseln spannte sich eine Plane aus Wachstuch um uns vor dem Regen zu schützen. Zwanzig Fuß von uns entfernt stand der Opferstein jetzt perfekt platziert unter der Kastanie. Die zwei Kronräte waren Marcus Aurelius' Lehrer Fronto und ein eleganter Mann namens Gaius. Der Jurist überwinterte am Hof, um die neuen Sklavengesetze zu schreiben und durch den Senat zu bringen. Alle bekamen von den Palastdienern Wolldecken über die Beine gelegt. Zwischen Antoninus Pius und Lysistrata hockten zwei graue Windhunde. Sie ließen den Opferstier unter dem Baum nicht aus den Augen. Die Auguren und Eingeweideschauer versammelten sich um den Opferstein. Die weiße Wolle ihrer Umhänge und Kapuzen hing schwer auf ihren Schultern und begann, bis zu uns nach Schaf zu riechen. In Messingschalen am Boden schwelten Weihrauchklumpen und zischten, wenn Tropfen aus den Zweigen der Kastanie darauf fielen.

Marcus Aurelius leitete das Opfer. Er ließ sich von zwei Priestern ein Stück seiner Toga über den Hinterkopf legen. Die Stirn des Stiers schmückte ein Kranz aus geflochtenen Kornähren zwischen den

*

vergoldeten Hörnern. Ein mit Weinblättern und Ranken bemaltes Joch lag auf seinen Schultern, eine breite, grüne Stoffbinde umspannte den Bauch. Der weiße Koloss wirkte erstaunlich geduldig, ein wenig wie betäubt. Die getragenen Töne aus einer Doppelflöte nah an seinem Ohr und der Weihrauch schienen ihn zu beruhigen. An das Joch war ein Hanfseil gebunden, dick wie ein Schiffstau. Das andere Ende hing von einer Astgabel in der Kastanie herunter. Ein Trompetensignal erschallte. Vier Soldaten griffen nach den Hörnern und die Gartensklaven zogen das Seil an, bis es spannte. Der Oberpriester nahm das Opferbeil, murmelte eine Gebetsformel, schnitt dem Stier geschickt die Stirnlocken ab und warf sie in eine Schale voller glühender Kohlen auf dem Opfertisch. Stinkender Rauch zog um die Marmorstatue des Kaisers Hadrian herum und weiter in den dunkelgrauen Himmel. Marcus Aurelius blickte immer wieder ungeduldig über die Schulter zum Portal der Villa. Alle warteten auf Dacius und Nicephorus. Endlich kamen die beiden durch die Tür, trabten die Stufen hinunter und stellten sich zu den Standartenträgern der Stadtkohorte. Marcus nickte dem Priester zu. Der hob einen Stab mit einer glänzenden Bronzekugel am Ende hoch. Er nahm eine Handvoll Gerstenkörner aus einem Beutel an seinem Gürtel und warf sie dem Stier zwischen die Augen. Das Tier schüttelte irritiert den Kopf. Ein Trick – das edle Tier zeigte sich so bereit, geopfert zu werden. Ein stämmiger Soldat schlug ihm mit einer Holzkeule heftig zwischen die Augen. Der dumpfe Klang des berstenden Schädels hallte von der Fassade der Villa zurück. Kurz bevor der Stier mit verdrehten Augen zusammenbrach, richtete der Priester seinen Stab auf die Kastanie. Die Sklaven zogen den gewaltigen weißen Körper hoch. Die Hinterbeine knickten schon weg, doch der Stier wirkte so, als würde es sich ein letztes Mal aufbäumen. Marcus griff den langen Stiel des Opferbeils, legte die messerscharfe Bronzeklinge an den Hals des Tiers, schnitt die Kehle in einem Zug durch und trat schnell zurück. Das Blut spritzte in mehreren Fontänen heraus. Die Sklaven sprangen mit Metallschüsseln in den ausgestreckten Armen vor und fingen es auf. Der Stier wachte aus der Betäubung auf und wollte Brüllen, doch aus seinem Maul kam nur noch ein gurgelnder Laut und ein Schwall Blut.

Alle unter dem Zeltdach und die Priester beobachteten den Todeskampf genau. Die Sklaven ließen das Seil los und der Stier klatschte auf die feuchte Erde. Seine Glieder zuckten, dann lag er still. Die Soldaten packten die Hörner und die Sklaven warfen sich zur Vorsicht auf die Beine. Einer der Eingeweideschauer schob die grüne Stoffbinde zur Seite, schnitt mit einem spitzen Messer ein tiefes, kreisrundes Loch in den Bauch und operierte mit geschickten, oft geübten Handgriffen die Leber heraus. Er legte die dampfende, dunkelbraune Masse behutsam in eine Tonschale und trug sie zur Opferbank. Die Priester bildeten einen Halbkreis davor und berieten sich. Im Hof herrschte gespannte Stille. Ein Pulk Krähen schrie vom Dach der Villa herunter. Die Auguren verdrehten ihre Hälse und beäugten die schwarzen Vögel. Sie flogen auf und landeten in der Kastanie. Endlich wandte sich einer der Eingeweideschauer an den Oberpriester und machte ihm unverständliche Handzeichen. Der Priester rief die Auguren zusammen. Die deuteten zu den Krähen, aber der Priester winkte nur ab. Er ging zu Marcus und nahm seine Hände, die schon von einem Sklaven mit heißem Wasser von den Blutspritzern gereinigt worden waren. Die beiden sprachen leise miteinander. Marcus drehte den Kopf zu Antoninus, schloss die Augen und nickte zweimal.

„Das ist fast der gleiche Zirkus wie dieses ewige Opfer für Nemesis vor den Gladiatorenkämpfen", hörte ich Lysistrata vor mir sagen. Sie gähnte theatralisch und schüttelte sich vor Kälte. „Sollen wir Frauen jetzt Kriegsschreie ausstoßen wie die Griechinnen?"

Sie erntete nur einen missbilligenden Seitenblick von Antoninus. Vom Opfertisch her zischte es. Der Priester hatte die Leber zerschnitten, die blutenden Streifen auf einen bronzenen Speer gespießt und auf die Kohlenglut gelegt. Der Nomenclator räusperte sich laut. Alle unter der Zeltplane erhoben sich und strichen ihre Kleider und Umhänge glatt.

Antoninus trat einen Schritt vor.

„Soldaten und Bürger Roms. Wir haben nur günstige Zeichen empfangen, wie ihr alle sehen konntet. Nach dem rituellen Mahl und der Trankspende sollen jene Handlungen begangen werden, die be-

*

schlossen wurden, um den Frieden im Imperium und in der Stadt zu wahren. Der göttliche Hadrian heißt all unser Tun gut – so haben es mir seine Priester vermittelt. Wir werden nun das Trankopfer vornehmen. Wir *alle* gemeinsam." Der Oberpriester hielt z eine silberne Opferschale vor seine Stirn. Er richtete einen fragenden Blick auf mich, dann auf Kaschta. Marcus wechselte ein paar Worte mit Antoninus und dem Priester. Er kam langsam zu mir, beugte sich zu meinem Ohr hinunter.

„Denke einfach: Blut ist Blut, auch wenn das hier sicher kein christliches Abendmahl ist. Sträubst du dich jetzt, dann blasen wir die ganze Sache ab; und du kannst deine Schwester vergessen, dein Vater seine Karriere in Rom."

Ich blickte ihm erstaunt in die Augen und bemerkte eine Härte, die ich bislang nicht geahnt hatte. Marcus führte mich am Arm an den Anfang der Reihe, die der Nomenclator gerade aus den Gästen neben dem Opfertisch bildete. Ich musste einen Schluck Wein vermischt mit Stierblut aus der Schale auf die Erde gießen, direkt vor das Maul des toten Kolosses. Zum Glück zwang mich niemand, davon zu kosten. Es folgten die Trankopfer der Herrscher, dann kamen die Kronräte an die Reihe. Danach, gestützt von zwei Soldaten, folgte Victorius, darauf Nicephorus, Dacius und zuletzt Kaschta. Er stellte die leere Schale unsicher auf dem Opfertisch ab. Nach einer kurzen Diskussion mit Marcus legte der Priester Kaschta ein kleines Stück angekohlte Leber in den Mund, dann der Reihe nach allen anderen; ich durfte darauf verzichten.

Der Nomenclator packte Kaschta am Arm und zog ihn zu sich neben die Statue. Ich ging zu den beiden.

„Oh Zeiten, oh Sitten!", zischte der Nomenclator durch seine Zähne. „Diese Ehre kam noch nie einer Christin und schon gar keinem Sklaven zu, wirklich noch nie! Der Princeps hat damit gerade über deine Freiheit entschieden, Nubier. Allerdings erst, wenn du deine Pflicht erfüllt hast, vergiss das bloß nicht. Und steh endlich gerade!"

Kaschta drückte den Rücken durch und blickte sich fragend zu Victorius um. Der hob nur kurz die Schultern und schaute in den Himmel.

Ich beugte mich zu ihm und sprach leise in sein Ohr: „Er aber sagte zu ihnen: folglich gebt dem Kaiser, was des Kaisers ist, und Gott was Gottes ist."

Er nickte – ich glaube, er hat die heiligen Worte aus dem Testament richtig verstanden.

Antoninus schritt bereits mit Marcus auf den Eingang der Villa zu, Lysistrata kam zu mir und nahm ich am Arm. Ich hörte Antoninus Pius zu Marcus sagen: „Alte Regeln sind dazu da, erweitert zu werden, nicht wahr? Also weiter im Programm – ist alles für deine kleine Vorführung vorbereitet?"

„Wir können es gleich ausprobieren, im Hofgarten."

„Dann los. Die größten Schlachten wurden bei schlechtem Wetter begonnen."

Antoninus Pius schnalzte kaum hörbar mit der Zunge. Die Windhunde streckten zitternd ihre dürren Beine, sie hatten unter der Zeltplane auf den Befehl ihres Herrn gewartet. Der eine pirschte sich mit gesenktem Kopf an den Stier mit dem dampfenden Loch im Bauch heran. Der Princeps schnalzte wieder, jetzt ein wenig lauter. Die Hunde rannten seinem Willen ergeben in wenigen Sätzen an ihrem Herrn vorbei und sprangen über die Freitreppe in die Villa hinein.

* * *

„Ich gebe zu, es war Quintus' Idee", sagte Marcus Aurelius und lächelte wieder freundlich durch seinen Bart. „Er spielt gerne mit dem Feuer. Ich glaube, schon bevor wir ihn in Britannien eingefangen und ihm Manieren beigebracht haben."

Auf einem Klapptisch zwischen den Säulen des Speisesaals lagen zwei Doppelflöten. Die Rohre waren nicht fest verbunden, sondern wurden nur von einer Kordel zusammengehalten. Daneben brannte eine Lampe. Marcus nahm vorsichtig eine der Flöten in die Hand. „Diese verregnete Insel im Norden ist doch voller echter Erfinder. Sie kopieren nicht einfach nur unsere Waffen wie diese verdammten Germanen." Er deutete mit der Flöte auf einen älteren Diener, dessen Mundwinkel amüsiert zucken. Quintus trat an den Tisch, verbeugte sich vor Marcus und Antoninus Pius, und nahm die zweite Flöte an den Mund. Nach einer melodischen Reihe lauter Töne, die aus beiden Rohren zu kommen schien, kippte er plötzlich den Kopf nach unten. Ich sah erstaunt auf seinen rotblonden Haarschopf. Ein kleiner Pfeil fiel aus einem Flötenrohr. Quintus schnappte ihn in der Luft, hielt die dicht mit Garn umwickelte Spitze an die Lampe und steckte den Pfeil brennend zurück in das Rohr. Es knisterte laut. Marcus zeigte mit dem Daumen nach oben. Quintus nahm die Flöte wieder an den Mund, richtete sie in den Himmel, blies die Backen auf und pustete kräftig. Der Pfeil zog eine rote Leuchtspur in den grauen Himmel über dem Gartenhof. Alle schwiegen beeindruckt, nur der Wind in der Buche war zu hören. Lysistrata begann als erste zu klatschen und rief: „Bravo! Das ist eine Kriegslist nach meinem Geschmack."

Wir fielen in den Applaus ein. Quintus verbeugte sich wieder, diesmal zu allen. Marcus setzte sich neben dem Princeps in einen Sessel.

„Erkläre es, Quintus. Aber schnell, uns läuft die Zeit davon."

„Zu gerne, Dominus. Blasrohr und Flöte in einem: Entweder man spielt rechts Musik oder man schießt links Pfeile. Salpeter und Schwefel lassen den Pfeil im Blasrohr weiter brennen, sogar unter Wasser. Die Mischung gibt der Flamme die rote Farbe. Eher einfach, möchte ich sagen."

„Genial einfach," murmelte Nicephorus. „So jemand hätte ich gerne bei meiner Truppe. Wie war sein Name?"

„Daran habe ich auch gedacht", sagte Dacius und grinste. „Ich wollte Quintus sofort verpflichten, doch er soll am Hof bleiben. Wir dürfen ihn aber für besondere Einsätze ausleihen."

Ich nahm vorsichtig die Flöte aus Marcus' Händen. Quintus gab seine an Kaschta weiter. Wir spielten ein paar Töne. „Warum klingt es wie eine Doppelflöte, obwohl nur ein Rohr Töne macht?", fragte ich.

Marcus zwinkerte mir zu. Er hatte offensichtlich Freude an Erfindungen. „Das war mein bescheidener Beitrag. Wir haben ein zweites, dünnes Schilfrohr eingebaut, um den Doppelklang zu erzeugen."

Ich nickte anerkennend und ließ den Pfeil in meine Hand gleiten, zündete ihn an und schoss ihn knapp über das Dach. Kaschta nahm tief Luft und schaffte es fast doppelt so hoch. Er zog eine rot glühende Kurve in den grauen Himmel. Dacius stellte sich neben ihn und legte die Hand auf seine Schulter.

„Genug damit. Sonst denken die Prätorianer noch, hier tobt ein Kampf. Noch mehr Zündeln dann auf dem Krähenhügel: Wir fahren mehrere Wagen voller Stroh an die hintere Mauer, tränken alles mit schwarzem Öl, und entzünden es eine kurze Weile nachdem ihr auf dem Krähenhügel angekommen seid. Auch das war Quintus' Idee. Die Wachen werden in den hinteren Teil des Parks stürmen. Kaschta muss dann irgendwie zum Tor gelangen und es öffnen, Rahel sucht ihre Schwester und die Kinder. Dann gebt ihr das Signal. Jeder von euch hat nur einen einzigen Schuss, aber beim Einbruch der Dunkelheit werden die Pfeile besonders gut zu sehen sein. Wir sammeln uns so nah wie möglich an der Mauer neben dem Tor und haben zur Not auch einen Rammbock bereit. Die Überraschung wird heute Nacht unsere Verbündete sein – zusammen mit Victoria und Fortuna. Lysistrata begleitet euch nach Rom. Ihr übt auf der Fahrt weiter die Rollen der Edelsklaven. Soviel ich gehört habe, muss sie ohnehin in die Stadt: Morgen früh kommt Perlenhändler vom Vicus Tuscus in den Palast, das wollte sie nicht absagen."

Lysistrata warf Dacius einen messerscharfen Blick zu.

„Wir haben morgen früh hoffentlich auch etwas zu feiern – wenn dein wie von einem Kind gesponnener Plan nicht versagt."

*

Der Nachtsturm hatte einige Äste von den Pinien abgerissen. Gezackte Stümpfe ragten in die Allee von der Landvilla zur Via Aurelia. Einzelne dicke Regentropfen zerplatzten auf den Pflastersteinen. Am westlichen Horizont zuckten Blitze. Sie waren noch weit entfernt, aber den Donner konnte man auch durch das Rumpeln des gepanzerten Wagens hören. Ich saß Lysistrata und Dacius gegenüber und sprach mit rollendem R und hispanischem Akzent, zumindest, was ich mir darunter vorstellte.

„Nein, ich kenne wirrklich niemanden in Rrom, ausserr meinen Herrrn – das klingt fast so hart, wie wenn du mit ein paar von deinen Männern Dakisch sprichst, Dacius."

Lysistrata packte ihn am Arm und zog ihn zu sich.

„Bring sie bloß wieder heil nach Hause. Sonst bekommst du Ärger mit dem halben Olymp, Achilles. Und mit mir."

Er antwortete, mit siegesgewissem Grinsen im Gesicht: „Zu Befehl, meine schöne Helena. Rahel, deine Aussprache ist richtig gut, ich würde dir die Hispanierin sofort abnehmen, von mir aus auch eine Dakerin voller Temperament. Aber mach nicht so viele Gesten, wenn du redest – das könnte dich als Römerin verraten. Spiel lieber mit deinen Haaren herum, wenn du nicht weißt, wohin mit den Händen." Er lehnte sich vor. „Gib sie mir."

Ich legte meine Finger zögernd auf Dacius Handflächen. Sie waren sanfter als ich erwartet hatte. Der Mäanderring an meiner linken Hand glänzte im Halbdunkel.

Dacius nickte mir zu. „Gut. Du scheinst halbwegs ruhig zu sein. Kennst du unser Motto? NEA RECISA RECEDIT – Auch gebrochen ziehen wir uns nicht zurück."

Ich schlug ihm auf die Hände. „Aber das hoffe ich! Auf keinen Fall, bevor wir Sarah und die Mädchen befreit haben."

Die grauen Wagen – Victorius lag im zweiten – fuhren ohne Halt durch die Porta Aurelia. Dacius hielt eine kleine Bleiplatte mit dem ein Siegel des Kaisers aus der Tür. Es genügte den Torwächtern, um die Fußgänger vor uns mit Stockschlägen von der Fahrbahn zu jagen. Dacius setzte sich wieder. „Wir fahren über den Tiber, dann halten wir. Von dort laufe ich zusammen mit dir, Kaschta und Nicephorus zum Emporium. Dort geht ihr drei nach einer kurzen Zwischenstation zu einer Sklavenhändlerin. Wie durch Zufall wird dort kurz nach euch ein Beamter auftauchen. Er wird der Frau gegen ein kleines Bestechungsgeld mitteilen, dass der Zensus ihr Büro in den nächsten Stunden durchsuchen wird und Rom nicht mehr sicher ist für sie. Sie wird daraufhin sofort mit ihrer kostbaren Ware – das seid dann ihr – an den hoffentlich einzigen sicheren Ort aufbrechen, der ihr einfällt: die Villa ihres besten Kunden auf dem Krähenhügel."

„Und diesen korrupten Beamten spielst natürlich du", sagte ich.

„Ich bleibe in deiner Nähe, solange es irgendwie geht. Das habe ich dem Princeps geschworen, und deinem Vater."

*

BUCH IV

Kapitel XLI

ROMA

ANTE DIEM XIV KALENDAS NOVEMBRIS

A U C DCCCXCIX

(Rom, 18. Oktober 146 unserer Zeitrechnung)

Der Fahrer des zweiten Kurierwagens fluchte laut. Ein breiter Ochsenkarren kam ihm direkt entgegen. Die Pferde bäumten sich auf. Die Menschenmenge versuchte rechts und links in Deckung zu gehen, aber eine alte Frau wurde von einem Huf an der Schulter getroffen und brach zusammen. Der Kutscher des Ochsenkarrens glotzte nur träge von seinem Bock herunter und spuckte gelblichen Schleim auf das Pflaster. Zwei Feuerwachen zogen die Frau auf den schmalen Gehsteig und ließen sie dort liegen. Dann dirigierten sie den Karren mit großem Geschrei an den Rand und winkten uns durch. Gleich nach der Tiberbrücke hielten wir. Dacius sprang ab, ging nach hinten, öffnete die Tür des zweiten Wagens und reichte meinem die Rechte zum Abschied. Ich griff nach Victorius' linker Hand. Man sah meinem Vater an, wie sehr sein Bein vom Rütteln der Fahrt schmerzte. Er setzte sich trotzdem auf und sagte: „Ich hasse Rom. Was ist eigentlich aus dem Fahrverbot in den Tagesstunden geworden?"

„Das gibt es eigentlich noch, zumindest auf Pergament geschrieben.", sagte Dacius. „Aber du hast es gleich geschafft. Lysistrata wird sich im Palast um dich kümmern. Morgen sehen wir uns alle …"

Dacius' Worte wurden vom Blöken einer Herde Schafe übertönt, die uns umströmte. Der Wind trug den Gestank des nahen Viehmarkts in die Gassen zwischen dem Tiberhafen und dem Emporium. Kaschta stieg aus und kam zu uns. Dacius schlug auf die Holzwand. Die Wagen ruckten an und reihten sich wieder in den Fluss der Menschen und Tiere ein, der weiter in die Täler der Stadt zwischen ihren erhabenen Hügeln hineindrängte.

Das Emporium füllte einen ganzen Block aus und war von breiten Straßen voller Läden, Händler, Träger, Tagelöhner und allen erdenklichen Waren aus den Provinzen umgeben. Die Fassade entlang schwangen sich Bögen vor den Laufgängen, an denen sich die Holztüren der Lagerräume aufreihten. Wir vier stiegen über eine flache Treppe hoch in das dritte und oberste Stockwerk. Einige der Türen standen offen. Ballen von Stoffen und Flachs, Gewürzsäcke und Weinamphoren füllten die Lagerräume bis unter die Decken. In manche waren Käfige für Sklaven eingebaut, die meisten davon standen leer. Vor einer Tür neben der in die Wand eingemeißelten Nummer XXXII blieb Dacius stehen. Er blickte sich um, drückte einen Flügel auf und winkte uns hinein. Eine einzige Lampe hing von der Gewölbedecke und beleuchtete zwei Türen. Die rechte öffnete sich. Ein rothaariger Mann in der Tunika eines Hafenarbeiters trat heraus und schlug die Hände auf die Brust.

„Endlich, bei Janus! Ihr habt hoffentlich etwas zu essen mitgebracht. Es ist haarsträubend kalt und dunkel hier, wie in einer Gruft."

Der Mann schaute mir und Kaschta frech ins Gesicht, dann Nicephorus und legte den Kopf schief.

„Die beiden willst du wirklich verkaufen? Diese Prachtstücke?" Er griff an seine Gürtel und suchte vergeblich nach einem Geldbeutel. „Ich nehme sie sofort, gibst du mir Kredit?"

Dacius umarmte den Rothaarigen herzlich, drehte sich zu uns um und zeigte mit dem Daumen auf ihn.

„Darf ich vorstellen: Das ist Rufus, unser Feuerkopf. Und ich dachte immer, er mag es dunkel. Aber an solchen Orten ist er lieber mit ein paar hübschen Knaben allein ..."

Rufus parierte: „Pass bloß auf! Das Öl in der Lampe ist so gut wie alle, und dann will ich dich und den süßen Nubier."

Er formte mit seinen Händen Pfeil und Bogen und zielte auf mich, als wäre er der Gott Amor.

„Ich gebe es nicht auf, ihn zu bezirzen. Obwohl, bei der Konkurrenz ..."

*

Ich folgte den beiden verwirrt durch die Tür und fragte mich: Konnte es sein, dass Dacius Frauen gar nicht mochte und mir alles, was ich mir an Gefühlen von ihm erhoffte, nur vorgespielt hatte? In dem Lagerraum standen ein paar Hocker an einem langen Tisch, darauf Tonbecher und ein großer Mischkrug. Das letzte Tageslicht drang in Streifen durch schmale Fensteröffnungen in der Wand herein. Darunter reihten sich Feldbetten auf, die wie militärisch unbequem aussahen.

Dacius und Rufus gingen in eine Ecke und besprachen sich mit unterdrückten Stimmen. Rufus legte Dacius dabei seine Hand auf den Arm und rieb sie sachte hin und her. Dacius ließ es sich gefallen. Ich spürte, wie Wut und Eifersucht in mir aufstiegen. Ich nahm den Mischkrug und schüttete mit Schwung einen Becher voll, mindestens die Hälfte ging daneben. Ich stürzte den Wein herunter, knallte den Becher auf den Tisch und wollte ihn gleich wieder füllen. Dacius kam in zwei großen Schritten zu mir und schob den Krug weg.

„Bist du verrückt? Du musst doch jetzt bei Sinnen bleiben!"

Rufus trat hinter Dacius und legte ihm die Hände auf die Schultern. „Dacius und ich, wir haben in Dakien zusammen gekämpft und sind dort die besten Freunde geworden – leider nicht mehr. Ich lasse ihn dir, ihr beiden seid einfach das schönere Paar."

Ich wollte es nicht, aber ich musste lächeln. Sein Augenaufschlag war zu rührend.

„Genug geturtelt!", warf Nicephorus ein. „Wir müssen diese Sklavenhändlerin abpassen. Was hast du über sie herausgefunden, du Witzbold?"

Rufus stand stramm, doch ein Rest des schrägen Lächelns blieb in seinem Gesicht.

„Scintila ist ihr Name. Sie spricht und kleidet sich wie eine Hure, betreibt in Suburra ein Bordell und beliefert reiche Männer mit jungen und schönen Menschen, wenn sie welche auf dem Markt findet. Sie hatte in letzter Zeit aber wenig Erfolg damit. In ganz Rom scheint es seit Monaten keine Edelsklaven mehr zu geben. Vielleicht sind sie alle Anhänger des Chrestus geworden und verstecken sich in Katakomben …"

Dacius wurde ernst.

„Da kommt mir gerade eine Idee: Du gehst mit. Mal sehen, ob dich die Schlange auch kauft. Du kannst doch aus der Schule noch ein paar Verse Homer auswendig? Spiel einfach einen gebildeten griechischen Haussklaven. Hier, zieh meinen Umhang über."

Rufus staunte ehrlich, ihm stand der Mund offen. Dacius packte ihn am Arm.

„Dabei hältst du den Mund, sprichst höchstens griechisch. Keinen einzigen Scherz, denn zumindest Rahel versteht dich. Sie und Kaschta können dich auf dem Krähenhügel als dritten Mann gut gebrauchen. Und wenn das nicht funktioniert, dann begleitest du ihren Vater auf das Marsfeld."

„Wollt ihr eigentlich noch lange reden?", fragte ich laut dazwischen. Ich streckte die Arme aus und drehte mich um mich selbst, bis ich mitten im Raum stand. Dann tanzte ich weiter zur Tür und machte Dacius ein Zeichen, mir in den Vorraum zu folgen. Er konnte den Blick nicht von meinem verführerisch geschminkten Gesicht lösen.

Draußen nahm seine Hände und sagte: „Ich begebe mich in große Gefahr, auch für deine Karriere. Zeig mir, dass es sich lohnt."

Ich zog Dacius zu mir und griff mit meiner Linken um den Hals. Sein Mund war nur noch zwei Finger breit von meinem entfernt. Ich liebkoste zaghaft seine Unterlippe, nicht sicher, wie er reagieren würde. Dacius schloss die Augen, sein Mund erwiderte mein Werben vorsichtig. Seine Hände fanden meine Taille und wanderten langsam an den Seiten höher, bis fast unter die Achseln. Ich musste mich plötzlich schütteln.

„Was tust du? Du kitzelst mich!"

Dacius spreizte die Hände ab und trat einen Schritt zurück.

„Lass uns losgehen. Das ist wirklich ein seltsamer Ort um sich nahe zu kommen. Willst du noch einen Schluck Wein?"

„Nein, ein Becher war genug, sonst werde ich wirklich übermütig. Aber eines will ich noch von dir wissen: Muss ich mir Sorgen um meinen Vater machen?"

„Zwanzig von meinen Männern sind auf dem Marsfeld. Die haben schon Geiseln von den Germanen befreit, also keine Sorge. Gib

*

mir den Ring von deinem Mittelfinger, den mit dem Mäandermuster. Der ist zu auffällig. Und du trägst immer noch den Fischanhänger um deinem Hals."

„Den Ring schenke ich dir. Der herumirrende Fluss hat vielleicht sein Meer gefunden."

Dacius fragte nicht, was ich damit meinte und sagte so nüchtern, als hatten wir uns nie berührt: „Wenn du den Pfeil abschießt, setze ich alles in Bewegung, um dich und die anderen zwei oder dreihundert dort herauszuholen."

„Dreihundert? Nicht nur die Mädchen aus Ostia und Sarah?"

„Du hast richtig gehört. Da oben sind auch viele Straßenhuren von der Via Portuensis, vielleicht sind sie mit den Mädchen zusammen eingesperrt. Ein alter Gärtner ist am Mittag über die hintere Mauer geklettert und wurde von meinen Leuten aufgegriffen. Er hat unglaubliche Dinge erzählt: von einem Tempel voller Termiten und frei laufenden afrikanische Bestien mit Tupfen im Fell. Wahrscheinlich sind es Hyänen. Ich halte den Gärtner für verrückt, doch er hat auch etwas über gefangene Frauen erzählt, sehr junge darunter. Er hat sie Schreien gehört – wie Kaschta auch, als er kurz dort drinnen war. Die Frauen können also nicht weit vom Tor entfernt sein. Pletorius' Männer haben im Sommer Dutzende Huren von der Straße geholt. Die meisten wurden ihren Besitzern mit Säcken voller falscher Denare abgekauft. Keiner weiß wo sie geblieben sind. Also müssen sie auf dem Hügel sein. Wenn sie noch leben ..."

Kapitel XLII
ROMA – PALATINUM
ANTE DIEM XIV KALENDAS NOVEMBRIS
A U C DCCCXCIX
(Rom – Palatin, 18. Oktober 146 unserer Zeitrechnung)

Lysistrata hat nicht nur Victorius die Liste der Verschwörer gezeigt. Sie zeigte die Blätter gestern auch mir, als sie erfuhr, dass ich einen Bericht für Marcus Aurelius verfassen sollte. Ob sie mir wirklich vertraut oder nur damit angeben wollte, wie sehr sich die Herrscher auf ihre Instinkte und ihre Menschenkenntnis verließen – ich kann es nicht genau sagen. Die folgende Szene auf dem Palatin entspricht Lysistratas und Victorius' Erinnerung.

Während wir im Emporium auf den richtigen Moment für den Gang in die Halle der Sklavenhändler warteten, schaffte es Victorius an der Schulter eines Dieners einmal quer durch die große Empfangshalle des Kaiserpalasts. Es war mehr ein Springen als Laufen, doch Lysistrata klatschte ihm von einer Liege aus Beifall. Victorius rang nach Atem und stützte sich schwer auf den silbernen Löwengriff des Gehstocks. Antoninus Pius hatte ihm den Stock in Lorium zum Abschied geschenkt. Victorius ließ sich in Lysistrata gegenüber nieder.

„Ich habe gehört, dass du dich gut mit dem Präfekten der Prätorianer verstehst. Kann er dem Princeps morgen auf dem Marsfeld gefährlich werden? Was ist mit den Prätorianern hier im Palast?"

„Was du in kurzer Zeit alles mitbekommen hast", antwortete Lysistrata. Sie blickte sich um und senkte die Stimme. „Gavius könnte es tatsächlich versuchen. Aber du brauchst dir um mich hier im Palast keine Sorgen zu machen. Ich habe meine eigenen Wachen. Die beschützen mich, als wäre ich ihre Mutter, auch weil ich sie übermäßig gut bezahle. Wenn du später bei den Verschwörern bemerkst, dass die Zeichen wirklich auf Sturm stehen, dann muss Antoninus die Parade abblasen. Gavius stoße ich dann persönlich im Frühjahr in die Arena zu den Löwen."

„Also soll ich ihn herzlich von dir grüßen, falls ich ihn später in den Nerothermen treffe."

Das Echo von Lysistratas Lachen schallte mächtig und voller Anmaßung durch die Halle. „Nur zu! Mach dir keine Sorgen wegen der Prätorianer. Ich halte ihren Leithammel am kurzen Zügel. Bis jetzt zumindest …"

Lysistrata schob Victorius ein Bündel Pergamentblätter über den niedrigen Tisch zwischen den Liegen. Auf der zweiten Seite stand eine Liste von zwanzig Namen, der von Gavius Maximus weit oben. Victorius blätterte die Akte dort auf, wo ein geflochtenes Band aus

*

Goldfäden als Lesezeichen steckte. Der Prätorianerpräfekt schaute ihn an. Neben der Kohlezeichnung seines arroganten speckigen Gesichts stand in Antoninus Pius' feiner Handschrift: *Im Zeichen des Stieres geboren. Starker Machtinstinkt. Glaubt, die Stadt sei sein persönlicher Besitz.* Auf dem nächsten Blatt folgte das Gesicht eines sehr reichen Geschäftsmanns aus Ostia, den Victorius kannte. Auch ich hatte von ihm gehört, er wollte vor Jahren Bauland zwischen der Porta Marina und der Synagoge verkaufen, das ihm gar nicht gehörte. Dafür hatte er das Kataster fälschen lassen, denn das Land war rechtmäßig im Besitz der Familie des Fabius Agrippinus – Fabias Vater, dem die halbe Stadt gehört. Der Prozess ist zum Stadtgespräch geworden. Die Familie des Geschäftsmannes und Fabias' sind seitdem bis aufs Messer verfeindet.

In der Akte folgte das Gesicht von Sextus, dem Bruder von Fabius Agrippinus.

Haltlos, ohne Moral, käuflich, stand darunter, diesmal in Dacius' ausladender Schrift.

„Ein übler Trinker", sagte Victorius. „Aber ob er wirklich seinem Bruder schaden will? Hoffentlich hat am Ende nicht Sextus den Senator auf die Idee gebracht, die Mädchen der Stiftung zu entführen ..."

Lysistrata legte den spitz gefeilten Nagel ihres Zeigefingers auf die Nase von Sextus.

„Dieser Pletorius will das Amt des Prätors, genau wie Fabius Agrippinus. Also versucht er den Ruf von Fabius mit allen Mitteln zu zerstören und die Mitglieder seiner Familie gegeneinander auszuspielen. Der Mord unter den Offiziersthermen sollte zeigen, dass Fabius und seine Freunde – die anderen Magistrate – Ostia nicht mehr unter Kontrolle haben. Natürlich hat sich die Schändung in der Stadt herumgesprochen, auch in Portus. Deine Marine steht kurz vor einem Aufstand – das berichten Dacius' Agenten."

Bei der nächsten Zeichnung zuckte Victorius zurück. Die Skizze zeigte das hagere Gesicht des ehemaligen Hauptbuchhalters der Hafenverwaltung von Portus. Der Mann war seit dem Sommer spurlos verschwunden. Er hatte nicht weit von Victorius' Haus entfernt ge-

wohnt. Ich habe den Mann als kleines Kind nur „die Heuschrecke"
genannt, wenn ich ihn auf der Straße sah, und versteckte mich hinter
meinem Vater oder Kaschta. Er war mir wirklich unheimlich. Unter
seinen Bild stand nur: *Der Sekretär.*

„Den werde ich sicher erkennen, wenn er heute Abend auftaucht;
er mich vielleicht auch", sagte Victorius. „Er wurde wegen Verun-
treuung und Bestechlichkeit entlassen und angeklagt, ist aber kurz vor
seinem Prozess aus Portus verschwunden."

Victorius blätterte weiter und blickte in die mit Kohle und Blei
hingestrichelten Gesichter von Senatoren und Geschäftsleuten.

„Das riecht wirklich stark nach Verschwörung", sagte er. „Diesmal aber nicht nur von einer Handvoll Armeekommandeure in His-
panien, so wie der letzte halbherzige Komplott. Da stecken Neid und
Gier als Triebkräfte dahinter."

Lysistrata streckte sich auf ihrer Liege und gähnte.

„So ist es, und alle paar Jahre passiert es wieder … In der Akte
sind alle Männer versammelt, die Rom wieder als angriffslustiges, sich
ständig ausdehnendes Imperium sehen wollen. Es geht ihnen nur
darum, sich an den Eroberungen zu bereichern, egal ob Rom das
eroberte Land auch halten kann. Ich denke, Pletorius hat sich zum
Wortführer aufgeschwungen und den anderen reiche Beute versprochen – etwas, das ihnen ein friedliebender und besonnener Stoiker
wie Antoninus Pius nicht bieten kann. Auch Marcus und Lucius zeigen bis jetzt keine Ambitionen, einen germanischen Druidenwald
oder eine mit Skorpionen verseuchte Wüste zu erobern, nur um dort
ein paar Barbarenkinder einzufangen, das Vieh zu stehlen und vergeblich nach Gold zu graben. Ich halte es auch für gefährliche Gerüchte, dass es noch Schätze nördlich von Dakien oder jenseits des
Rheins gibt. Dorthin wird hoffentlich nie jemand unsere Legionen
schicken, außer vielleicht, um ein paar Bären für die Spiele nächstes
Jahr zu fangen. Aber wo wir gerade über stinkende Tierfänger reden:
Einer von Dacius' Männern soll dich in die Nerothermen begleiten,
ich kenne ihn. Er wird deinen Sklaven spielen und dich stützen. Hoffentlich kann dich der Spinner auch beschützen."

*

Kapitel XLIII
ROMA
ANTE DIEM XIV KALENDAS NOVEMBRIS
A U C DCCCXCIX
(Rom, 18. Oktober 146 unserer Zeitrechnung)

Scintila ignorierte den hochgewachsenen, rothaarigen *Griechen* mit dem schiefen Lächeln im Gesicht. Es interessierte sie nicht, dass Rufus angeblich die ganze Odyssee auswendig aufsagen konnte. Doch für mich, die hispanische Tänzerin *Velina*, presste die Zuhälterin ein fast freundliches „Salve" zwischen ihren kleinen, grausamen Zähnen heraus. Auch der mit Muskeln bepackte Nubier gefiel ihr. Sie lehnte sich an einem Schreibtisch voller tiefer Schrammen und ließ uns beide davor hin und her laufen. In dem Raum roch es nach Angstschweiß und Exkrementen. Hinter dem Tisch standen leere Käfige, deren Türen alle offen standen. Die grob verputzten Wände waren kahl bis auf Kratzspuren und einige dunkelrote Spritzer.

„Setz dich auf den Hocker da", herrschte mich Scintila an. Sie schlug die Beine so übereinander, dass ich die billigen Glassteinchen auf ihren Schuhen gut sehen konnte. Ich antwortete auf alle ihre Fragen genau so, wie ich es mit Lysistrata geübt hatte: demütig, mit stark rollendem R und ein wenig stockend.

„Ich bin noch nicht ganz sechzehn und habe getanzt. In Gades, errst nurr für meinen ersten Herrn, dann vor vielen Gästen. Es hat mir gefallen", sagte ich. Dazu ließ ich meine Schultern kreisen und imitierte mit Daumen und Zeigefingern hispanische Klappern.

Scintila lehnte sich vor und fragte: „Bist du noch Jungfrau?"

Ich senkte scheu den Kopf und blickte zu Nicephorus, dann auf den groben Holzboden vor meinen Füßen. Ich nickte kaum merklich.

Scintila bleckte die Zähne zu einem fiesen Grinsen. „Wenn das stimmt, gebe ich dich einem der mächtigsten Männer von Rom. Du wirst dann für ihn tanzen und springen. Dass dich noch keiner gehabt hat, muss ich aber selbst sehen. Zieh dich aus. Du schämst dich doch nicht vor dem Muskelmann mit der seltsamen Flöte? Oder deinem Herrn?"

Schweißperlen sammelten sich auf meiner Stirn. Ich merkte, wie sich meine Hände verkrampften. Vorsichtig legte ich die Flöte auf den Boden und zog umständlich das rote Kleid aus. Scintilas Stimme wurde süßlich. „Nur keine Scheu, Velina. Das Brustband auch." Ich zog das breite Band langsam nach unten.

„Setz dich hin und mach die Beine breit", schnauzte Scintila.

Vor der Tür waren schwere Schritte und Poltern zu hören. Ich hob schnell mein Kleid auf und bedeckte damit die Brüste und meine Scham. Kaschta stellte sich halb vor mich. Scintila blickte gehetzt auf die Tür und winkte Nicephorus an den Schreibtisch.

„Schluss mit dem Theater! Dein Preis ist viel zu hoch, aber hier hast du das Geld. Mein Kunde will zwar nur echte Rothaarige, aber deine gefärbte Hispanierin wird schon durchgehen. Den dämlichen Griechen kannst du behalten. Ich nehme nur sie und den Muskelmann."

Kaschta warf mir einen wissenden Blick zu, als das Wort „Rothaarige" fiel. Ich richtete meine Augen auf den Boden und murmelte ein Gebet, damit meine Aufregung verborgen blieb. Doch Scintila beachtete uns nicht mehr und schloss einen Kasten unter dem Tisch auf. Sie wuchtete drei kopfgroße Säcke voller Münzen auf die Tischplatte. Nicephorus spielte seine Rolle gut. Er versuchte gierig einen der Säcke zu öffnen.

„Auch nicht für dreihundert? Zweihundertfünfzig?" Er formte ein großes O mit dem Mund. „Mein Grieche hat wirklich ein sehr begabtes Mundwerk."

Rufus schaute ihn böse von der Seite an. Nicephorus gab ihm einen kräftigen Schlag auf den Hinterkopf. Scintila griff wieder in den Kasten, warf ein Bündel Dokumente auf den Tisch und rollte es hastig ein.

„Raus mit euch, und zwar schnell. Zähl jetzt bloß nicht nach! Das sind dreitausend Denare. Mehr wird dir niemand dafür bezahlen, in ganz Rom nicht."

*

Scintila scheuchte mich und Kaschta mit einem Zischen durch die Zahnlücke zwischen ihren Schneidezähnen aus der Halle, dann durch den Gang zu den breiten Treppen des Emporiums. Auf der Straße krallte sie ihre Finger in meinen Arm und zog mich zu einem geschlossenen Wagen, der abseits des Hauptportals stand.

„Rein da!", befahl sie. „Wir sind verdammt spät dran. Ich will nicht in den Nachtverkehr kommen."

„Wohin fahren wir?" fragte ich, vergaß dabei das R zu rollen. Scintilas Mundwinkel zuckten nur voller Abscheu. Sie gab mir auf den Stufen hinauf einen Stoß in den Rücken. Ich fiel in die Kabine. Die Tür schlug hinter Scintila zu und der Wagen ruckte an. Schon weit vor der Porta Portuensis stockte der Verkehr das erste Mal. Die Händler von Trans Tiberim hatten begonnen, ihre Lastkarren durch die engen Gassen zu den Märkten und auf die Hafenstraße zu schicken. Scintila stemmte nervös ihre Fäuste in das Polster der Sitzbank. Sie entspannte sich erst etwas, als der Wagen die Stadtgrenze passiert hatte und sich auf dem Ladeplatz vor dem Tor in die Wagenkolonne Richtung Westen einreihte.

Kapitel XLIV
LATIUM
ANTE DIEM XIV KALENDAS NOVEMBRIS
A U C DCCCXCIX
(Latium, 18. Oktober 146)

Hohe Pappeln zogen am Fenster des Reisewagens vorbei. Die Bäume sahen aus wie vom Wind zerrupfte Wasserfontänen, in der Abendkälte erstarrt. Ich versuchte Scintilas Gesichtsausdruck im Halbdunkel zu erkunden, bemerkte aber nur Gier und Abscheu in ihren Augen. Dann gingen mir die letzten Momente mit Dacius durch den Kopf: Ob er wirklich etwas für mich empfindet? Oder benutzt er mich nur für seine Ziele? Aber es ist zu spät, um den Plan abzublasen, viel zu spät … Hoffentlich schlägt er im richtigen Moment zu.

Kaschta zeigte auf das Fenster. Ich erschrak, denn der Himmel war blauschwarz. Hinter den Bäumen hatte sich eine Wand aus drohenden Wolken aufgebaut, die das letzte Licht des Tages verschlangen.

„Sturrm", sagte ich zu Scintila, und machte dazu große Augen. Ich bekam keine Antwort. Die Mauern und Ecktürme des Krähenhügels hoben sich kaum mehr vom Himmel ab. Zwei Männer zerrten das Tor auf. Sie blickten sich nervös um und wiesen Scintila durch die Tür des Wagens an, schnell weiter durch den Park bis vor die Villa zu fahren. Fackeln warfen zuckende Lichtflecken auf den Weg. Er führte ein Stück an den niedrigen Hallen entlang, die sich innen an die Mauer lehnten. Ich stand auf, hielt mich am Gitterkreuz des Fensters fest und starrte auf jede der Türen, an denen wir vorbeirollten – als ob ich sie mit meinem Blick durchdringen könnte. Hinter jeder vermutete ich die Mädchen, nach dem, was der Gärtner gesagt hatte. Und Sarah.

Kapitel XLV
CORVIS MONS
ANTE DIEM XIV KALENDAS NOVEMBRIS
A U C DCCCXCIX
(Krähenhügel, 18. Oktober 146)

„Wohnst du hierr, Domina?" fragte ich und zeigte auf die Villa zwischen den im Sturmwind rauschenden Eichen. In den Fenstern des oberen Stockwerkes flackerten helle Lampen.

„Wir warten hier auf deinen neuen Herrn", antwortete Scintila rüde. „Und hör endlich auf, an deinen Haaren herumzumachen. Hast du etwa Läuse?" Ich ließ sofort die Hand sinken und tat wie ein Kind, das man beim Nasebohren erwischt hatte. Plötzlich horchten alle im Wagen auf. Aus dem Park ertönte ein schrilles, höhnisches Lachen.

„Sind das Affen?", fragte ich.

Scintila schüttelte den Kopf. Sie schien sich nicht zu fürchten.

„Nein, es sind diese hässlichen Wachhunde aus Afrika. Biester, die tote Sklaven fressen."

„Unheimlicher Ort", flüsterte Kaschta.

*

„Ach, der Muskelmann kann auch sprechen", sagte Scintila höhnisch. „Ich dachte, der bläst nur vorne die Flöte und lässt sich dabei wie ein Straßenköter rammeln." Im Atrium der Villa hockten vier Wachmänner auf einer Bank herum und musterten uns stumpf. Scintila schickte zwei davon in den Keller und befahl den anderen, Kaschta zu fesseln. Er hielt ihnen widerwillig die Hände hin. Ich spürte, dass er in seinem Innern vor Wut kochte. Nach kurzer Zeit kamen die Wachen aus dem Keller zurück. Sie zerrten eine junge Frau durch den Raum – es war Sarah! Sie hatte tiefe Schatten unter den Augen und konnte kaum stehen. Ihre Knie knickten immer wieder ein. Blut aus einer Platzwunde glänzte an ihrer Schläfe. Ihr benommener Blick wanderte durch den Raum bis sie mich erkannte. Sarah stieß einen dumpfen Laut aus, dann brach sie zusammen.

„Nur ein Unfall, nichts schlimmes", sagte Scintila knapp und packte mich am Arm. „Sie muss zum Arzt. Du gehst gleich mit."

Ich vergaß vor Aufregung das R zu rollen und fragte: „Wohnt sie hier?"

Scintila merkte zum Glück nur, dass sie zu grob mit mir umging und lockerte den Griff. Ihre Stimme wurde fast sanft: „Du kannst dir ein Zimmer mit ihr teilen, Velina. Der Arzt gibt euch etwas zur Stärkung. Dann essen wir gemeinsam."

Ich musste alle Kraft aufbringen, um nicht aus meiner Rolle zu fallen. An den Wänden erkannte ich die düsteren Bilder der Unterwelt.

„Ist schön, das Haus. Aberr dunkel", stammelte ich.

Scintila griff wieder fest zu. Ich wickelte nervös eine Locke um meinen Zeigefinger.

„Lass endlich die Finger aus deinen Haaren!", herrschte sie mich an. „Sicher hast du Läuse, hoffentlich nicht auch zwischen deinen Beinen. Der Arzt wird gleich nachsehen. Auch, ob du den Preis für eine Jungfrau wert warst."

Kapitel XLVI
ROMA
ANTE DIEM XIV KALENDAS NOVEMBRIS
A U C DCCCXCIX
(Rom, 18. Oktober 146)

Während ich versuchte, einen klaren Gedanken zu fassen und einen Weg zu finden, wie wir von dem finsteren Ort entkommen konnten, traf Victorius vor dem Pantheon ein. Rufus war von Dacius in einem unauffälligen, gemieteten Wagen auf den Palatin geschickt worden um Victorius abzuholen. Rufus hat mir die folgenden Ereignisse erzählt und dabei bestimmt einiges übertrieben. Ich habe versucht, den Bericht mit den nüchternen Sätzen meines Vaters abzugleichen.

Auf dem Vorplatz des Pantheons standen die Pfützen des letzten Regenschauers. Victorius und Rufus beobachteten ein paar Honoratioren, die in einem gezierten Galopp über das Pflaster hüpften. Der Wind ließ die Umhänge der Männer hochfliegen. Victorius trat in den Schatten einer mächtige Säule zurück.

„Die sind bestimmt auf dem Weg zu Pletorius' geheimer Männerrunde", flüsterte Rufus. „Es gibt keinen anderen Grund, hier herumzuspringen, um diese Zeit. Mindestens einen Menschen hat dieser Wahnsinn schon das Leben gekostet. Wir müssen heute herausfinden, was dahinter steckt – sagt Dacius."

„Nun, wenn Dacius das sagt … Musst du eigentlich dauernd reden?", brummte Victorius.

Die hohe Bronzetür zur Kuppelhalle des Pantheons knarrte hinter den beiden. Sie wurde von den Priestern zugeschoben und dann mit einem Riegel gegen den Sturm gesichert. Der Wind fuhr in das Vordach über den Säulen und rüttelte an den Ziegeln. Von den Götterfiguren im Giebel fiel ein handgroßes Stück Gips herunter und ließ das Wasser in einer Pfütze aufspritzen.

*

Rufus zog den Kopf ein. „Zum Glück ist die Kuppel aus Beton. Die wird so lange halten, wie es Rom geben wird. Verschwörungen hin oder her."

„Ist das auch von Dacius, oder deine eigene Weisheit?", zischte Victorius gereizt. Er packte Rufus an der Schulter. „Du bist jetzt still. Auch, wenn wir in den Thermen sind, ist das klar? Es sei denn, ich frage dich etwas."

Die beiden stiegen Arm in Arm die Marmorstufen hinunter und gingen auf die Ostseite der Nerothermen zu. Pletorius' Männer hatten sich zwischen zwei Säulen aufgebaut. Sie hielten Victorius eine Laterne ins Gesicht und ließen sich von ihm die Parole VINCERE AVT MORI vorsagen. Dann öffneten sie eine unscheinbare Holztür in der Wand. Drinnen führte sie eine weitere Wache zu einer Treppe, die tief in das Fundament des Bauwerks hineinreichte. Dort flackerte Lampenlicht.

Victorius deutete mit dem Stock nach unten. „Was erwartet mich dort?"

„Noch fünfzig Schritte geradeaus", war die gehetzte Antwort. Der Wachmann lief zurück. In der Tür warteten schon die nächsten Honoratioren in dunkeln Umhängen, einer trug die Toga darunter. Victorius griff nach dem rauen Holzgeländer. Am Ende der Treppe angelangt, versuchte er nur am Stock voranzukommen. Es ging drei Schritte gut, dann verlor er das Gleichgewicht, bevor Rufus seinen Arm greifen konnte, und musste sich an der feuchten Steinmauer abfangen. Die Gruppe holte die beiden ein und ging schweigend vorbei. Der Gang weitete sich nach einem Durchbruch, der erst vor kurzem geschlagen worden war. Es lagen noch Granitsplitter auf dem Boden. In dem Raum dahinter standen Holzbänke und Kleiderständer in zwei Reihen. Einige der Männer grüßten Victorius jetzt mit Kopfnicken und unverständlichem Gemurmel. Sie legten ihre Umhänge ab und zupften sich gegenseitig die Falten aus den Gewändern. Keiner außer Victorius hatte einen Untergebenen oder Sklaven bei sich.

„Es ist heiß hier. In der Nähe schwelen bestimmt die Heizfeuer", bemerkte Rufus.

CCIII

„Hat dir Dacius von dem grässlichen Mord an der Afrikanerin in Ostia erzählt?", fragte Victorius flüsternd.

Rufus nickte. „Wer von den hohen Herren wohl dabei gewesen ist? Oder sogar mitgemacht hat?"

Die Männer gingen zu einer mit schwerem Blech beschlagenen Tür, die dem Mauerdurchbruch gegenüber lag. Einer klopfte und die Tür schwang auf. Victorius und Rufus schlossen sich der Gruppe an. An der niedrigen Gewölbedecke schimmerten kaum mehr erkennbare Figuren und Symbole durch den Ruß. Darunter standen im Licht von ein paar Wandlampen und Fackeln etwa einhundert Männer. Sie sprachen leise miteinander, manche umarmten sich zur Begrüßung. An der gegenüberliegenden Wand gingen zwei Prätorianer entlang. Ihre hohen Helmbüsche fegten an der Decke. Victorius konnte ihre Gesichter auf die Entfernung nicht erkennen – auch nicht, als sie die Helme abnahmen. Er blickte Rufus fragend an, doch der hob nur die Schultern. Dann entdeckte Victorius die dürre Figur des Sekretärs in der Menge und trat hinter Rufus.

Ein Pult am Ende des Gewölbes war die einzige Einrichtung. Dahinter befand sich eine weitere, frisch geschlagene Öffnung. Links und rechts neben dem Pult zündeten zwei Wachen Fackeln an. Die Wände wichen im aufflammenden Licht ein Stück zurück. Rußschwaden stiegen auf und zogen wie Gewitterwolken unter der Decke entlang. Der Gestank des Pechs mischte sich mit Schweißgeruch und schweren Parfüms. Durch die schwarze Öffnung trat ein kleiner Mann und baute sich breitbeinig neben dem Pult auf. Keiner wagte es mehr, ein lautes Wort zu sagen.

„Das ist Pletorius", flüsterte Rufus. Victorius hob nur die Augenbrauen und den Finger an die Lippen.

Pletorius folgten zwei Typen mit vernarbten Gesichtern, die viele brutale Kämpfe gesehen hatten. Sie postierten sich hinter dem Pult und verschränkten ihre Arme. Beide waren einen Kopf größer als Pletorius. Er stieg auf ein Holzpodest, um auf die gleiche Höhe zu kommen. Das Licht der Fackeln von beiden Seiten machte seinen Kopf zum Oval. Er strich über seine Haare. Ein schmaler Schatten zog sich über Stirn, Nase und Mund. Plötzlich erfüllte seine kehlige

*

Stimme den Raum. Sie wurde vielfach von den Wölbungen der Decke zurückgeworfen.

"Römer! Freunde! Mitstreiter! Gut, dass so viele von euch meinem Ruf gefolgt sind. Manche werden wissen, wo wir uns befinden: Es ist eine der dunklen Kammern der Bacchanten, mehr als dreihundert Jahre alt. Sie war lange vor den Thermen hier, gestiftet vom letzten der großen Julier – Nero." Pletorius hob seine offene Hand in die Richtung, aus der alle gekommen waren.

„Ich habe einen neuen Zugang geschaffen und werde diese Kammer bald einem noch erhabeneren Kult weihen: dem des Orpheus. Dies wird geschehen, ohne dass die verkommene Welt dort oben davon erfährt." Er richtete beide Zeigefinger gegen die Decke. Der Schatten hinter ihm formte Bockshörner an seinem Kopf.

„Dieser elende Antoninus Pius hat keine Ahnung, was für eine gewaltige Bewegung sich gerade hinter mir versammelt. Seid versichert, ich werde euch allen großen Einfluss verschaffen – oder ihn euch wiedergeben. Hier in Rom und in den Provinzen; eure volle Unterstützung vorausgesetzt."

Aus der Menge erhob sich ein zustimmendes Gemurmel. Einige schüttelten ungläubig ihre Köpfe und schwiegen.

„Reden kann er, das muss man dem Irren lassen", wisperte Rufus. „Ob er gleich wie Nero zur Laute greift?"

Victorius deutete mit dem Kinn nach vorne. „Sei endlich still und merk dir alles genau. Du schreibst den Bericht."

Pletorius rollte sein fleckiges Manuskript weiter, suchte die richtige Stelle im Text und senkte die Stimme zu einem beschwörenden Raunen.

„Wir schreiten bald die nächste Stufe hinab in den Tempel der tieferen Erkenntnis. Wie die Eingeweihten unter euch schon wissen, wurde der Kult des Orpheus auf dem Wissen vieler Göttergeschlechter vor ihm gegründet. Ich habe ihnen die ersten wirklichen Opfer seit Jahrhunderten gebracht. Unsere Aufgabe ist es nun, diese uralten Riten zu neuem Leben zu erwecken und an unsere bewegten Zeiten anzupassen. Uns wird die Welt gehören!"

Pletorius legte die Schriftrolle auf das Pult. An dieser Stelle brauchte er beide Hände, um eine besondere Geste zu machen, die er sicher oft in seinem Termitentempel geübt hatte: die Umarmung einer großen Kugel. Im Raum herrschte abwartendes Schweigen. Von der Decke begannen Schweiß und Atemwasser herabzutropfen, die sich dort niedergeschlagen hatten.

„Das glaubt uns niemand", flüsterte Victorius in Rufus' Ohr. „Der Senator gesteht gerade einen Mord, vor einhundert Zeugen."

Pletorius senkte den Kopf und blickte unter seinen frisch gezupften Augenbrauen die Reihe der Togaträger vor sich entlang. Einige unterdrückten den Hustenreiz. Die halb abgebrannten Fackeln qualmten jetzt in alle Richtungen. Pletorius reckte die rechte Faust, als ob er wie ein Legionär das Schwert zum Schwur hochhalten würde und erhob die Stimme:

„Ich habe das große Problem unseres Imperiums erkannt und werde handeln! Nicht endlos diskutieren, um dann doch vor einem alten Stoiker zu kuschen, der immer nur vom ‚Römischen Frieden' redet. Ich werde unsere Legionen weiter denn je zuvor in die Welt hinausschicken. Sie werden reiche Beute bringen und Rom wieder groß machen. Darauf habt ihr mein Wort!"

Victorius rieb nervös über seinen Nasenrücken. „Glaubst du, einer der beiden dort drüben ist der Präfekt der Prätorianer?"

„Ich bin mir nicht sicher. Die stehen zu weit weg", antwortete Rufus. „Andere Frage: Wann hast du genug gehört, um diesen Räucherkeller stürmen zu lassen? Es sind genug Frumentarii in der Gegend, um die Kerle oben an der Tür zu überwältigen. Dann kommt hier keiner mehr heraus."

Victorius scharrte mit dem Stock auf dem Boden und blickte sich um. „Nicht jeder hier ist einverstanden mit dem, was Pletorius sagt, und die meisten haben wohl noch nichts Verbotenes getan. Wir können nicht alle nur fürs Zuhören verhaften lassen."

Bis zur Tür des Umkleideraumes standen dicht gedrängt zwanzig Männer. Ihre Gesichter glänzten verschwitzt. Pletorius wischte Tränen aus seinen geröteten Augen. Um seine falschen Haare schwirrten

*

Rußpartikel wie kleine Fliegen herum. Er rollte das Manuskript ein Stück weiter und räusperte sich.

Sarah starrte mich unentwegt an, sagte aber kein Wort. Sie stützte sich auf einen Tisch, ihre Knie knickten immer wieder zu Seite weg. Scintila musterte uns abschätzig, zeigte dann auf mich und befahl dem Arzt: „Schau nach, ob die Läuse hat. Und dann, ob sie Jungfrau ist – aber vorsichtig dabei! Gib ihr vorher die Medizin. Dem dämlichen Nubier auch."

Sie rauschte aus der Tür der Küche ins Atrium der Villa zurück. Ich lief zu meiner Schwester, schloss sie fest in die Arme und strich ihr sanft über den Mund, damit sie weiterhin schwieg. Dann sah ich mich um: Auf dem Tisch stand eine kleine Glasflasche mit grünbrauner Flüssigkeit, daneben lag ein grob geschnitzter Holzlöffel.

„So vertraut? Als ob ihr zwei euch kennen würdet", sagte der Arzt und grinste schmierig. „Lass sie los, ich muss ihr etwas zur Stärkung geben und einen Verband am Kopf machen. Die Tinktur nehmt ihr beiden neuen dann auch. Die tut euch gut, sie ist auch ein Gegengift, denn hier im Park gibt es Vipern. Dann sehe ich nach deinen Haaren und dem dort unten."

Er rieb nervös über die Bartstoppeln auf seinen eingefallenen Wangen.

Ich winkte Kaschta zu mir, zeigte auf den Kopf des Arztes und sagte: „Kein Blut."

Kaschta trat vor, schlug dem Mann mit den Rückseiten seiner gefesselten Hände direkt auf den Adamsapfel und nahm ihm so die Luft. Dann packte er seinen Arm und drehte ihn um. Der Kopf knallte mit der Schläfe auf die Tischplatte. Aus dem Mund kam ein hohles

Krächzen. Kaschta nahm einen Lumpen vom Tisch und stopfte ihn hinein.

Ich ging ich zu Sarah und suchte ihren Blick in den weiten Pupillen, dann nahm ich sie an beiden Schultern und schüttelte sie.

„Sarah! Ich bin hier, um dich zu holen! Du verstehst mich doch? Was ist in der Flasche?"

Sarah deutete mit einer müden Bewegung auf einen Schrank, der mit einem schweren Vorhängeschloss gesichert war. Der Arzt stieß ein Jaulen aus. Kaschta schlug ihm mit den Handkanten gegen die Halsschlagader. Er verstummte sofort wieder.

„Hat er den Schlüssel?", fragte ich Kaschta. „Ich fasse den Dreckskerl nicht an."

Kaschta streckte mir seine Arme entgegen. Ich zerrte den Knoten seiner Fessel auf. Kaschta hob den Kopf des Arztes hoch und riss ihm eine Lederschnur mit einem Schlüssel daran vom Hals. In dem Schrank standen Schalen und Tigel mit Samen, getrockneten schwarzen Beeren und grünen Kugeln, etwa so groß wie Walnüsse.

„Kaschta, was ist das?", fragte ich.

„Opium das Grüne, Tollkirschen das Schwarze. Beides zum Betäuben und um Menschen willig machen. Schau dir ihre Pupillen an, Domina."

„Die sind so groß wie die des Zerberus … Aber lass endlich dieses *Domina*. Hast du immer noch nicht verstanden? Du bist so gut wie frei. Wir müssen nur alle heil wieder aus diesem Geisterhaus herauskommen, und dann Dacius und die Soldaten hereinlassen. Hast du schon eine Idee? Halte dem Kerl den Mund auf und wecke in. Er muss schlucken."

Kaschta griff in die fettigen Haare des Arztes und schüttelte seinen Kopf. Dann ohrfeigte er ihn. Die Augen öffneten sich einen Spalt. Ich nahm die Flasche vom Tisch und drehte den Korken heraus. Kaschta packte den Unterkiefer des Arztes.

„Du gießt es hinein, Dom –, Rahel. Nur die halbe Flasche, denke ich. Sonst wacht er nicht mehr auf."

Ich hielt dem Arzt ein Fleischmesser, lang wie ein Dolch, direkt vor die Augen und beugte mich zu seinem Ohr.

*

„Runter damit. Sonst schneide ich dir die Kehle durch. Dann schluckst du nie wieder."

Der Arzt öffnete zitternd die Lippen. Ich stieß den Hals der Glasflasche gegen seine Zähne und leerte sie. Ein Teil des Safts lief über sein Kinn, dann am Hals entlang und tropfte auf den Tisch. Kaschta ließ los. Der übel nach Angst stinkende Körper rutschte unter uns weg wie ein Sack Knochen. Ich wischte den Opiumsaft vom Tisch und sagte zu meiner Schwester: „Sarah, komm her. Wir setzten ihn auf den Stuhl. Dann musst du auf sein Bein, aber nur kurz. Keine Sorge, der ist fertig. Schnell, bevor diese schreckliche Frau wiederkommt!"

„Was ist mit Marjam?", fragte Sarah und half uns, so gut sie konnte. „Sie war auch hier."

„Wir haben sie aus dem Meer gerettet, zuletzt schlief sie. Ich hoffe sehr, dass es ihr bald wieder gut geht", sagte ich so ruhig ich konnte. Kaschta wuchtete den bewusstlosen Arzt auf die Sitzfläche. Ich lehnte seinen Kopf an die grob verputzte Wand. Sarah starrte mich entsetzt an.

„Alles wird gut, glaub mir. Setz dich einfach hin."

Ich verband notdürftig die Platzwunde an ihrem Kopf mit einem halbwegs sauberen Stück Leintuch, das im Schrank lag.

„Tu jetzt so, als wärest du betäubt. Wie sonst, wenn du dieses Gebräu trinken musstest."

Scintila kam hereingestürmt, nur einen Moment nachdem ich Kaschtas Hände wieder locker gefesselt hatte. Ich zeigte mit gespielter Trägheit auf den Arzt.

„Der hat sie angefasst", sagte ich und ließ ich mich auf den Boden fallen, als ob mir die Beine weggezogen würden. Kaschta reagierte schlau und tat so, als wäre ihm auch schwindelig. Er stützte sich mit den gebundenen Händen auf den Tisch und wankte.

Scintila stampfte wütend in die von mir angerichtete Szene hinein.

„Verdammter Idiot!", keifte sie und lief zurück zur Tür. Dabei trat sie auf Kaschtas Flöte, die auf den Boden gefallen war. Die dünnen Holzrohre zersplitterten. Bevor Scintila zurückkam, zog ich Sarah neben mich auf den Boden. Laut fluchend schleifte Scintila sie zur Tür. Einer der Söldner packte mich grob an den Schultern. Sie trugen uns in das Kellerverließ und warfen uns auf den Lehmboden. Scintila schloss die Tür mit lautem Klappern ab. Ich sprang auf und legte das Ohr an die Tür.

„Was sollen wir mit dem Nubier machen? Auch zu den Frauen?", hörte ich eine Männerstimme fragen.

Scintila überlegte kurz.

„Nein, lasst ihn in der Küche. Der ist bestimmt schon umgekippt. Aber räumt die Messer heraus und schließt den Schrank ab!"

Kapitel XLVIII
ROMA
ANTE DIEM XIV KALENDAS NOVEMBRIS
A U C DCCCXCIX
(Rom, 18. Oktober 146)

Pletorius' konnte die Handschrift seines Sekretärs im flackernden Licht nicht mehr entziffern. Er lehnte sich zu einer der Fackeln, die kleine schwarze Wolken ausstießen. Sie waren kurz vor dem Erlöschen. Schweiß rann über Pletorius' Stirn und tropfte auf die Pergamentrolle. Die am Nachmittag noch blütenweiße Toga hatte sich am Hals gelblich verfärbt. Aus einer Ecke des Gewölbes kam Murren. Einige der Zuhörer drängten zur Tür, darunter zwei weißhaarige Senatoren. Victorius erkannte die Chance, zog Rufus am Arm und schlossen sich den Senatoren an. Die Wachen stellten sich der Gruppe mit verschränkten Armen in den Weg. Hinter ihnen tauchte der Sekretär auf. Victorius setzte ein verschwörerisches Lächeln auf und nickte ihm zu. Der Sekretär wandte sich irritiert ab. Auch Pletorius hatte die Unruhe bemerkt. Er erhob seine heisere Stimme: „Um unsere Ziele zu erreichen, brauchen wir Soldaten. Sie werden diese verblödeten Antonine mit gezogenen Schwertern von der Erdoberfläche jagen. Schon morgen gibt es eine Möglichkeit dafür – bei der Heerschau zu Ehren des Mars." Er suchte im Halbdunkel nach den Präto-

*

rianern. „Zwei dieser Soldaten sind unter uns. Mit ihnen werden wir nicht nur die Geschicke der Stadt, sondern die des ganzen Imperiums in die richtigen Bahnen lenken. Auf zu neuen Eroberungen!"

Er reckte seine geöffnete Hand hoch, als wolle er in der schweißgetränkten Luft nach dem Geist des Hochverrats greifen, den er gerade beschworen hatte. Es fiel ihm schwer, beim Reden nicht genau die, auch nach hundertfünfzig Jahren noch allen Politikern in Rom bekannten, Gesten von Gaius Iulius Cäsar zu verwenden. Also verschränkte er die Hände hinter seinem Rücken, reckte trotzig sein breites Kinn vor und setzte zu einem neuen Wortschwall an. „Zehn Jahre unter diesem dumpfen Weinzüchter und seinen adoptierten Hundesöhnen sind genug! Stellt sie euch vor: Zwei – oder sind es gerade drei? – Philosophen, die durch eine Säulenhalle wandeln, während in Ostia die Weizenspeicher brennen und ein Aufstand tobt! Erinnert ihr euch, wie das Volk wütend wurde, als vor drei Jahren im Herbst das Gerücht umging? Man sagte: Der Weizen für den Winter wird knapp, und die Lieferungen aus Ägypten bleiben aus. Nun stellt euch noch dazu vor, wie die Marine im Hafen randaliert, weil eines ihrer Heiligtümer geschändet wurde. Ihr habt richtig gehört: All das ist geschehen, oder es wird noch in dieser Nacht vollbracht. Von mir und meinen Männern." Pletorius schlug ungläubiges Schweigen entgegen. Er hielt wieder die Faust hoch und versuchte, den Honoratioren direkt vor sich abwechselnd beschwörend in die Augen zu schauen. „Wenn ich nur das Wort *Stoa* höre, juckt es mich schon in den Fingern und ich will zum Schwert greifen! Denn während sie so wandeln, Wein kosten und über ihren Seelenfrieden nachsinnen, dringen Barbaren von allen Seiten auf uns ein, die euch den hart erkämpften Wohlstand rauben wollen. Doch ich werde Rom wieder zu alter Größe führen. Der erste echte Triumphzug seit mehr als drei Jahrzehnten wir meiner sein! Mit all jenen von euch, die sich bis zum Morgengrauen auf meinem Anwesen vor den Toren der Stadt einfinden. Das Passwort habt ihr sicher behalten. Ich zähle fest auf euch."

Pletorius ließ langsam die Hand sinken und zog sich in die Dunkelheit der Türöffnung zurück. Eine der Fackeln verpuffte im glei-

CCXI

chen Moment. Die andere knatterte, als würde sie dem Abgang Beifall klatschen.

„Schnell raus hier", flüsterte ein Mann, der sich mit seinem kugelrunden Bauch voran einen Weg zum Ausgang bahnte. Er schob Victorius zur Seite und begann mit unterdrückte Stimme zu schimpfen: „Der ist doch völlig von Sinnen ... Und wir begehen gerade ein schweres Verbrechen: Wenn morgen ein Anschlag auf den Kaiser verübt wird, dann ist das Hochverrat! Darauf steht die Enthauptung auf der gemonischen Treppe. Unsere Leichen kommen dann in den Tiber. Wenn die Hunde und Krähen etwas davon übrig gelassen haben. Das bedeutet Schande für unsere Familien und ewigen Unfrieden für unsere Seelen!"

Es kam Bewegung in die Menge. Etwas mehr als die Hälfte drängte auf den Ausgang zu, Victorius und Rufus darunter. Die anderen blieben in Gruppen zusammen stehen, blickten sich verstohlen um und steckten die Köpfe zusammen.

Rufus hielt einen Schlüssel vor Victorius' Augen. „Den habe ich in der Aufregung ganz vergessen, hat mir Dacius gegeben. Er passt in die Tür oben."

Victorius überlegte schnell. „Viele sind entsetzt über das, was sie gerade gehört haben, die wollen weg. Andere werden bleiben. Sie würden hier in der Falle sitzen, wenn wir die Tür absperren. Pletorius nimmt bestimmt den Haupteingang auf die Straße. Den bringen wir später zur Strecke. Aber was machen die Prätorianer?"

Der Umkleideraum füllte sich. Die Flüchtenden rafften ihre Umhänge und drängten durch den Gang zur Treppe. Victorius hörte um sich herum aufgeregte Gespräche und wütende Ausrufe. Er hielt sich an einem Kleiderständer fest und ließ sich von Rufus seinen Umhang über die Schultern legen. Die beiden gingen als letzte los.

„Wenn die Wachen noch da sind, müssen wir uns etwas anderes einfallen lassen", sagte Rufus auf der Treppe.

Die Tür am Ende des Gangs stand halb offen. Rufus steckte vorsichtig den Kopf hinaus. Zwei Schatten huschten in den Hof vor dem Pantheon, dann war niemand mehr zu sehen.

*

Rufus zog die Tür hinter Victorius zu, der Schlüssel passte. „Man kann das Schloss von innen nicht öffnen, wenn wir den Schlüssel stecken lassen." Er streckte die Hand aus. „Du erlaubst?" Victorius gab ihm seinen Gehstock und lehnte sich an eine Säule. Rufus nahm den Stock und schlug mit dem Löwenkopf das eiserne Griffstück des Schlüssels im Schloss ab. Es fiel mit einem hellen Klingeln auf die Marmorschwelle vor der Tür. Rufus schob es mit der Fußspitze in die breite Ritze davor und hielt Victorius den Arm hin. Er grinste dabei wie ein Junge, der seinem Lateinlehrer einen Streich gespielt hat.

Kapitel XLIX
CORVIS MONS
ANTE DIEM XIV KALENDAS NOVEMBRIS
A U C DCCCXCIX
(Krähenhügel, 18. Oktober 146)

Sarahs Kopf kippte langsam zur Seite. Ihre Augenlider flatterten. Ich hielt Sarah eine Armlänge von mir entfernt an den Schultern fest und schüttelte sie.

„Meine Liebe, du musst jetzt wach bleiben. Kaschta wird bald etwas tun, damit wir hier herauskommen. Auch die Mädchen von Fabias Stiftung. Sie wurden entführt, wie du und Marjam. Hast du sie hier irgendwo gesehen? Vor dem Tor sind viele Soldaten. Sie warten nur auf unser Zeichen zum Angriff."

Sarah atmete tief ein und aus, sie bekam schlecht Luft. Ihr Oberkörper zuckte unregelmäßig zwischen meinen Händen. Ich nahm sie wieder fest in die Arme und strich über ihre verfilzten Haare. Hoch über unseren Köpfen pfiff der Sturmwind am einzigen Lüftungsloch des Kellers vorbei. Von dort drang ein schwaches grünes Licht herein, wie ich es im Traum gesehen hatte. Ich konnte meiner Schwester in dem Moment nicht erzählen, dass Marjam vielleicht mit unserem Haus verbrannt war. Soviel Grausamkeit kann kein Mensch ertragen. Ich hoffte damals wie nichts anderes, dass Marjam gerettet wurde.

„Die Mädchen sind hier?", fragte Sarah mit fadendünner Stimme. Sie klang, als würde sie gleich für immer verstummen.

Kapitel L
ROMA
ANTE DIEM XIV KALENDAS NOVEMBRIS
A U C DCCCXCIX
(Rom, 18. Oktober 146)

„Wie ist der so schnell hierher gekommen?", fragte Rufus ehrlich erstaunt. Seine Stimme hallte von der Tempelfassade des Pantheons zurück. Vor den Stufen ging ein Prätorianer in Paradeuniform entlang, sein Adjutant eilfertig drei Schritte hinter ihm. Mitten auf dem Platz stand ein dunkelblauer Wagen mit vier prächtigen schwarzen Pferden. Victorius erkannte das Gesicht von Marcus Gavius Maximus. Die beiden gingen aufeinander zu. Der Prätorianerpräfekt rückte die goldene Spange auf seiner Schulter zurecht und warf den Umhang zurück.

„Salve, Publius Victorius! Sehr erfreut, dich endlich kennenzulernen. Ich habe viel von dir gehört."

Victorius schwieg misstrauisch. Der Präfekt nahm den Helm ab und hielt ihn seinem Adjutanten hin. „Ich weiß, was du dich jetzt fragst, Victorius: Woher kennt mich der Verschwörer, den ich gerade noch in dem Kellerloch unter den Nerothermen gesehen habe? Dazu nur soviel: Um in Rom an die Spitze zu kommen – und dort auch zu bleiben –, bedarf es etwas mehr als Draufgängertum." Der Präfekt fixierte Rufus. „Ich übernehme sofort das Kommnado. So kann ich etwas von dem Chaos verhindern, das ihr Agenten gerade anrichtet."

„Ich habe die Tür zum Kellergang abgeschlossen. Das Schloss ist blockiert", sagte Rufus trocken.

„Die wirklichen Verschwörer sitzen jetzt dort unten fest", fügte Victorius hinzu. „Und eine alte Bekannte richtet dir Grüße aus."

Gavius Maximus' Lächeln verschwand Er roch nach Parfüm und Badeöl, als hätte er die Stunden vor der Versammlung in den heißen

*

und kalten Becken der Thermen verbracht. „Nur gut, dass ich vor euch gegangen bin. Sonst säße ich jetzt auch dort unten in der Falle. Meinen Begleiter habe ich übrigens dort gelassen. Er ist bei den Verschwörern gut aufgehoben." Ein süffisantes Grinsen kroch über sein frisch rasiertes Gesicht. „Danke für Lysistratas Grüße."

„Wieso opferst du deinen zweiten Mann?", fragte Victorius. „Er ist genauso korrupt wie dein ehemaliger Stellvertreter in Portus. Der wollte doch schon seit Jahren deinen Posten." Victorius scharrte mit dem Stock auf dem Pflaster herum. „Wenn man bei den Prätorianern auf diese Art Probleme löst … Was ist dein Plan?"

Der Präfekt kniff die Augen zusammen und legte seine Hand auf Victorius' Unterarm. „Zuerst heben wir das Schlangennest hier aus, dann schnappen wir die Viper auf dem Krähenhügel. Für Rom und seine Cäsaren – nicht wahr?"

Er schnippte mit den Fingern. Der Adjutant blies ein kurzes Hornsignal. Plötzlich wimmelte es auf dem Platz vor dem Pantheon. Schwer bewaffnete Prätorianer lösten sich aus den Schatten der Säulenreihen ringsherum und liefen auf die Ostwand der Nerothermen zu. Vier bullige Soldaten trugen einen Rammbock mit gebogenen Hörnern aus Bronze vorbei. Rufus und Victorius verdrehten die Köpfe und blickten der Truppe erstaunt nach. Der Präfekt zog Victorius zum Wagen und half ihm die Treppe hoch. „Die erledigen das. Es wäre zwar sicher berückend, die verstörten Gesichter der Senatoren dort unten zu sehen –aber wir müssen weiter." Er erhob die Stimme, so dass auch Rufus ihn hören konnte und zeigte mit mahnend erhobenen Augenbrauen in Richtung der Thermen. „Der Frumentarius bleibt hier. Er wird morgen einen lückenlosen Bericht mit vollständiger Liste der Gefangenen auf dem Palatin abliefern."

Im Wagen neigte er sich zu Victorius. „Dort auf dem Krähenhügel soll eine junge Frau sein, die erst vorgestern von Dacius Maximus rekrutiert wurde. Ein echtes Novum in Rom: Nicht der Agent, *die Agentin* – wie im Ägypten der Kleopatra! Bestimmt hat Lysistrata sie auf ihre Rolle gut vorbereitet. Soweit ich informiert bin, wurde diese Agentin vor einer Stunde in das Anwesen auf dem Krähenhügel eingeschleust. Zusammen mit einem Sklaven, der uns das Tor öffnen soll. Keine schlechte Idee: *Die trojanische Frau.* Das ist wie bei Homer, vielleicht sogar besser. Ein Klassiker, sozusagen. Aber sie soll Christin sein ... Hoffentlich kann man ihr trauen." Victorius blickte den Präfekten abwartend an, ob noch mehr Mutmaßungen über seine Tochter kamen. Doch er löste nur ächzend zwei Bänder, die seinen Panzer unter den Achseln zusammenhielten, und atmete tief aus. „Ich lasse Dacius vorerst die Führung dort auf dem Hügel. Bis jetzt war das halbwegs gute Arbeit. Aber er unterschätzt seinen Gegner. Pletorius hat Dutzende kampferprobte Söldner und Gladiatoren um sich, und auf diesem Hügel lagert wahrscheinlich ein ganzes Arsenal von Waffen, vielleicht Pfeilgeschossen. Was diesem Dacius fehlt, ist Erfahrung. Aber die macht er jetzt. Wir fahren dorthin ..." Der Blick des Präfekten ging nachdenklich durch Victorius hindurch. „Nein, dafür ist es wahrscheinlich schon zu spät. Wir machen es anders. Hoffentlich lerne ich dieses edle Geschöpf ein anderes Mal kennen. Sie ist eine Sklavin vom Palatin, nehme ich an. *Veselina* ist ihr Name, oder?"

„*Velina.* So hat Lysistrata sie genannt", sagte Victorius grimmig und knetete seine Hände. „Wohin willst du?"

Gavius Maximus gab ein schmieriges Kichern von sich. „Das wird wohl eine dieser sagenhaften Liebessklavinnen sein, die Lysistrata zum Zeitvertreib am Hof ausgebildet. Ich will sie unbedingt – dann kann ich ihre Schönheit genießen, und sie meine Pracht spüren. Hoffentlich überlebt *Velina* das Abenteuer ... Wir fahren an die Küste."

*

BUCH V
Kapitel LI
CORVIS MONS
ANTE DIEM XIV KALENDAS NOVEMBRIS
A U C DCCCXCIX
(Krähenhügel, 18. Oktober 146)

Meine Augen hatten sich an die Dunkelheit des Kellers gewöhnt. Ich suchte das Rautenmuster der Ziegelwände ab – nach einem Rattenloch, einem Spalt, nach dem kleinsten Schimmer Hoffnung, hier herauszukommen. Sarah atmete ruhig. Ich hob sie sanft an den Schultern hoch und schob ihr die durchlöcherte Decke zusammengerollt unter den Kopf. Mit vorsichtigen Schritten ging ich zur Tür, tastete das Schloss mit den Fingern ab und rüttelte daran. Es hatte innen kein Loch für den Schlüssel, die Tür ließ sich keinen Spalt öffnen. Von dem Lüftungsloch hoch oben drang Knurren herein, dann wieder heiseres Lachen. Es schien mir von Tieren oder Menschen direkt über dem Loch zu kommen.

Hinter mir hörte ich das Geräusch eines Schlüssels in der Tür. Ich lief zurück zu Sarah, stolperte über mein langes Kleid und schlug hin, kroch weiter und rollte mich neben ihr auf dem Boden zusammen. Eine Moschuswolke wehte in den Keller. Ich erkannte den Geruch sofort: Crasnicus stand geduckt in der niedrigen Tür. Er hielt eine Lampe herein, trat einen Schritt vor und richtete sich zu seiner vollen Größe auf. Zwei Männer drängten an ihm vorbei. Sie rissen mich und Sarah hoch und zerrten uns durch den Keller. Crasnicus packte mich am Handgelenk und schnaubte mir seinen sauren Atem ins Gesicht.

„Ich wusste, dass wir uns wiedersehen, du Hure."

Er heilt seine verbundene Hand mit den steif abgespreizten Fingern hoch.

„Dafür wirst du bezahlen, mit jedem Teil deines Körpers, und dein nubischer Sklave auch. Er ist bestimmt schon auf die glorreiche

Idee kommen, aus der Küche in den Park zu klettern und zum Tor zu laufen. Du hast bestimmt die Hyänen lachen gehört. Sie haben Hunger."

Zwei Stockwerke höher in der Villa schreckte Scintila zusammen. Der Sturmwind hatte ein Fenster aufgestoßen und fegte die Schriftrollen vom Schreibtisch. Sie hatte hier auf Crasnicus gewartet und gehofft, auch Pletorius zu treffen. Doch der war zu dieser Zeit mit seinen Verschwörern in Rom. Crasnicus und seine Schergen zerrten mich und Sarah wir zwei Jagdtrophäen die Treppe hoch und stießen uns mitten in den Raum. Ich ging in die Hocke und zog Sarah zu mir. Scintila musterte uns von oben und bleckte ihre kleinen spitzen Raffzähne. Sie trat nah an Crasnicus heran und zischte: „Da war einer vom Zensus im Emporium. Er hat mich gewarnt, vor einer Durchsuchung. Irgendwas ist faul, das rieche ich."

Crasnicus schob Scintila von sich weg, ging an das offene Fenster und ließ seine Augen wie ein erfahrener Späher über die nächtliche Landschaft wandern. Langsam drückte er die aufgesprungenen Fensterflügel zu und verriegelte sie.

„Was passiert hier eigentlich?", fuhr Scintila ihn von hinten an.

„Wir müssen bald unser Lager anderswo aufschlagen", sagte Crasnicus. Er lehnte sich an die Mauer neben dem Fenster. Seine Stimme wurde fast süßlich.

„Du kümmerst dich weiter um die Huren. Gestern haben dir meine Männer noch ein Dutzend von der Straße geholt. Jetzt sind es etwa Zweihundert. Wir machen es einfach wie die Zugvögel und überwintern in einer südlichen Provinz. Wenn Pletorius seinen großen Plan umgesetzt hat, kommen wir wieder zurück nach Rom. Dann können wir hier tun und lassen, was wir wollen! Deine Weiber sind hier noch einen oder zwei Tage sicher und träumen ihre Opiumträume. Also beruhige dich und fahr nach Hause, bevor der Sturm richtig losbricht."

Er drehte sich wieder zum Fenster. Scintila stampfte mit dem Fuß auf und kreischte: „Denk bloß nicht, dass du mich einfach so

*

wegschicken kannst! Ich gehe jetzt zu den Frauen in die Baracke, dann zu den Mädchen. Die gehören mir, und zwar alle!"

Sie stolzierte durch den Raum und die Treppe hinunter. Crasnicus und die zwei Wachen an der Tür sahen ihr nach.

„Habt ihr die Wagen hinter das Haus gefahren?", fragte Crasnicus.

Die Männer nickten eifrig. Crasnicus nahm einen der beiden in den Schwitzkasten, rieb mit seiner gesunden Hand kräftig über seine Igelhaare und grinste. Er öffnete einen der Fensterflügel wieder einen Spalt.

„Dann lass uns wetten, wie weit sie kommt. Die ganze Auffahrt entlang? Bis zur Hälfte? Ich setzte fünfzig Denare dagegen! Los, kommt alle ans Fenster. Ihr Huren auch, und schaut gut zu: Das passiert auch gleich mit dem dreckigen Nubier. Oder er ist schon Tierfutter."

* * *

Von der Zuhälterin Scintila blieben auf dem Pflaster nur ein paar mit Blut getränkte Fetzen Seide, eine Lederschnur und ein kleines Messer zurück. Zum Glück mussten wir das Ende des widerlichen Schauspiels nicht mit mitansehen. Scintila war auf dem halben Weg zum Tor schon von Bäumen verdeckt. Kaschta hat mir heute früh erzählt, wie Hyänen angreifen. Er hat es selbst erlebt. Aus seinen Worten und den Geräuschen habe ich folgendes zusammengesetzt.

Die Fackeln in der Zufahrt waren fast alle erloschen. Die Eichen warfen ihre Schatten über den Weg. Ein kleines, fernes Licht deutete an, wo das Tor des Krähenhügels in der tiefen Dunkelheit lag.

„Wehe, der Wagen steht nicht am Tor!", brüllte Scintila zu den Fenstern hoch. Sie zog den Kopf ein und lief weiter. Hinter den Baumstämmen huschte etwas hin und her.

„Und vor euren Straßenkötern habe ich erst recht keine Angst", stieß sie hervor, um sich selbst Mut zu machen. „Die kenne ich aus Suburra!"

Scintila griff in ihre Tasche, die sie an einem dünnen Lederband um den Hals trug. Sie zog einen spitzen Dolch heraus. Mit der anderen Hand suchte sie am Rand der Auffahrt nach einem Stein. Eine große weibliche Hyäne kam aus den Schatten und baute sich direkt vor Scintila auf. Ihre Augen fingen das schwache Licht aus den Fenstern der Villa ein und funkelten wie gelbe Diamanten. Die Lichtpunkte senkten sich. Die Bestie knurrte aus der Tiefe ihrer Kehle. Scintila zielte, warf den Stein und traf die Hyäne am Kopf. Sie lachte triumphierend, als sich die glühenden Augen schlossen und das Knurren verstummte. Der Aufprall der zweiten Hyäne riss sie zu Boden. Das Weibchen sprang dazu und verbiss sich gierig in ihrer Hüfte. Scintila verlor mit aufgerissenen Augen das Bewusstsein, als zwei weitere junge Männchen sie zwischen die Eichen zerrten. Ich hörte Knochen knacken. Die Hyänen zermalmten sie zwischen ihren gewaltigen Kiefern. Es war wie im Amphitheater, wenn die Bestien einen verurteilten Verbrecher zerreißen – nur Scintila stand Momente vorher noch ganz nah vor mir, sprach und atmete.

Der Himmel riss für einen Moment auf. Ich schaffte es, meinen Blick von der Dunkelheit vor der Villa lösen und richtete ihn auf den Horizont. Im Mondlicht erkannte ich menschliche Figuren, die draußen vor der Mauer durch die Büsche pirschten. Ich senkte schnell die Augen, um nichts zu verraten, aber Crasnicus hatte die Soldaten auch gesehen und blitzte mich voller Hass an. Er stampfte zu der Geldkiste in einer Ecke des Raumes. Sie war fast so groß wie ein Sarkophag und mit drei Vorhängeschlössern gesichert.

„Aufbrechen!", brüllte er.

Vor der Villa ging dann alles sehr schnell. Es wirkte, als ob Crasnicus seine Flucht eingeübt hätte. Zwei Wachen rannten die Freitreppe herunter. Sie schwenkten frische Fackeln vor sich, um die Hyänen fernzuhalten. Crasnicus zog meine taumelnde Schwester an den Haaren hinter sich her und stieß mich die Holztreppe hoch in die Kabine des ersten Wagens. Ein halbes Dutzend seiner Söldner drängte hinterher, der Rest stieg in den zweiten Wagen. Ich konnte kaum atmen, so voll war die Kabine mit verschwitzten Männerkörpern. Der Wagen rumpelte los, nahm schnell Fahrt auf und hielt wenig später ab-

*

rupt an. Ich hörte Fackeln aufflammen, dann unterdrückte Flüche, spitze Schreie und Befehle. Durch das kleine Fenster fielen wirre Lichtstreifen an die Decke. Ich wurde ins Freie gezerrt und sah eine Reihe großer Reisewagen, alle mit Eisenblechen gepanzert. Überall waren Männer, die hastig ein Dutzend Frauen in die Wagen trugen und dann selbst einstiegen. Die meisten der Frauen wirkten wie aus den fernen Provinzen, alle waren mager. Meine Doppelflöte riss im Gedränge auseinander. Ein Rohr fiel mir aus der Hand. Ich wurde in den ersten gepanzerten Wagen geschoben. Das Flötenrohr hielt ich in einer Falte meines Kleides versteckt. Die Wagen reihten sich ein gutes Stück vom Tor entfernt auf – ganz so, als würden sie Anlauf nehmen.

* * *

Dacius hat mir heute erzählt, dass er in dem Moment keine dreißig Fuß von mir entfernt gewesen ist. Wenn es stimmt was er sagt, dann presste er seinen Rücken an die Außenmauer, zusammen mit zwei Dutzend Soldaten aus Ostia. Er drehte den Kopf zu Nicephorus, der Schulter an Schulter neben ihm stand. Nicephorus wollte in den Beutel mit Nüssen an seinem Gürtel greifen, aber Dacius stieß ihn an und schüttelte den Kopf. Schwere Regentropfen klatschten auf die Köpfe der Soldaten. Auf der gegenüberliegenden Seite des Tors standen noch einmal so viele in Lederrüstung, aber ohne Helme. Das Prasseln des Regens auf dem Blech hätte sie verraten. Es herrschte eine Anspannung wie die vor dem Signal zum ersten Wagenrennen im Circus Maximus.

Die Wolken brachen endgültig auf. Kleine Bäche bildeten sich entlang der Auffahrt zum Krähenhügel. Der Wind kam aus dem Westen, er roch nach Salz und Tang. Am Himmel über dem Meer entluden sich drei Blitze fast gleichzeitig und fuhren in die Wellen, wie der Dreizack des Neptun. Kurz darauf war das finstere Grollen des Donners zu hören. Die Soldaten lösten die angespannten Finger um die Schwertgriffe und packten wieder zu. Einige verlagerten regelmäßig das Gewicht von einem Bein auf das andere, um einen Krampf im entscheidenden Moment zu vermeiden. Dacius starrte mit weit aufgerissenen Augen in die Höhe. Er wartete wie alle anderen auf das Lichtsignal im Nachthimmel.

Die Torflügel sprangen auf, als wären Federn in die Pfeiler eingebaut. Der erste gepanzerte Wagen jagte hindurch. Dacius schrie das Kommando zum Angriff. Die Soldaten rannten los. Sie prallten vor dem Torpfeiler zusammen. Die Wagenkolonne schoss ohne Lücke aus dem Tor. Sie folgte nicht der Linkskurve zur Straße, sondern raste geradeaus den Hügel hinunter. Die Wagen sprangen und wankten querfeldein durch das hohe Gras, dann über die Via Portuensis hinweg. Sie fanden einen Feldweg – ohne auf ein Hindernis oder einen einzigen Soldaten zu stoßen.

„Verdammter Hund, wo willst du hin?", schrie Dacius in den Regen. Er lief den Wagen ein paar Schritte nach, wurde langsamer, drehte auf den Versen um und rannte durch das Tor. Die Luft war schwer vom Rauch der gelöschten Fackeln. Dacius fuhr herum, seine Nerven waren wie Bogensehnen gespannt. Neben ihm tauchte Kaschta aus der Dunkelheit auf. Er hinkte. Nicephorus schickte seine Männer an den Hallen entlang auf die Wachtürme und lief zu den beiden. Dacius packte Kaschta am Arm.

„Wo sind die Wachen? In den Wagen? Wo ist Rahel?"

„Zuletzt in der Villa. Mit ihrer Schwester."

Dacius ließ ihn los und zog Nicephorus zu sich. „Lass die Villa durchsuchen! In einer den Hallen hier sind sicher die Mädchen. Vorsicht wegen den Pfeilgeschützen auf den Ecktürmen! Wo bleiben deine verdammten Reiter?"

Nicephorus blickte Dacius besorgt an. „Sind gleich da. Sie standen eine halbe Meile entfernt, damit keiner die Pferde hören kann. Wie du es befohlen hast."

Dacius ließ sich von einem Soldaten einen Bogen geben, entzündete einen Signalpfeil an einer fast verglühten Fackel und schoss ihn hoch in den tobenden Himmel. Nur einen Moment später stiegen vom Beobachtungsturm Flammenspuren in alle vier Himmelsrichtungen auf. Dann brannte der Himmel hinter dem Krähenhügel. Das

*

als Ablenkungsmanöver gedachte Feuer aus Stroh und Pech war entzündet worden.

„Da sind wilde Bestien im Park", sagte Kaschta.

„Sollen wir jetzt Angst vor Termiten haben?", schrie Dacius.

„Schickt jemanden hinter die Mauer – die sollen das verdammte Feuer löschen!"

„Es sind die hässlichen Tiere von der Goldmünze", sagte Kaschta mit niedergeschlagenen Augen. „Sie sehen mit ihren gelben Augen im Dunklen. Die Sklavenhändlerin haben sie gefressen. Ich habe es gesehen. Dann bin ich um mein Leben gerannt. Zum Glück ist mir nur eine Bestie gefolgt ..."

Kaschta hob sein Bein und drehte es Dacius hin. In seiner Wade klaffte eine Bisswunde. Die Ränder zeigten Spuren von Fangzähnen.

Nicephorus zog die Augenbrauen zusammen und schüttelte sich angewidert.

„Hungrige Hyänen, wie im Amphitheater. Wirklich ein Wahnsinniger, der sich solche Viecher im Garten hält."

Dacius sprang von hinten auf sein Pferd. Zwei Soldaten halfen Kaschta auf den Braunschimmel daneben. Er streckte das verwundete Bein aus und bekam von einem älteren Soldaten der Stadtkohorte einen festen Verband über die Wunde gewickelt. An die hundert Reiter drängten sich vor dem Tor. Sie bildeten auf Nicephorus' Kommando Doppelreihen. Einer von Dacius' Agenten kam die Zufahrt hochgaloppiert und winkte aufgeregt mit dem Arm.

„Die Wagen erreichen gerade die Via Campagna!"

„Crasnicus will zum Tiber", rief Dacius laut. „Kann der sich nicht denken, dass wir sein Boot haben? Wie viele Soldaten sind dort?"

Es kam keine Antwort.

„Oder er biegt nach rechts in die Via Campagna ab und flieht zum Hafen", sagte Kaschta. „An Rom traut der sich sicher nicht vorbei."

„Du könntest Recht haben. Trotzdem: Du reitest zum Tiber. Wenn er nicht dort ist, weiter über die Via Campagna zur Küste. Zwanzig Mann kommen mit dir, der Rest mit mir. Wir nehmen die

Hafenstraße und schneiden ihm an der großen Gabelung beim Janustempel den Weg ab!"

Kapitel LII
LATIUM – VIA OSTIENSIS
ANTE DIEM XIIII KALENDAS NOVEMBRIS
A U C DCCCXCIX
(Latium, Via Ostiense, 19. Oktober 146)

„Zum Marinehafen!", befahl der Prätorianerpräfekt durch eine Klappe zum Kutschbock hoch. „Schwing die Peitsche, zur zweiten Nachtwache müssen wir da sein." Wieder zu Victorius gewandt sagte er: „Festhalten. Diese Wagen sind zwar gut gefedert, aber die Via Ostiensis ist in einem schlimmen Zustand, seitdem nur noch die Hafenstraße ausgebaut wird. Du fragst dich sicher, was wir in Ostia sollen? In meiner weisen Voraussicht habe ich vor ein paar Tagen eine Trireme von Misenum dorthin beordert. Es ist die Iustitia, ein herrliches Schiff. Ihre Heckfigur ist der Stachel eines Skorpions – unser Zeichen, wie du natürlich weißt. Du bist doch seefest? Nur ein kleiner Scherz unter Freunden. Bitte verzeih mir."

„Bist du wirklich sicher, dass Pletorius und seine Komplizen auf das Meer hinaus wollen?", fragte Victorius.

„Wohin sollen sie sonst? Dacius hat sich wohl etwas zu intensiv mit dieser schönen *Velina* beschäftigt und keine Zeit gehabt, seinen Gegner zu studieren. Er weiß wohl nicht, dass Crasnicus mit den Banden an der Küste und in den Sümpfen zusammensteckt; du hast es vielleicht geahnt. Wir müssen aus deiner Niederlage lernen, Victorius."

Der Präfekt deutet auf Victorius' ausgestrecktes Bein.

„Das waren Strandräuber, die mit Crasnicus im Auftrag des Senators die ganze Campagna unsicher machen. Vielleicht war der Anschlag auf dich auch geplant, um der Marine ihren Kommandeur zu rauben? Heute kannst du Rache dafür nehmen."

*

Er tippt sich an die Stirn, dann an die Brust.

„Wenn wir den Schweinehund heute erledigen, gibt es eine Ehrenkrone aus den Händen des Princeps. Dazu eine, vielleicht zwei goldene Scheiben für unsere Rüstungen."

Kapitel LIII
LATIUM – VIA PORTUENSIS
ANTE DIEM XIIII KALENDAS NOVEMBRIS
A U C DCCCXCIX
(Latium, Via Portuense, 19. Oktober 146)

Crasnicus war mit seinen Wagen sehr schnell vorangekommen. Der erste mit mir darin raste am Tempel des Merkur vorbei, dort wo alle Wege zum Hafen zusammenlaufen. Die Straßen waren fast leer, wegen der Straßensperren zwischen Rom und dem Krähenhügel. Die Fahrer der übriggebliebenen Lastkarren zurrten Planen über ihrer Ladung fest oder hocken selbst unter den Wagen, um sich vor den Wolkenbrüchen zu schützen. Doch Crasnicus' Wagenlenker trieben unbeirrt ihre Pferde an. Ich stand an einem der kleinen Fenster und hielt mich am Gitter fest. Meine Knie waren taub von den Stößen des Straßenpflasters. Sarah klammerte sich an mich.

„Beim Marmorlager am Anfang des Kanals liegen immer zwei oder drei große Kähne", hörte ich den Kutscher Crasnicus ins Ohr rufen. „Die fahren bis nach Etrurien, auf dem Meer."

Crasnicus' Hand klatschte dem Mann auf die nasse Schulter. „Wenigstens einer, der nicht komplett hohl im Kopf ist!", rief er aus. „Damit schaffen wir es in die Sümpfe, Ruderer sind wir genug. Du steuerst den Kahn!"

Die Wagen bogen von der Straße ab und wankten auf den schmalen Pfad am Kanal, der am Tag benutzt wurde, um die Marmorkähne gegen die Strömung Richtung Rom zu schleppen. Zwei von Crasnicus' Söldnern liefen mit Fackeln ans Ufer und stiegen ins Wasser. Die Tür ging auf und ich wurde mit Sarah aus dem Wagen gezogen. Ich bemerkte den Geruch das aufgewühlten Meeres. Die Söldner spannten ein Seil über die ganze Breite des Kanals und zogen einen Lastkahn an das Ufer neben die Wagen. Er war leer bis auf einen kleinen Deckaufbau und wirkte wie für die Steine und Säulen eines ganzen Tempels gebaut.

„Die Weiber auf den Kahn, das Geschütz in die Bretterbude – das darf nicht nass werden! Dann alle an die Ruder!", brüllte Crasnicus.

Die Räuber fingen an, die Frauen aus den Wagen und über ein schwankendes Brett zu zerren. Ich kam mit Sarah als letzte auf das Deck. Der Wellengang des brodelnden Meeres war bis weit hinten im Kanal am Schlingern und Stampfen des Kahns zu spüren. Die Männer schleppten ein in Wachstuch eingewickeltes Pfeilgeschütz auf einem drehbaren Gestell in den Deckaufbau und schlugen backbords ein Brett aus der Wand. Die Hälfte der Frauen musste an Deck bleiben und sich hinter der Reling des Kahns aufstellen. Den Rest stießen die Männer in die Kajüte, zusammen mit mir und Sarah. Die Frauen auf Deck wurden mit Hanfstricken an die Reling gefesselt. Sie bildeten so mit ihren Körpern direkt vor den Ruderbänken einen Schutzschild gegen Pfeile und Speere vom Ufer.

Ich kroch zu der herausgeschlagenen Planke und spähe hindurch. Über mir stand drohend das Pfeilgeschütz. Es war geladen und auf den Spalt gerichtet. Plötzlich sah ich Reiter, die auf dem Kai entlang galoppierten. Sie überholten den Kahn kurz vor der Mündung und sprangen ab. Die Bogenschützen legten an. Einer von den Reitern war Kaschta – ich atmete erleichtert auf. Er erkannte die Frauen an der Reling, riss den Arm hoch und rief den Soldaten zu, nicht zu schießen. Kaschta tat das Richtige, auch wenn das Mondlicht zwischen den Wolken gerade aufflackerte und zum Zielen auf die Ruderer ausgereicht hätte. Er sprang auf sein Pferd und ritt zurück zum Marmorlager.

*

Kapitel LIV

MARE TYRRHENICUM

ANTE DIEM XIIII KALENDAS NOVEMBRIS

A U C DCCCXCIX

(Tyrrhenisches Meer, 19. Oktober 146)

Die erste Welle traf den Lastkahn mit voller Wucht von vorne. Er stieg zehn Fuß in die Höhe und fiel doppelt so tief in ein schwarzes schäumendes Tal. „Was hast du vor?", fragte Sarah ganz nah an meinem Ohr und klammerte sich an mich. Die meisten der Frauen um uns herum waren zu schwach, um sich festzuhalten. Ein paar saßen noch an der Wand, alle anderen rutschten auf dem mit Salzwasser und Marmorstaub verschmierten Boden hin und her. Manche stöhnten und würgten seekrank, doch aus ihren Mündern tropfte nur Opiumschleim. Ich nahm ein Flötenrohr an den Mund und pustete hinein. Es kam kein Ton heraus – es war das Blasrohr mit dem Pfeil darin.

„Ich will das Schiff anhalten oder langsamer machen", sagte ich zu Sarah. „Es gibt einen Mann, der versprochen hat, auf mich aufzupassen. Ich fühle, dass er auf dem Weg zu uns ist. Aber er kommt uns nicht hinterher."

Sarah nickte nur und schloss die Augen. Meine Antwort schien sie ein wenig zu beruhigen. Sie umklammerte mich nicht mehr ganz so fest und fragte: „Glaubst du, die Mädchen waren wirklich auf dem Hügel?"

Die Tür der Kabine wurde aufgerissen. Zwei der Frauen, die bis eben noch an die Ruderbänke gebunden waren, stolperten herein. Grobschlächtige Hände stießen die anderen hinterher. Ich half den Frauen, voneinander zu kriechen und einen Platz auf dem Boden zu finden. Im Stehen spürte ich den Rhythmus des Seeganges. Auf dem tiefsten Punkt der Wellentäler wurde der Kahn nach achtern gezogen. Er nahm wieder Fahrt auf und wurde hochgehoben, sank in die Tiefe und driftete so stark zurück, dass ich fast umfiel. Ich passte meine Bewegungen an die des Schiffes an, ging zur Tür, zog sie einen Spalt auf und steckte den Kopf hindurch. Mein Gesicht war sofort klatschnass von der Gischt. Crasnicus' Männer ruderten mit aller Kraft gegen die Wellen an. Ich sah erstaunt, wie nah das Leuchtfeuer von Portus herangekommen war. Ich schloss die Tür wieder und hockte mich daneben. Mein Blick fand die Umrisse des Pfeilgeschützes im Dunkel der Kabine. Es war mit einem Bolzen geladen, der vorne eine faustgroße Eisenspitze hatte.

„Mal sehen, was man mit einer solchen Schleuder alles anstellen kann", sagte ich halblaut, um mir selbst Mut zu machen. Ich tastete nach dem Mäanderring an meinem Finger – aber den hatte Dacius. In einem Wellental tastete ich mich mit vorsichtigen Schritten zwischen den Frauen auf das drehbare Gestell zu. Meine Hände strichen an den zum Zerreißen gespannten Bündeln aus Haaren und Sehnen der Geschützfedern entlang und fanden einen Hebel, mit dem man den armdicken Bolzen abschießen konnte. Ich lehnte mein ganzes Gewicht gegen das Geschütz, um es zur Tür zu drehen. Dann neigte ich es so, dass der Bolzen schräg in den Boden des Achterdecks hineinfahren musste, wenn ich den Mechanismus auslöste. Ich wollte das Schiff nicht versenken, sondern nur bremsen und Crasnicus' Männer beschäftigen. Ich kroch über die Frauen zur Tür. Das Schiff sank wieder in ein Wellental und stand für einen Moment still. Ich spürte den Sog nach hinten in meinem Magen. Kurz bevor ich an der Tür ankam, vibrierte das Deck heftig. Dann folgte ein Schlag, der das ganze Schiff von hinten nach vorne durchlief. Ich drückte die Tür auf und schaute heraus. Der umgeklappte Mast war aus seiner Halterung gebrochen, über das Deck gerollt und hatte einen der Ruderer in die tobende See gestoßen. Die anderen auf seiner Seite waren aufgesprungen und versuchten den Mast über Bord zu schieben.

Ich neigte den Kopf, schloss die Augen und flüsterte: „Iesus Christos, ich danke dir für das Zeichen. Wenn ich ein Loch in den Boden schieße, müssen die sich auch noch darum kümmern und können nicht weiterrudern. Wir werden schon nicht sinken – denn du, Herr, bist sicher auf meiner Seite. Vielleicht auch der alte Neptun …"

*

Ich zog die Tür ganz auf, sprang in drei Schritten zum Geschoß zurück und fing mich an dem Drehgestell auf. Bevor die Tür wieder zuschlagen konnte, zog ich den Hebel. Das Schnalzen der entfesselten Mechanik schmerzte in meinen Ohren, die ausgelöste Gewalt stieß mich zurück auf die Frauen am Boden. Der Bolzen raste durch die Türöffnung, riss eine ganze Planke aus dem Deck und fuhr durch den flachen Schiffsrumpf. Ich sah noch, wie Wasser aus dem Loch sprudelte. Die Tür schlug zu und ich warf mich neben meine Schwester.

"Was war das? Greifen uns Seeungeheuer an?", fragte sie und tastete hektisch nach meiner Hand. Ich strich ihr sanft die Haare aus dem Gesicht und hielt drei Finger wie einen Dreizack in die Höhe.

„Sagen wir: Neptuns Speer hat gerade den Kahn getroffen. Mit der Hilfe eines noch viel mächtigeren Gottes."

*

Kapitel LV
LATIUM – VIA PORTUENSIS
ANTE DIEM XIIII KALENDAS NOVEMBRIS
A U C DCCCXCIX
(Latium, Via Portuense, 19. Oktober 146)

In einem der steifen Berichte der Beamten vom Palatin stand, dass die Wachen an den Stadttoren keine Befehle hatten, einen Senator aufzuhalten, der in einem einzelnen Wagen auf dem Weg zu seiner Landvilla war. Das war noch einer von Dacius' Fehlern. Pletorius kam auf der Via Portuensis ungehindert an den Krähenhügel heran. Erst kurz vor dem Tor sah sein Kutscher eine Straßensperre und bog von der Straße ab. Pletorius verstand die Situation sofort und versuchte natürlich nicht, in seine Villa zu gelangen. Sein nächstes Ziel war das Prunkboot am Tiber. Pletorius sah wie Crasnicus den einzigen Ausweg in der Flucht über das Meer. Er besaß eine weitere Villa auf Sardinien, in einer Bucht, die für ihr smaragdfarbenes Wasser berühmt war.

Immerhin konnte einer von Dacius' Agenten Pletorius unbemerkt von der Straßensperre zum Tiber hinunter und dann am Ufer entlang bis zur Mündung des Kanals folgen. Leider hat er nicht gehört, was auf dem Boot gesprochen wurde. Es wird im Dunkeln bleiben und ich kann nur mutmaßen, ob Pletorius von Crasnicus' Flucht erfahren hatte, ihn verfolgen und töten wollte – oder einfach in Richtung Sardinien floh.

Pletorius' Gesicht war wie aus einem Block dunklem Marmor geschnittenen. Er ertrug keinen Regentropfen auf seinen falschen Haaren und wischte ständig darüber. Die nach Schweiß stinkende Toga ließ er sich von seinen Männern vom Körper wickeln. Er riss einem davon den Umhang weg, warf ihn sich selbst über und stampfte auf den Anleger. Das Prunkboot lag verlassen da. Die Soldaten der Stadtkohorte waren alle zum Krähenhügel gelaufen, als die Nachricht von mehreren Wagen Richtung Hafen zu ihnen durchgedrungen war. Pletorius stellte sich an den hoch aufragenden Bug und schaute über das vom Regen gepeitschte Wasser. Den ganzen Weg durch die Schleifen des Tibers ließ Pletorius das Feuer auf der Spitze des Leuchtturms von Portus nicht aus den Augen. Die Flamme zog in der Ferne über dem Buschwerk am Ufer vorbei, dann über den Dächern der Lagerhallen am Kanal. In der Mündung nahm ein Brecher Pletorius die Sicht. Er wischte sich hektisch über den Kopf. Seine mit Reiswasser angeklebten Haare lösten sich und landeten auf dem Deck. Er kümmerte sich nicht mehr darum, weil er einen dunklen Fleck auf den Wellen entdeckt hatte, keine halbe Meile entfernt. Es war Crasnicus' Marmorkahn mit mir und Sarah darauf. Weiter war er wegen der hohen See und gegen den nordwestlichen Sturmwind nicht gekommen. Pletorius hangelte sich an en Ruderern vorbei zum Heck des Bootes durch und schrie dem Steuermann den Kurs ins Ohr. Dabei ließ er den scheinbar steuerlos tanzenden Kahn nicht aus den Augen, der langsam auf die Hafenmauer von Portus zutrieb.

Kapitel LVI
MARE THYRRHENICUM | ANTE DIEM XIIII KALENDAS
NOVEMBRIS A U C DCCCXCIX (Tyrrhenisches Meer, 19. Oktober 146)

Ich musste mir ansehen, was mein Schuss in den Rumpf des Kahns angerichtet hatte. Noch dazu wurde mir vom heftigen Rollen und Stampfen des Kahns und dem sauren Geruch in der Kabine übel. Also schob ich die Tür einen Spalt breit auf und sah Crasnicus' breiten Rücken an der Reling. Er beobachtete die Ausfahrt des Hafens. Der Leuchtturm war ein ganzes Stück näher gekommen. Nur vier Männer ruderten noch, die anderen rafften alles an Deck zusammen – Lumpen, Holzzapfen und Marmorbrocken –, um das Leck damit zu stopfen. Zwei hielten Laternen hoch, und streiften ihre Sandalen ab, um sie auch noch in das Loch zu stecken. Einer zeigte zum Hafen. Ich streckte den Kopf weiter aus dem Türspalt, sah in die Richtung und glaubte ein Boot zu erkennen. Crasnicus drehte den

*

Kopf. Unsere Blicke trafen sich. Ich schlug die Tür zu, kroch zurück zu Sarah und vergrub den Kopf in ihrem Schoß.

„Ihr widerlichen Furien!", hörte ich Crasnicus draußen brüllen. Er riss die Tür fast aus den Angeln und kam mit einer Laterne in der Pranke herein. Der Lichtschein kroch über die durchnässten Körper am Boden. Manche der Frauen bewegten sich träge oder zittern, die meisten lagen still und atmeten kaum mehr. Crasnicus schob die Körper brutal mit den Füßen auseinander und bahnte sich eine Gasse in die Kajüte. Das Licht wanderte über die Wände und blieb auf Sarah und mir stehen. Crasnicus stellte die Laterne ab und zerrte uns auf die Füße.

„Bei euch Sirenen wirkt nicht einmal mehr Opium", schnaubte er mir ins Gesicht und stieß uns vor sich her auf das Deck. „Wartet, gleich könnt ihr für eure Helden singen!"

Zuerst warf er Sarah, dann mich gegen die Holzwand des Deckaufbaus. Zwei Männer kamen dazu, wanden Seilstücke um unsere Hände und knoteten sie an zwei Eisenringe in der Wand. Ich hielt den Kopf gesenkt und sah Crasnicus nicht an, um ihn bloß nicht zu provozieren. In dem Moment war ich mir sicher, dass Dacius auf dem Boot in der Hafenausfahrt war. Mir fiel des Flötenrohr mit dem Pfeil unter meiner Tunika ein – jetzt war die Zeit, ihn anzünden und hochhalten, um Dacius ein Lebenszeichen zu geben! Aber meine Hände waren gefesselt …

Crasnicus lief zurück zu der lecken Stelle im Deck und wuchtete mit seinen Söldnern einen Steinquader darauf, der im Kiel des Kahns als Gewicht gedient hatte. Ich presste meine Finger zusammen und drehte die Hände hin und her. Der grobe Hanf scheuerte meine Gelenke blutig, doch ich konnte die Fessel lockern. Ich bekam eine Hand frei und tastete nach dem Flötenrohr, das unter meinem Brustband steckte. Der Stoff der Tunika klebte an meinem Körper und das rote Kleid von Lysistrata hing in Fetzen an mir herunter wie die Federn eines nassen Phoenix. Ich schob die Flöte durch den Halsausschnitt nach oben, zog sie am Kinn vorbei, und schloss meine bebende Hand darum. Das Boot gegenüber stieg mit einem gewaltigen Wellenberg auf. Ich konnte sehen, wie sich die Figuren auf dem Deck festhielten, wo sie nur konnten. Das Boot war viel zu leicht für die raue See und wurde von den Wellen wie ein Spielball hin und her geworfen. Dacius war an seinen großen Gesten zu erkennen. Er schob mit zwei anderen zusammen eine Stange über die Reling. Vorne daran war ein Haken, wie ein Adlerschnabel geformt.

„Ich binde dich jetzt los!", wisperte ich in Sarahs Ohr. „Du legst dich dann auf den Boden unter der Ruderbank und hältst dich gut fest. Ich bin gleich wieder da."

Sie klammerte sich an meinen Arm, aber ich riss mich von ihr los und streifte die restlichen Fetzen des Kleides von meinen Schultern. Ich ging geduckt zu dem Räuber, der seine Laterne neben dem geflickten Loch im Deck hochhielt, um zu sehen, ob noch Wasser eindrang. Crasnicus hatte den Ruderer ersetzt, der vom Mast ins Meer gestoßen worden war. Ich atmete tief ein, nahm das Blasrohr in den Mund und traf direkt in das rechtes Auge des Mannes mit der Laterne. Er war zu erstaunt, um zu schreien und ließ die Laterne fallen. Das Glas zersplitterte und das brennende Öl mischte sich mit dem Salzwasser auf den Planken. Kurz bevor die Flamme verrauchte, schnappte ich den Pfeil und tauchte seine Spitze in die Öllache. Der Räuber mit dem eingeschossenen Auge fing an zu brüllen. Ich rannte mit der knisternden roten Flamme in der Hand zurück zu Sarah, zog sie hoch auf die leere Ruderbank und schlang den Arm um ihre zitternden Schultern.

"Hör gut zu: Wir müssen springen! Vertrau mir einfach!"

Sarah nickte. Sie zog sich selbst auf die Reling und hob ein Bein darüber. Ich schob das andere hinterher, schwang mich neben sie, packte ihren Arm und nahm tief Luft. Sarah tat das gleiche und hielt sich den Mund zu. Der Ruderer vor uns war aufgesprungen und wollte nach mir greifen. Ich reckte mit der freien Hand den brennenden Pfeil in die Höhe und ließ mich nach vorne fallen. Sarah und ich stürzten in ein tiefschwarzes Wellental. Ich hörte nur noch Rauschen und Gurgeln in meinen Ohren, das Tosen des Sturms war mit einem Schlag verstummt. Ich zog Sarah mit kräftigen Stößen meiner Beine an die Oberfläche, sie schien mir endlos weit entfernt. Der kleine Pfeil in meiner Hand brannte unter Wasser weiter, wie es Quintus

*

gestern in Lorium versprochen hatte. Ein feines, grün leuchtendes Gesicht erschien vor meinen Augen. Lange Haare umwehten es wie Seetang. Das Wesen machte eine Wellenbewegung mit den Armen, legte den Kopf schief und lächelte mich gütig an. Kurz darauf durchbrach ich mit Sarah die Oberfläche und saugte gierig die salzige Luft ein. Das rote Licht war kurz vor dem verglimmen, doch Leuchtpfeile zischten flach über das Wasser und rissen die Dunkelheit auf. Ich merkte, wie meine Kräfte nachließen. Das Wasser knapp unter der Oberfläche war sehr kalt. Ein Krampf zog mein linkes Bein hoch, und ich versuchte langsamere Schwimmbewegungen zu machen. Der kleine rote Lichtkegel verglühte in meiner Hand. Sarah fing an, sich in aufsteigender Panik gegen meine Umarmung zu wehren und ruderte wild mit den Armen.

Ich sah, wie Dacius zwanzig Fuß entfernt kopfüber in den nächsten Wellenberg sprang. Er hatte eine dünne Leine um den rechten Fuß gebunden, und erreichte mich nach zehn langen Zügen. Ich konnte mich kaum noch bewegen. Dacius zog Sarah mit einem Arm vor seine Brust und packte mich unter der Schulter. Dann ruckte er dreimal mit dem Bein an der gespannten Leine.

„Sie muss leben!", rief ich und spuckte Wasser.

„Halt still und lass dich tragen", sagte Dacius ganz nah bei mir. Ich spürte, wie uns die Leine langsam zu dem schmalen Schiff zurückzog. Die Ruderer nahmen die Riemen hoch und zwei Soldaten beugten sich weit über die Reling. Sie griffen nach den Armen und Beinen von Sarah und hievten sie aus dem Wasser. Dann packten sie mich. Dacius schaffte es allein über die niedrige Bordwand. Ich richtete mich mit wankenden Knien auf, wurde aber gleich wieder von den Füßen gerissen. Das Boot stieg hoch, wie vom Schwanz eines Seeungeheuers getroffen. Ein schwerer Geschoßbolzen war direkt unter Dacius in den Bootsrumpf gefahren und hatte ein Stück der Reling herausgerissen. Eine Welle brach über das Deck. Die Ruderer wendeten und legten sich ins Zeug. Das Boot bekam langsam Schlagseite und trieb nach Norden ab.

„Sie sieht nicht gut aus", sagte Dacius. „Sprich laut mit ihr!"

Er half mir, Sarah fest in eine graue Wolldecke zu wickeln. Ich beugte mich über sie, rief ihren Namen und schlug ihr auf die Backen – bis sie einmal tief einatmete und ihre Lider anfingen zu flattern. Ich nahm sie fest in die Arme und sagte zu Dacius: „Es sind noch zwei Dutzend Frauen auf dem Kahn - aber keines der Mädchen aus Ostia. Habt ihr sie auf dem Hügel gefunden?"

Dacius schüttelte nur den Kopf.

Wenn es die Göttin Nemesis wirklich gibt, hat sie sicher zugesehen, wie Senator Pletorius gestellt wurde. Sogar Victorius wirkte erstaunt über die plötzliche Mordlust des Prätorianerpräfekten, als er mir – gar nicht mehr so wortkarg wie sonst – heute Mittag über den Angriff berichtete.

Die wuchtige Trireme hatte Pletorius' Prunkboot schnell erreicht. Die Ruderer zogen dreimal mit aller Kraft an, dann rammte das Kriegsschiff das topplastige Boot genau in der Mitte. In einem Wellental setzte Das Schiff zurück, um den mit Metall beschlagenen Rammsporn aus dem Rumpf des Prunkbootes zu ziehen. Pletorius richtete sich auf und stand schwankend auf dem Deck. Eine zwei Finger lange Wunde zog sich von seiner Stirn über ein Auge auf die Backe. Blut lief über sein ganzes Gesicht. Der Rammsporn kam frei. Ein scharfer Ruck und ein Zittern durchfuhren das sinkende Boot. Pletorius kippte nach vorn. Seine Hände ruderten verzweifelt in der Luft herum, fanden keinen Halt. Pletorius fiel auf eine aus dem Deck steil hochstehende zersplitterte Planke. Sie bohrte sich mit einem reißenden Geräusch durch seinen Oberbauch.

Pletorius' Männer versuchten, das sinkende Prunkboot zur Mündung des Kanals zurückzurudern. Die Prätorianer begannen, von der Reling der Trireme aus Speere nach ihnen zu schleudern. Die Ruderer gaben auf und warfen einer nach dem anderen ihre Schwerter und Dolche ins Wasser. Pletorius' Körper steckte auf der Planke wie eine Feldmaus, die ein Neuntöter auf eine Dornenhecke gespießt hatte. Seine Arme bewegten sich träge. Er versuchte, nach der Planke in seinem Bauch zu greifen. Das Blut bildete einen kopfgroßen Fleck

*

auf seinem Rücken, mitten darin trat spitzes Holz eine Handbreit heraus.

„Volltreffer!", rief der Präfekt über das Deck. „Wozu hat man diese Rammsporne, wenn man sie nicht wenigstens einmal wirklich einsetzt? Kommt alle her und schaut auch diese jämmerliche Figur auf ihrer Theaterbarke an. "

Die Prätorianer versammelten sich an der Reling, um das grausige Resultat ihres Angriffs zu begutachten.

„Holt ihn mir hoch!", kommandierte der Präfekt. „Schnell – er hat nur noch wenige Momente. Ich will ihm ein paar Worte auf den Weg zu Orkus mitgeben. Aber macht mir das Schiff nicht schmutzig!"

Die See beruhigte sich allmählich, als ob das Leiden des Senators sie besänftigt hätte. Der östliche Horizont hellte sich erst unmerklich, dann immer schneller auf.

„Du hörst mich doch noch, Senator?", rief der Präfekt dem sterbenden Pletorius laut ins Ohr und blickte sich nach Zustimmung heischend um. Er kniete neben Pletorius auf dem Deck und rüttelte leicht an seiner Schulter.

„Seelen, die auf dem Meer bleiben, kommen niemals zur Ruhe. Wenn wir dich mit deinem Boot hier und jetzt versenken, wird deine Seele nie in die Unterwelt gelangen. Wir nennen es dann im Bericht einfach: ‚im Sturm gesunken', und sparen uns damit viel Schreibarbeit."

Pletorius starrte den Präfekten an und öffnete die Lippen. Er gurgelte nur Blut und Speichel heraus. Victorius wandte sich ab und bemerkte einen Schleppkahn, der längsseits kam. Kaschta kletterte über eine Strickleiter an Deck. Victorius begrüßte seinen ehemaligen Sklaven mit einem festen Händedruck, zu einer Umarmung konnte er sich noch nicht durchringen. Kaschta berichtete, wie er mit dem Schleppkahn die Einfahrt in den Kanal versperrt hatte, damit Pletorius bloß nicht zurück an Land konnte. Dann zeigte er nach Westen, auf das offene Meer hinaus.

„Was erzählt dein Sklave?", fragte der Präfekt. „Und warum senkt er nicht die Augen, wenn ich ihn ansehe?" Er richtete sich auf und griff nach dem Helm, den ihm sein Adjutant hinhielt.

„Er ist kein Sklave mehr", antwortete Victorius. „Der Princeps hat ihn gestern von mir gekauft und ihm dann die Freiheit versprochen, wenn er sich als mutig erweist – und das hat er mehr als einmal. Kaschta bringt Nachricht vom Krähenhügel: Pletorius' Villa ist besetzt. Aber von *Velina* und den Mädchen aus Ostia fehlt jede Spur. Wir müssen Crasnicus verfolgen."

Victorius ermunterte Kaschta durch ein Kopfnicken zum Sprechen. Kaschta versuchte militärische Haltung anzunehmen.

„Schleppt das Boot mit dem Senator noch ein Stück weiter hinaus und versenkt es dann. Damit die Schatzsucher oder die Taucher von Portus nicht auf die Idee kommen, es zu untersuchen." Er zeigte zum Hafen. „Sicher wurde vom Leuchtturm aus alles beobachtet."

„Guter Gedanke für einen Freigelassenen", stimmte der Präfekt zu. Er wollte Kaschta wohlwollend die Hand auf die Schulter legen, zögerte aber und zog sie zurück. „Das machen wir am besten solange das Stück Elend noch lebt." Er deutete mit der offenen Hand nach Süden zu einem gleißenden Stern, der zwischen den abziehenden Sturmwolken flackerte.

„Sirius steht am Himmel. Der Hundsstern hat uns Glück gebracht, und nicht diesem räudigen Senator. Von denen gibt es ohnehin viel zu viele … Eines noch, Victorius: Niemand muss wissen, wo wir uns das erste Mal getroffen haben. Der Verschwörer ist so gut wie tot, und wir alle tun hier nur unsere Pflicht, nicht wahr? Für Rom."

„Heben wir uns das Gespräch für später auf", sagte Victorius unwillig. „Wer wird jetzt Crasnicus jagen? Der will sicher in die Sümpfe. Er hat sehr wahrscheinlich Geiseln auf seinem Kahn."

Der Präfekt legte beide Hände auf die Reling, spreizte die Finger ab und begutachtete scheinbar interessiert seine perfekt gefeilten Nägel im Morgenlicht.

*

„Dacius Maximus ist viel näher dran. Sein Boot ist wendig genug, um Crasnicus in die Sümpfe zu folgen – ganz im Gegensatz zu unserer Trireme. Lassen wir ihm einen Teil des Ruhms."

Kapitel LVII
PORTUS
ANTE DIEM XIIII KALENDAS NOVEMBRIS
A U C DCCCXCIX
(Portus, 19. Oktober 146)

Ich saß neben Sarah auf einer Decke und hielt Wache über ihren Schlaf. Sie atmete ruhig und gleichmäßig. Die fetten grauen Seemöwen staksten über den Strand und beäugten uns mit ihrer ewigen Gier. Dacius stand nicht weit von seinem halb gesunkenen Patrouillenboot bis zur Hüfte in der Dünung. Daneben lag der Marmorkahn, halb gesunken. Dacius nahm die völlig entkräfteten Frauen von der Reling entgegen und trug sie an Land. Ein paar kamen zu Bewusstsein und hoben träge ihre Köpfe, ließen sie aber gleich wieder in den Sand sinken. Sklaven aus dem Palast von Portus wickelten sie in Decken und flößten den Frauen Wasser ein. Die Fußspuren von Crasnicus und seinen Söldnern führten auf dem Strand nach Norden, dann ins Land hinein. Nur ein halbes Stadion entfernt in die entgegengesetzte Richtung ragte die Hafenmauer von Portus auf. Der Küstenweg wurde von Soldaten abgesperrt. Die Fischer aus dem Dorf hinter der Düne versuchten an ihnen vorbei zu ihren Booten zu kommen. Sicher wollten sie auch das Spektakel besser sehen. Die Soldaten drängten sie immer wieder mit ihren Speeren in beiden Händen zurück. Rufus stand auf dem Deck des Kahns und schlug mit einem Ruder nach den Möwen, die versuchten durch die fehlenden Bretter in den Aufbau des Lastkahns einzudringen. Dacius winkte ihn heran, um ihn abzulösen, und watete auf das Beiboot zu, das von der Trireme herankam. Er begrüßte den Prätorianerpräfekten voller Respekt und half ihm durch das seichte Wasser auf den feuchten, grauen Sand.

„Crasnicus schlägt jetzt Haken wie ein gehetzter Feldhase", hob der Präfekt an, als hätte er das vorausgesehen. „Warum ist er eigentlich nicht gleich in die Sümpfe weitergefahren?"

„Weil er mit dem breiten Kahn dort nicht weit kommt", erklärte Victorius. Kaschta half ihm aus dem Boot. Mein Vater fuhr fort: „Das Sumpfland an der Küste kann man nach einem solchen Regensturm nicht betreten. Deshalb ist er hier gelandet und über die Felder weiter, ein Stück landeinwärts. Wir haben dort immer wieder gestohlene und versteckte Boote gefunden, mit denen die Räuber auf die kleinen Inseln in den Sümpfen fuhren. Diese Frauen waren wohl nur noch Ballast. Sie wären ohnehin in ein paar Tagen am Fieber gestorben – nach all dem, was sie in ihrem Leben und zuletzt durchgemacht haben."

Er drehte den Kopf zum Präfekten und nickte mit dem Kinn in meine Richtung: „Ich bin gespannt, was Rahel zu erzählen hat. Sie hat diese *Velina* gemimt, von der du auf dem Weg nach Ostia gesprochen hast. Du kannst sie auch Victoria nennen. Sie ist meine Tochter."

Dem Präfekten fiel das überhebliche Lächeln aus den Mundwinkeln.

Dacius versuchte die Situation zu retten und zeigte nach Osten: „Von einem Gutshof ist mehr als ein Dutzend Pferde gestohlen worden. Zum Glück gab es dort keine Wagen. Sonst hätte Crasnicus die Frauen vielleicht doch mitgenommen."

„Wir hüllen besser ein Tuch des Schweigens über die Angelegenheit", sagte der Präfekt trocken und wandte sich dem Marmorkahn zu. „Zumindest, bis wir alle Fäden verbunden haben. Das weitere besprechen wir auf dem Palatin, zur rechten Zeit."

Dacius konnte immer noch grinsen, obwohl er überwältigend müde sein musste. Er hob träge die Hand und deutete auf Victorius' Bein. „Du kannst dein Knie wieder beugen."

Erstaunt blickte Victorius an sich selbst hinunter. Die Weidengerten seiner Beinschiene waren stark verbogen, eine gebrochen.

„Ein guter Arzt, viel frische Luft und ein wichtiger Einsatz …", sagte er. „Meine Tochter würde es ein Wunder nennen. Ich hoffe,

*

dass wir die Mädchen aus Ostia bald finden, und zwar lebend. Haben deine Agenten irgendeinen Hinweis?"

Dacius schüttelte den Kopf. „Nicephorus hat mit seiner Kohorte die gesamte Villa und alle Nebengebäude auf dem Krähenhügel abgesucht. Sie fanden eine ganze Halle voller schwerer Waffen, dann in einem Keller die Münzpresse und sehr viel Silber. Auch einige der Frauen von der Straße waren noch da, nur mit Fetzen bekleidet. Eine war tot, wahrscheinlich wurde sie von diesen Banditen geschändet. Nach einem kurzen Kampf haben sich auch die Söldner auf den Ecktürmen ergeben. Sie wussten nichts von Crasnicus' Flucht. Tierkämpfer aus Rom fangen gerade die Hyänen im Park ein. Wenn die Mädchen irgendwo dort oben waren, dann wüsste ich es."

„Vielleicht sind sie nie aus Ostia verschwunden?", überlegte Kaschta laut. „Es ist nicht leicht, einhundert Kinder unbemerkt aus der Stadt zu bringen."

„Vielleicht über den Tiber?", wandte Dacius ein und fixiert Victorius. „Die Marinesoldaten auf den Wachtürmen waren alle mit falschen Denaren geschmiert. Das sind doch deine Männer. Oder?"

Bevor Victorius wütend werden und antworten konnte, stand Kaschta auf und schattete die Augen mit der Hand gegen die Sonne ab. Er hatte etwas an der Küste hinter Portus entdeckt.

„Ich sehe zwei – nein, jetzt sind es drei – Rauchsäulen. Sie müssten über Ostia stehen, von der Entfernung her. Eine wird breiter."

Victorius' Adleraugen tasten den Horizont ab. „Das könnten die Getreidespeicher am Hafen sein. Pletorius' Plan war es, die Wintervorräte anzuzünden. Er hat wohl einige seiner Söldner dafür nach Ostia geschickt, bevor er die Flucht angetreten hat."

„Gut, dass wir die Trireme haben", sagt der Präfekt. „Wir können damit den Hafen sichern."

„Gibt es Nachricht von meiner dritten Tochter?", fragte Victorius. Betretenes Schweigen war die Antwort. Dacius brach es als erster und sagte: „Ich habe meinen Männern Anweisungen gegeben, alle Überlebenden deines ausgebrannten Hauses in den Palast von Portus zu bringen. Wer sie sind, weiß ich nicht."

Ich sprang auf und sah mich nach einem Wagen um. Auf dem Uferweg stand einer, mit dem die Ärzte gekommen waren. Ich rief: „Kaschta, trag Sarah in den Wagen. Wir bringen sie nach Portus, dann suchen wir die Mädchen in Ostia!"

Ich erreichte den Palast zur Mittagsstunde. Marcus Aurelius stand mit ein paar Prätorianern und Marineoffizieren vor den Stufen zusammen. Er war kurz vor mir angekommen und beriet mit ihnen, ob ein Boot oder ein Wagen für seine Fahrt nach Ostia sicherer und schneller sei.

„Ich will gleich mit dir kommen", sagte ich, so mutig und überzeugend es in dem Moment ging. „Lass mich nur sehen, ob meine zweite Schwester im Palast ist. Dann muss ich zur Tochter des Fabius Agrippinus."

Marcus Aurelius wollte etwas sagen, aber ich sprang schon die Marmorstufen hinauf. Am Eingang fing mich ein Palastdiener ab und teilte mir lächelnd mit, dass der griechische Arzt mit einer jungen Frau namens Marjam vor wenigen Stunden nach Ostia aufgebrochen war. Ich dankte ihm, warf mir einen viel zu weiten Soldatenumhang über die Schultern, machte kehrt und ging halbwegs gemessenen Schritts zu Marcus Aurelius. Vor seinen gepanzerten Reisewagen waren vier Pferde gespannt. Eines trug den Kopf so hoch, als wäre es Teil eines Reiterstandbilds auf dem Capitol. Marcus hielt mir die Hand hin und ich stieg über die flachen Holzstufen in den Wagen. Aus der Tür machte ich Kaschta ein Zeichen, mit unserem Wagen und Sarah darin zu folgen. Die an dicken Lederriemen aufgehängte Kabine schwankte, eine Peitsche knallte und der Wagen ruckte an, noch während zwei Prätorianer die Treppe hinten am Wagen festzurrten. Ich breitete den graublauen Umhang über meine zitternden Knie. Marcus beobachtete mich und schwieg. Ich versuchte meine Nervosität zu überspielen und begann hastig ein Gespräch.

„Diese Erfindung deines Britanniers hat uns das Leben gerettet, dort draußen auf dem Meer. Meine Schwester Sarah ist in Sicherheit, sie ist hinter uns im Wagen. Hoffentlich konnte unser Arzt Marjam retten, du solltest ihn kennenlernen ... Auch wenn Dacius' Plan nicht

*

aufgegangen ist, der Leuchtpfeil war eine sagenhafte Idee. Wie hieß der geniale Sklave? Es war ein Name mit Q, nicht wahr?"

Marcus sagte: „Er heißt Quintus. Ich hoffe, er ist schon in Ostia angekommen und hat den nächsten Geistesblitz. Doch dieses Mal soll er nichts anzünden, sondern die brennenden Weizenspeicher löschen."

„Warum fährst du selbst nach Ostia? Es ist dort gerade sicher sehr gefährlich."

„Ich will heute noch mit dem Präfekten der Prätorianer zusammentreffen. Sein Schiff legt in diesem Moment dort an. Gavius Maximus muss mir seine absolute Loyalität bekunden, sonst lasse ich ihn sofort verhaften und Fabius Agrippinus wird nicht nur Prätor, sondern gleich der neue Gardepräfekt. Zumindest vorläufig, denn wir wissen, dass er mit Sicherheit keiner der Verschwörer ist. Er kann sich jetzt bewähren, indem er einen Aufstand in Ostia verhindert – mit deinem Vater zusammen."

Ich war erstaunt, wie offen der zweitmächtigste Mann Roms so offen über Politik mit mir sprach und konnte mir eine Frage nicht verkneifen: „Wie konntet ihr nur daran denken, Pletorius ein so hohes Amt wie das des Prätors zu geben? Ihr hättet ihn und seine Kriegstreiber dann ständig am Hof gehabt."

„Pletorius hatte einflussreiche Freunde im Senat und auch in den Legionen. Wir hofften, wir würden ihn unter Kontrolle bringen. Dass er der tollwütigste von diesen verschlagenen Hyänen war – ich gebe zu, wir wussten es nicht. Solche Tiere hatte er auch im Garten, nicht wahr?"

Ich nickte und wagte eine weitere Frage: „Habt ihr Dacius' Berichte nicht gelesen? Wozu habt ihr eigentlich all diese Agenten?"

Ein gewitztes Lächeln huschte über Marcus Gesicht. „Zu unserem Glück ist das größte Problem mit dem Senator im Meer verschwunden. Seine Mitverschwörer werden gerade verhört. Dacius wusste übrigens, dass du mit diesem Crasnicus schon einmal zusammengetroffen bist, bei deiner Überfahrt aus Alexandria auf einem Weizenschiff. Das stand in einem dieser Berichte, den ich sehr genau gelesen habe. Es war der Bericht über dich."

Mir blieb vor Staunen kurz der Mund offen stehen. „Er – er wusste, dass Crasnicus auf dem Krähenhügel ist? Und dann schickt er mich dorthin?"

Marcus beugte sich vor und stützte die Ellenbogen auf die Knie. „Nun, Dacius erwähnte es. Er wollte seinen Plan aber deswegen nicht ändern oder sogar aufgeben."

„Dieser Sohn einer räudigen ... Bitte verzeih meine Ausdrucksweise! Kommt Dacius auch nach Ostia?"

Marcus nickte. „Er sollte zu dieser Stunde mit deinem Vater und dem Präfekten im Haus von Fabius Agrippinus eintreffen. Du hast deinen mutigen nubischen Begleiter dabei? Sein Name begann mit einem K, nicht wahr?"

„Kaschta. Ein echter Held, der mich noch nie im Stich gelassen oder verraten hat, wie dieser verdammte ..."

Marcus legte den Finger auf die Lippen und ich verstummte.

Schwere Rauchschwaden tauchten die Anleger der Tiberfähren und den träge dahinströmenden, braunen Fluss in gelbliches Zwielicht. Ich staunte darüber, wie schnell Marcus' Wagen von seiner Eskorte verladen und übergesetzt wurde. Auf den Kais und vor den Hafenschenken standen die Händler und Handwerker in Gruppen zusammen und diskutierten aufgeregt. Einige zeigten auf den gepanzerten Wagen und liefen ihm neugierig entgegen. Die Läden und Werkstätten wurden von ihren Besitzern mit schweren Holzbrettern und Balken verrammelt. Die Eskorte schloss sich um unsere Wagen und bahnte sich mit Gebrüll und schwingenden Speeren einen Weg durch die aufgebrachten Menschenmassen. Unser Ziel war die Porta Marina. Die Feuerwachen kämpften sich in der Gegenrichtung durch, um ihre Pumpwagen und Karren voller Löschdecken zu den brennenden Speichern zu bringen. Der Gestank von schwelendem Getreide zog durch die Hafengassen und der Rauch rollte über die Dächer hinweg wie eine Rotte fauliger Dämonen.

*

Kapitel LVIII
OSTIA
ANTE DIEM XIII KALENDAS NOVEMBRIS
A U C DCCCXCIX
(Ostia, 19. Oktober 146)

Die Türsteher des Fabius Agrippinus waren überfordert. Sie drängten mit langen Stöcken einen Pulk Klienten von den Marmorstufen zurück. Es waren Kaufleute, die Angst um ihre Waren in den Lagerhallen am Hafen hatten. Staatsmännischer Ernst und ein feines Lächeln legten sich über die gerade noch abweisenden Gesichtszüge ihres Patrons, als Marcus Aurelius' Wagen vor das Portal rollte. Die Klienten wichen voller Stauen und Furcht vor den zwei Dutzend Prätorianern zurück. Marcus Aurelius begrüßte Fabias Vater mit einem Kuss und einer festen Umarmung. Im Atrium schoben die Haussklaven ein halbes Dutzend Liegen zusammen und stellten niedrige Tische dazwischen. Dacius und Quintus standen in einer Ecke der Halle und berieten sich. Dacius Augen blitzen auf. Er ahnte, dass ich auf dem Weg nach Portus mit Marcus Aurelius gesprochen hatte und senkte den Kopf in – bestimmt gespielter – Demut. Ich schoss ihm einen Blick wie einen Speer ins Gesicht. Galenus kam mir entgegen. Ich begrüßte ihn knapp und lief mit ihm Arm in Arm in das weit verzweigte Haus hinein, ohne Dacius eines weiteren Blickes zu würdigen.

„Deine Schwester ist hier", sagte Galenus und lächelte wie ein Junge, der seiner Mutter eine Freude machen will.

Ich fiel dem schmächtigen Griechen beinahe um den Hals. „Gesund?", bekam ich vor Freude und Erleichterung nur heraus.

Galenus nickte. „Sie hat viel Rauch eingeatmet und bekommt immer noch schlecht Luft. Aber sie war kurz wach, und wir haben ein paar Worte gewechselt. Sie macht sich große Sorgen um dich und ihre Zwillingsschwester."

„Sarah ist unendlich erschöpft, aber sie ist jung und übersteht es mit Gottes Hilfe. Die Ärzte im Hafenpalast kümmern sich um sie."

Neue Sorge zog über mein Gesicht. „Wie geht es Fabia?"

Galenus zog mich weiter einen breiten Gang hinunter. Den Weg zu Fabias Zimmern kannte ich gut. Ihr Schlafzimmer war bis unter die blaue Decke mit Bäumen und bunten Vögeln ausgemalt. Fabia lag auf der Seite, eingerollt wie ein verängstigtes Kind. Sie wirkte trotz ihrer Größe zerbrechlich. Die Wunde knapp unter ihrem linken Schulterblatt war mit einer zähen schwarzen Salbe umgeben. Eitriger Ausfluss lief in eine Bandage, die Galenus knapp darunter über ihre Schulter gewickelt hatte. Ich ging auf Zehenspitzen um das Bettgestell, kniete nieder und strich mit den Fingerspitzen über Fabias Wange. Sie öffnete die fiebrig verklebten Lider, erkannte mich aber nicht und verdrehte die Augäpfel.

Ich winkte Galenus zu mir hinunter und sagte in sein Ohr: „Wenn sie stirbt, sterbe ich auch. Rette sie mit deiner Naturmagie, so wie meinen Vater. Er läuft hier im Haus herum, an einem eleganten Gehstock. Das hätte ich nie erwartet, nach so wenigen Tagen. Wo ist Marjam? Ich ahne es: Du hast sie in den Garten gelegt, damit sie frische Luft atmen kann."

„Als sie vorhin kurz aufgewacht ist, hat sie nach dir gefragt. Jetzt dämmert sie wieder."

Ich küsste Galenus auf die Stirn und rannte aus der Gartenkulisse von Fabias Schlafraum, den Gang entlang und eine Treppe hinunter durch weiten Säulenhof mit der Bühne in der Mitte. Hier hatte ich mit Fabia noch vor ein paar Jahren Theater gespielt, Marjam und Sarah waren immer unser bestes Publikum. Doch die beiden wollten nie mitmachen, aus Angst vor Victorius' Strafen … Ich nahm mir vor, ihn später zu fragen, wie er jetzt über die Schauspielerei denkt. Immerhin hatten wir beide in verteilten Rollen gerade dabei geholfen, Rom vor einem Umsturz zu bewahren!

Neben der Liege mit Marjam im Garten stand Dacius und polierte in seiner aufreizenden Art die Fingernägel an der Tunika. Ich verschränkte die Arme, ging einen Schritt auf ihn zu und sagte: „Ich weiß, was du vorhast: Du wirst versuchen, mich mit deinem Lächeln zu entwaffnen. Dann schiebst du die ganze Schuld auf Lysistrata und die Herrscher."

*

„Du kennst mich einfach schon zu gut", antwortete er. „Bis gerade eben war das noch mein Plan. Aber ich will dir lieber erzählen, wie wir die Mädchen retten können." Dacius verzichtete auf die übliche Kunstpause, um mein Staunen auszukosten. Er deutete nur sein verwegenes Lächeln mit einem Mundwinkel an. „Es wird deine Aufgabe sein. Die letzte für dieses Jahr. Hoffe ich zumindest."

Mir war, als würde meine ganze angestaute Wut in einer kleinen schwarzen Wolke über meinem Kopf verpuffen. Dann knickten mir die Beine weg. Ich müsste mich an der Liege aufstützen. Dacius sprang zu mir und umgriff meinen Ellenbogen. Ich packte seinen Unterarm und spürte die Sehnen und Adern, die sie durchzogen. Mit meiner ganzen Kraft drückte ich die Fingernägel in sein Fleisch.

„Du spielst mit mir, wie die Katze mit einer Maus. Seitdem wir uns getroffen haben."

„Für Spiele haben wir jetzt keine Zeit", antwortete er, wieder ganz ernst. „Am Theaterplatz sind schon die ersten Läden geplündert worden. Die Marinesoldaten weigern sich, beim Löschen der Speicher zu helfen. In ein paar Stunden herrscht in der Stadt vielleicht ein richtiger Aufstand, und die Mädchen könnten in der Nähe der Brände eingesperrt sein."

„Wie kommst du darauf?", fragte ich ungläubig. Meine Stimme war dünn wie der letzte Faden eines Seils, das kurz vor dem Zerreißen ist. Dacius erschien mir einen Kopf größer als sonst, noch unnahbarer und härter.

„Meine Männer haben eine Patrizierin in einer üblen Gasse unten am Hafen beobachtet", berichtete er. „Sie war allein – als ob sie keine Zeugen dabeihaben wollte. Genau dort brennt einer der Weizenspeicher. Er wurde angezündet, wahrscheinlich von Crasnicus' Söldnern, die sich in der gleichen Gegend herumdrückten und dann plötzlich verschwunden waren. Diese noble Frau wirkte fahrig, fast wie von Sinnen. So hat es einer meiner Männer berichtet. Er hat sie bis zu ihrem Haus zurückverfolgt. Es ist nicht weit von hier."

„Wer ist es?"

„Ihr Name ist Lucceia Primitiava. Sie ist Venuspriesterin und hat etwas mit Fabia zu tun – das konnten wir bisher herausfinden."

„Sie hat mit Fabia die Mädchenstiftung geleitet ..."

Dacius unterbrach mich: „Vor wenigen Tagen wurde sie mit Crasnicus zusammen gesehen. In einer Schenke, hier an der Porta Marina." Er zeigte nach Osten. „Nur die Straße hinunter und dann rechts." Ich ging in Gedanken meine letzten Begegnungen mit Lucceia durch, die beim Essen mit Sextus Agrippinus und dann im Venustempel. Noch konnte ich es nicht glauben: Gerade sie sollte die Mädchen dem Dämon Crasnicus ausgeliefert haben?

Dacius wedelte mit seiner freien Hand vor meinen Augen herum und holte mich in die Wirklichkeit zurück. „Kaschta hat sich schon bereit erklärt, Primitiva einen Besuch abzustatten. Mit dir zusammen. Sie weiß sicher nichts von der Rolle, die du bis jetzt gespielt hast. Ihr müsst mit List herausfinden, was sie weiß oder getan hat, und wo die Mädchen sind. Wir können jetzt unmöglich die ganze Stadt durchsuchen – die Leute steinigen uns."

Ich nickte heftig und mit geschlossenen Augen, wie ich es immer tat, wenn ich mich selbst von etwas überzeugen wollte. Ich packte seinen Unterarm fester und fühlte, wie er die Muskeln anspannte. „Dafür brauche ich andere Kleider", sagte ich. „Zumindest einen eleganten Umhang, um keinen Verdacht bei Primitiva zu wecken. Fabias Ornatrix kann mir schnell etwas heraussuchen. Kaschta muss eine Sklaventunika tragen, auch wenn er jetzt ein freier Mann ist. Er ist der einzige wirkliche Held in dieser Geschichte, du elender Spieler."

* * *

Ich war froh, wieder Baumwollstoff an meinem Hals zu spüren, nicht mehr die kratzige Wolle des Soldatenumhangs. Das kurze Behagen konnte jedoch die zwei fehlenden Nächte Schlaf nicht ersetzen. Ich stellte mich neben Marcus Aurelius an den Tisch im Atrium und hakte mich bei meinem Vater ein. Ich spürte kaltes Blech durch den feinen Stoff an meinem Arm. Victorius trug die Paraderüstung

*

der Marine, ein frisch polierter Helm lag vor ihm auf dem Tisch. Daneben und darunter stapelten sich Karten und Bauzeichnungen der Innenstadt von Ostia. Uns gegenüber standen Quintus, Dacius und der Prätorianerpräfekt.

Ich flüsterte meinem Vater ins Ohr: „Was wirst du als nächstes spielen? Endlich wieder dich selbst?"

Victorius musste fast lächeln, behielt aber den über Jahrzehnte eingeübten, eisernen Ausdruck des Soldaten im Gesicht.

„Quintus hat eine Idee, um Ostia zu retten", sagte er. Dafür braucht er die Marinesoldaten, und ich muss sie anführen wie früher. Die Feuerwachen sind einfach zu wenige, um die Feuer zu löschen, und die Stadtkohorte hat alle Hände voll zu tun, die Plebejer im Zaum zu halten, damit die Plünderungen nicht zu schlimm werden."

In dem Moment fragte ich mich: Warum erzählt er mir das alles? Nimmt er mich plötzlich ernst? Vor ein paar Tagen konnte er kaum stehen und hat im Opiumrausch phantasiert – jetzt ist er wieder eine Autorität. Hoffentlich wird er nicht wieder so kalt und unnachgiebig wie früher …

Ich faltete die Hände vor der Brust und verbeugte mich dankbar in Quintus' Richtung. „Du hast uns mit deinem Leuchtpfeil das Leben gerettet, mir und meiner Schwester Sarah."

Quintus neigte den Kopf und lächelte warm zurück. Dacius trat einen Schritt vom Tisch weg und machte mir mit den Augen ein Zeichen: Es war höchste Zeit, loszugehen. Marcus Aurelius blickte uns beide nur kurz an und nickte wollwollend. Dann konzentrierte er sich wieder auf die Karten und ließ seine Hand ungeduldig über dem Marinehafen kreisen. „Lässt uns jetzt auf den Hafen konzentrieren", sprach er. „Pumpen haben wir also genug. Aber reichen die Schläuche vom Kai bis zu den Speichern? Die müssen heute noch gelöscht werden. Man erwartet den Princeps und mich morgen zusammen bei der Heerschau. Wenn die Speicher dann noch brennen, haben wir die Unruhen auch in Rom."

„Wir brauchen das Wasser nur, um den Zwischenboden unter den schwelenden Weizensäcken zu fluten", erklärte Quintus. „Damit sich das Feuer nicht ausbreitet. Dafür sollten die Pumpen mit den

Eimerketten zusammen reichen." Er wandte sich zu Victorius: „Wenn die Marine mit anpackt." Dann fuhr er mit der Fingerspitze die Gasse neben einem Speichergebäude entlang. „Hier gegenüber sind Thermen eingezeichnet. Wir können Wasser direkt aus den Becken in den Getreidespeicher gegenüber pumpen." Er legt den Zeigefinger auf die größte Bäckerei von Ostia, die an den Hauptspeicher anschloss. „Löschen müssen wir die Brände anders: Dazu holen wir das ganze Backnatron von hier. Das schaufeln wir in die Räume mit den brennenden Getreidesäcken. Die Feuerwachen spritzen es dann mit Essigwasser ab. Dabei entsteht ein Schaum, in dem die Flammen schnell absterben. So können wir das Getreide in den oberen Stockwerken vielleicht retten. Wir brauchen dafür jeden Tropfen Essig – es gibt doch bestimmt Gerbereien hier am Stadtrand?"

* * *

„Bald kannst du als freier Mann auch schöne Farben tragen", sagte ich und zupfte eine graue Sklaventunika auf Kaschtas breiten Schultern zurecht. „Hat dir Dacius erklärt, was wir tun sollen?"

Kaschta strich nachdenklich über die Haarstoppeln auf seinem langgezogenen Hinterkopf. „Eine Patrizierin ausspionieren, hier am Ende der Straße. Aber dieses Mal, ohne uns dabei in Lebensgefahr zu begeben, wie bei dem Senator."

Dacius kam auf uns zu und bedeutete dem Türsteher, einen Flügel zu öffnen. „Wenn ihr wollt, kann ich das Haus dieser Primitiva umstellen lassen. Ganz unauffällig."

Kaschta und ich sahen Dacius nur an und schüttelten fast im gleichen Moment die Köpfe. Er warf verzweifelt die Arme in die Höhe. „Aber wenn ihr in einer Stunde nicht wieder hier seid, dann werde ich nach euch suchen. Erlaubt ihr mir das wenigstens?"

* * *

*

Lucceia Primitiva kam kaum von ihrer Liege hoch, um mich zu begrüßen. Sie sah aus, als hätte sie die Tage seit unserem gemeinsamen Venusopfer nicht geschlafen. Ihr sonst so sinnlicher Mund wirkte schmal und verkniffen, und ihre Augen lagen in tiefen Höhlen, lauernd wie Muränen in einer Felsenklippe. Ich brachte mein ganzes Talent auf, um den Eindruck zu erwecken, als wäre ich nur auf einen Höflichkeitsbesuch vorbeigekommen. Ich ließ meinen Blick bewundernd über die frisch gemalten Fresken im Speiseraum wandern. Frauenfiguren und Faune in luftigen Gewändern tanzten schwerelos an schlanken Säulen vorbei, weiße Tauben schwebten durch Efeugirlanden und schnäbelten verliebt über üppigen Blumengebinden. Alles war mit feinen Pinselstrichen in Rot, Gelb und sattem Grün auf den spiegelglatten Putz gemalt.

„Die dort sieht aus wie ich!", rief ich so fröhlich ich konnte und zeigte auf eine Figur in einem fast unsichtbar zarten Tuch über den vollen Brüsten.

Primitiva ignorierte meine künstliche Begeisterung. Ihre Augenlider zuckten nervös. Sie griff nach einem halbvollen Weinpokal und sagte mit pelziger Zunge: „Was ist unten am Hafen los? Brennen die Speicher noch? Oder tun diese elenden Feuerwachen endlich ihren Dienst?"

„Marcus Aurelius ist in der Stadt", antwortete ich so entspannt, als würde er nur ein neues öffentliches Gebäude einweihen und nicht gerade versuchen, den Hafen vor der Vernichtung zu retten.

„Er hat die Sache mit Fabius Agrippinus und meinem Vater zusammen in die Hand genommen. Ich soll dich von Fabia grüßen. Sie macht sich große Sorgen um die entführten Mädchen. Aber ich denke: Die werden bestimmt bald wieder auftauchen. Soldaten sind überall im Hafenviertel, um Plünderungen zu verhindern. Sie suchen auch nach den Mädchen. Du warst vor kurzem auch dort unten, habe ich gehört. Geschäfte?"

Die zwei Muränen zogen sich noch ein Stück weiter in ihre Höhlen unter Primitivas Augenbrauen zurück. „Von wem hast du das gehört?"

Ich setzt mein breitestes Bühnenlächeln auf. „Oh, von Freunden, die dort unten Häuser besitzen. Möchtest du nicht mit uns nach nebenan zu Fabius Agrippinus kommen? Dort ist bald Zeit für das Abendessen – nur etwas Bescheidenes, hat er gesagt, den Umständen entsprechend. Aber als neuer Prätor lässt er es sich sicher nicht nehmen, Marcus Aurelius ein wenig zu verwöhnen. Das sind alles Männer, mit denen man sich gut stellen sollte, findest du nicht auch? Victorius und ich, wir wohnen gerade dort. Unser Haus ist abgebrannt, wie du vielleicht gehört hast. Angezündet, von irgendeinem Strandräuber uns seiner Bande. Crasnicus heißt er, wenn ich mich richtig erinnere. Vielleicht hat der auch die Mädchen geraubt?"

Primitiva stellte den Silberpokal viel zu hart auf dem Tisch ab und ballte ihre vibrierende Hand zur Faust. Die Knöchel schimmerten weiß durch die pergamentdünne Haut.

„Vielleicht an einem anderen Tag. Ich erwarte heute ebenfalls Gäste. Wenn du frei wärest, hätte ich dich dazu gebeten. Aber entschuldige mich jetzt. Ich muss dringend in die Küche und Anweisungen geben."

Ich musste mich sehr zusammenreißen, um nicht die letzten zehn Fuß zu rennen. Kaschta blieb in seiner Sklavenrolle und hastete zwei Schritte hinter mir her. Vor den Eingangsportalen der Häuser der Reichen und Mächtigen standen jetzt Prätorianer als Wachen. Eine Streife der Stadtkohorte kam die Straße hinauf. Die Soldaten nickten uns voller Respekt zu. Sie hatten uns beide gestern in Lorium bei der Opferzeremonie gesehen, und die Gerüchte von unserem Einsatz auf dem Krähenhügel hatten sich wie ein vom Wind angefachtes Feuer in der Kohorte verbreitet. Ich ließ Kaschta zu mir aufschließen und hakte mich bei ihm ein. Es konnte mit egal sein, was die Soldaten dachten, und sonst war niemand auf der Straße.

„Bei Janus, wie sie aussah", flüsterte ich atemlos. „Ihr Kopf wirkte wie ein Totenschädel, so eingefallen waren ihre Wangen. Dabei war sie einmal die schönste Frau hier an der Porta Marina, vielleicht von ganz Ostia … Eine Einladung zu den Herrschern hätte sie früher nie ausgeschlagen! Ich denke, Primitiva ist unser Ariadnefaden zu den Mädchen. Nein, ich bin sicher. Du läufst jetzt zurück zum Hinterein-

*

gang ihres Hauses. Primitiva wird bestimmt einen Sklaven ins Hafenviertel schicken. Oder sie geht selbst – aber bestimmt nicht durch die Vordertür. Sie ahnt, dass wir etwas wissen. Ich erzähle es Dacius. In Ordnung?"

Kaschta wiegt den Kopf hin und her. „Sie wirkte wie ein Tier, das von seinen Jägern in die Enge getrieben wird", sagte er bedächtig. „Warum sollte sie noch irgendjemanden warnen? Wenn die Mädchen jetzt freigelassen werden, kann das nicht unbeobachtet geschehen; an jeder Ecke stehen Feuerwachen oder Soldaten. Ich glaube, Primitiva wird fliehen. Oder sich umbringen. Wir brauchen Dacius und seine Männer."

„Das Haus stürmen? Sie ist eine alte Freundin der Familie von Fabius Agrippinus, dazu eine angesehene Priesterin."

„Die Schuld stand ihr ins Gesicht gemalt. Du hast es auch gesehen: Ihre Augen waren wie tot", entgegnete Kaschta.

Ich sprang die Stufen zu Agrippinus' Stadtvilla hoch. „Wenn sie uns jetzt zu den Mädchen führt, was wird dann ihre Strafe sein? Der Tod? Ich habe so viel von ihr gelernt, sie manchmal mehr geliebt als meine eigene Mutter. Ich kann sie nicht dem Henker ausliefern!"

Dacius hörte mir mit geschlossenen Augen zu und nickte, als würde er mir in allem zustimmen. Wir saßen uns auf zwei Liegen im Atrium gegenüber. Kaschta stand mit verschränkten Armen hinter mir. Marcus Aurelius ruhte ein paar Schritte entfernt und beobachtete uns aufmerksam.

„Die holen wir uns jetzt. Bevor sie Hand an sich legt!", rief Dacius plötzlich aus. „Kaschta, du führst zehn Prätorianer hinter ihr Haus. Ich fahre mit einem Wagen vor ihr Portal. Wo steckt dieser Galenus? Er muss mit – falls die Schlange schon Gift genommen hat."

Marcus Aurelius hatte zugehört und schwang die Beine von seiner Liege. Er winkte Kaschta ihm zu folgen und ging in den Hofgarten, so schnell es ihm seine gestärkte Toga erlaubte. Die Leibwache lagerte wie eine glorreiche Horde aus einer Komödie von Plautus auf der Bühne und wartete auf Befehle.

Primitiva hat die gelben Rosen in ihrem Garten sicher geliebt. Der Granatapfelbaum darüber trug dunkelrote Früchte. Wir fanden Primitiva auf einer halbrunden Marmorbank in der schattigsten Ecke des Gartens. Auf dem kalten, glatten Stein neben ihr standen ein Glas und ein blaues Fläschchen.

„Bald ist es vorbei", presste sie heraus und legte sich die schmalen Hände auf ihren Bauch. Ihr Gesicht verzerrte sich zu einer schmalen schädelgleichen Fratze. Sie beugte sich vor und musste würgen.

„Ich überlasse euch mein Haus, dir und deinem Vater", presste sie heraus. „Es ist meine Schuld, dass eures abgebrannt ist." Sie deutete ins Haus. „Die tanzende Frau dort auf dem Wandgemälde bist wirklich du, Rahel. Ich habe dich geliebt und war wie zerschlagen, als du vor drei Jahren nach Alexandria gegangen bist."

„Was ist in dich gedrungen? Die Furien? Oder Satan?", fragte ich und musste den Drang unterdrücken, Primitiva in die Arme zu nehmen. Ihr Gesicht entspannte sich für einen kurzen Moment und unsere Blicke fanden sich.

„Erinnerst du dich an Sextus, den Bruder von Fabius Agrippinus?", fragte sie mit kaum noch hörbarer Stimme. Ihre Augen wanderten wieder ziellos auf den Marmorplatten vor ihren Füßen herum.

„Natürlich. Er hat das Essen gegeben, bei dem wir uns wiedergesehen haben. Du hast mir seelenruhig von Fabias Stiftung erzählt – aber da hattest du die Mädchen schon geraubt, nicht wahr? Sag mir endlich, wo sie sind!"

Dacius kam aus dem Haus in den Garten. Er winkte mich zu sich. „Gerade kam ein Bote. Die Feuerwachen sind in eine alte Badeanstalt am Hafen eingedrungen. Sie wollten Wasser aus den Becken holen, aber die Bäder sind schon seit langem nicht mehr in Betrieb. Die Hallen sind ein Treffpunkt von Verbrechern und Kinderschändern geworden. Die Feuerwachen haben Stimmen aus den Heizkellern gehört. Es ist zu einem Kampf mit ein paar Söldnern gekommen, die sind geflohen. Vermutlich Crasnicus' Männer, die von dort aus die Brände gelegt haben. Ich fahre dorthin, mit Galenus."

*

Er deutete mit dem Kinn auf Primitiva. „Sie gesteht gerade, nehme ich an."

Ich nahm Dacius' Hand fest in meine und ging mit ihm zu der Marmorbank zurück. Dort angekommen, lehnte ich meinen Kopf an seine Schulter. Die Erschöpfung fiel auf mich herab wie eine schwere Wolldecke.

Ich fragte nur: „Warum?"

Primitiva sank noch ein Stück in sich zusammen und musste wieder würgen, bevor sie sprechen konnte.

„Sextus hat mich mit Crasnicus bekannt gemacht. Ich habe bei ihm dann zwei Edelsklaven gekauft, die ich mir eigentlich nicht leisten konnte. Aber es waren zwei so schöne Menschen ... Crasnicus bot mir Kredit an. Dazu kam die Rechnung der Kunstmaler für den Speisesaal, und der Springbrunnen im Garten hat das Doppelte gekostet – du kannst dir nicht vorstellen, wie schwer es ist, mit den Reichen hier an der Porta Marina mitzuhalten."

„Bis jetzt redest du nur vom Geld."

„Dieser widerliche Senator hatte von der Mädchenstiftung erfahren und wollte Fabius Agrippinus Schaden zufügen. Crasnicus hat mich dann dazu erpresst, ihm die Liste der Mädchen zu geben. Fabius Agrippinus sollte vor den Herrschern als unfähig dastehen, als völlig ungeeignet für das Amt des Prätors. Auch ihm schulde ich Geld ... Das Haus hier hat er gebaut; ich habe es nur zur Hälfte abbezahlt."

„Und nun willst du es mir schenken, du Schlange? Aber rede weiter."

„Zuerst verlangte Crasnicus nur die Liste. Dafür erließ er mir den halben Kaufpreis der Edelsklaven. Dann versprach er mir noch eine große Menge Gold, wenn ich bei der Entführung helfe."

„Also hast du die Mädchen selbst verschleppt, und meine Schwestern mussten verschwinden, um von dir als Täterin abzulenken. Ihr Leben war dir nichts wert."

Primitiva Kopf sank auf ihre Brust. Sie wischte sich mit der Hand über den Mund und schluckte schwer. „Crasnicus und eine Zuhälterin aus Rom haben die Zwillinge einfach aus meinem Haus in ihren Wagen gezerrt. Ich habe gehofft, du würdest nie dahinter kommen."

Dacius sagte: „Hast du denn nicht geahnt, wie wahnsinnig dieser Crasnicus ist? Oder dass der Senator im Ruf stand, keine Grenzen zu kennen?"

Primitiva liefen Tränen über das Gesicht, ihre Hände und Knie zittern heftig. Sie warf mir noch einen flehenden Blick zu. Dann rutschte sie von der Bank. Auf dem Erdboden war sie kaum mehr als ein schwach atmendes Bündel aus Seide, Haut, Knochen und rabenschwarz gefärbtem Haar, in dem ihr Gesicht jetzt verborgen lag.

„Hast du einen Wagen?", fragte ich. Dacius nickte. Ich zog ihn zum Haus. „Galenus muss mit uns in diese Thermen zu den Mädchen. Wir schicken einen Sklaven von Fabius zu Primitiva. Er soll dafür sorgen, dass sie sich oft hintereinander übergibt. Sie wird das Gift überleben, wenn es wieder aus ihrem Magen kommt. Man kann ihr diese Taten sicher nicht vergeben. Wird sie hingerichtet?"

„Ich glaube nicht. Aber lebenslange Verbannung ans Schwarze Meer wird für so ein Luxuswesen sicher kein Spaziergang im Rosengarten. Sie wird nie wieder nach Ostia zurückkehren können – doch du bist hier wieder angekommen, glaube ich."

Ich blieb stehen, nahm seine Hände und atmete tief aus, dann ein, dann noch einmal aus. Ein großer Teil der Anspannung der letzten Tage fiel von meiner Seele ab.

„Vielleicht", sagte ich leise. „Aber kann ich dir vertrauen, du Januskopf? Wer bist du wirklich?"

* * *

Ich erkannte den Eingang der alten Hafenthermen sofort wieder. Hier hatte ich vor wenigen Tagen nach einem Arzt für Victorius gesucht. Dann war ich vor zwei verkommenen Männern geflohen, die in der Eingangshalle würfelten. Damals konnte ich nicht ahnen, dass die Mädchen genau dort unter meinen Füßen eingesperrt waren. Rufus war dabei gewesen, als die Feuerwachen das Portal aufbrachen und hat mir berichtet. Die Wachen dachten, das Gebäude sei verlassen. Der ehemalige Bademeister Buticosus starrte die mit Ruß und

*

Schweiß verschmierten Männer zwischen den zersplitterten Türflügeln verwirrt an. Die kleine Truppe hielt einen Lederschlauch und Äxte in den Händen. Der Schlauch zog sich hinter ihnen quer über die Gasse und verschwand im Tor des Weizenspeichers gegenüber. Die Brandstifter waren tatsächlich hier in den alten Thermen gewesen. Buticosus hatte überlegt, mit ihnen auf einem Boot aufs Meer und dann in die Sümpfe zu verschwinden – zumindest hat er das später im Verhör gesagt. „Wasser wollt ihr?", rief er den Feuerwachen höhnisch entgegen und zeigte hinaus. „Der Tiber ist doch voll davon!"

Die Entschlossenheit, mit der zwei der Männer nach vorne traten und ihre Äxte hoben, brachte ihn zum Schweigen. Er versuchte noch, sich ihnen in den Weg zu stellen, doch die Feuerwachen warfen sich so heftig gegen ihn, dass Buticosus wie ein Käfer auf dem Rücken landete. Einer der Männer, die in die leeren Umkleiden und Badehallen vordrangen, war der Vater der achtjährigen Ercelina. Seine Tochter war eines der siebenundneunzig Mädchen in den modrigen Heizräumen im Untergeschoß. Er trug sie in die Halle und legte sie behutsam auf dem Mosaikboden ab. Die starken Arme eines seiner Kameraden, die gerade eine Handpumpe hereingetragen hatten, packten zu und hielten ihn, bevor er Buticosus den Schädel mit seiner Axt spalten konnte, genau über dem Mosaikbild, das den Bademeister selbst als Muskelmann in der Blüte seiner Jugend zeigte. Die Füße und Fäuste der Feuerwachen stießen den fett gewordenen Kerl die Stufen des Portals hinunter in die Gasse. Dort wurde er von Soldaten der Stadtkohorte wie ein Hand an eine Kette gelegt und in einen gepanzerten Wagen geworfen. Als ihre Wut ein wenig verraucht war, trugen die Feuerwachen die völlig entkräfteten Kinder aus den Kellern in die Eingangshalle. Ich war mittlerweile mit Dacius und Galenus angekommen und wir halfen dabei. Die Feuerwachen setzten das Wasserrad der Thermen in Gang. Damit schöpften sie zuerst Brunnenwasser hoch in die Becken und pumpten es dann mit Muskelkraft durch ihre Schläuche in das brennende Speichergebäude gegenüber. In einem ehemaligen Umkleideraum mit zugemauerten Fenstern fanden wir noch ein Dutzend halb verhungerter und verdreckter kleiner Jungen.

Deren Zustand versetzte die Feuerwachen wieder so sehr in Rage, dass sie auf die Straße stürzten und rund um den Block nach Buticosus suchten, allerdings vergeblich. Die Männer hätten ihm einen leichten, schnellen Tod beschert. Stattdessen wird er die letzten zwei oder drei Monate seines Lebens unter Tage in einer Goldmine in Dakien verbringen. Diese Strafe hat er gestern auf Anweisung von Marcus Aurelius erhalten, nachdem Buticosus versucht hatte, alle Schuld an den Entführungen auf Primitiva und Crasnicus zu schieben.

Zur zweiten Nachtwache erstickten die letzten Flammen in den Lagerräumen der Weizenspeicher. Der brodelnde Schaum, der sich aus der Mischung von Backnatron und Essigwasser gebildet hatte, wirkte so gut, dass die Arbeiter schon beim ersten Morgenlicht beginnen konnten, die unversehrten Vorräte in die Innenhöfe der Speichergebäude und auf die Straße zu schleppen. Die oberen Stockwerke blieben intakt und das feucht gewordene Getreide aus dem Erdgeschoss wurde sofort vermahlen, zu runden Brotlaiben gebacken und im Hafenviertel frei verteilt. Es war ein Geschenk von Marcus Aurelius und Fabias Vater – dem neuen Prätor von Rom – an die stolze Hafenstadt – so wurde es auf dem Forum ausgerufen. Ich habe eine Ecke davon gekostet: Das Brot hat einen gar nicht so schlechten, etwas rauchig-fischigen Geschmack, den manche Leute nach ein paar Tagen vielleicht sogar vermissen werden.

Hier endet meine Erzählung. Der Regen hämmert nicht mehr auf das Dach, der Sturmwind hat sich gelegt. Es herrscht eine tiefe erschöpfte Ruhe im ganzen Haus, die auch mich allmählich umgreift. Dacius ist sicher gespannt auf meinen Bericht. Aber ich muss ein wenig schlafen und mich baden, bevor ich ihm entgegentreten kann. Nach dem Besuch der Thermen hier na der Porta Marina sende ich ihm eine Nachricht und laden ihn zum Abendessen ein – hierher in unsere neue, viel zu großes Stadtvilla. Das ehemalige Haus der Lucceia Primitiva, aus dem die Dämonen hoffentlich bald ausziehen werden. Mein Kopf fühlt sich leer an, als wären alle meine Erinnerungen durch die Tinte in die zwei Dutzend Pergamentbögen eingeflossen, die ich zwei Nächte hindurch beschrieben habe.

*

Ich muss mich beeilen, um Dacius in Ruhe zu sprechen, auch über meine Gefühle. Bald wird er sicher bei der Vorbereitung der Spiele gebraucht; und ich soll die Leitung von Fabias Stiftung übernehmen. Fabia und meine Schwestern werden mit Galenus zusammen nach Baiae reisen. Dort sollen sich die drei den Winter über im milden Klima des Golfs von Neapolis erholen und – so hoffe ich - genesen. Jede der Familien, aus denen ein Mädchen entführt worden war, werde ich in den folgenden Tagen besuchen. Hoffentlich bringe ich ihnen ein wenig Freude, denn ich kann den armen Leuten großzügige Zuwendungen machen, und zumindest einige Fragen beantworten. Antoninus Pius hat verfügt, dass die Hälfte von Pletorius' Gold den Opfern seiner Verbrechen zukommen soll. Von einem weiteren Viertel sollen dreitägige Theaterspiele in Ostia bezahlt werden, die ich planen und eröffnen darf. Das restliche Vermögen hat Marcus Aurelius dem Fabius Agrippinus für die großen Jubiläumsspiele im Frühjahr zugesprochen. Damit soll er einen Ehrentag für Ostia und Portus ausrichten. So kehrt hoffentlich der Friede in unsere Hafenstädte zurück, und das Leben wird wieder in seine gewohnten, geschäftigen Bahnen kommen.

Ob in den letzten Tagen Gottes Wille geschah, oder die alte Göttin Pax der Victoria geholfen hat – ich kleiner Mensch kann es wirklich nicht mehr sagen.

*

EPILOG

Bevor ich im Morgengrauen das letzte Blatt fertig beschreiben konnte, nickte ich mit in die Hände gestütztem Kopf kurz ein. Ich habe geträumt – nein, vielmehr hatte ich ein wasserklares Bild vor mir. Darin kam der Gärtner des Krähenhügels vor. Dacius hat mir sehr lebendig von Gratianus erzählt, ich selbst habe ihn leider nie getroffen. Die Szene war so:

Gratianus kehrt in die Wohnlaube an der hinteren Mauer des Krähenhügels zurück und schnürt seine Kleider und ein paar Gartenwerkzeuge zu einem Bündel zusammen. Er will noch an diesem Abend nach Rom aufbrechen, um dort Arbeit zu finden. Aber vor allem will er eines: bloß weg von den Dämonen.

Trotzdem es schon fast dunkel ist, macht sich Gratianus auf den Weg zum Tor. Da hört er sie wieder, die grollenden Geräusche. Es können nicht mehr die Hyänen sein–die Tierfänger und Soldaten haben sie eingefangen und sind mit den Bestien in großen Käfigen abgezogen. Das Rumoren kommt aus der finsteren Villa des Senators. Plötzlich bersten die Fensterscheiben im ersten Stock. Gratianus springt vom Weg hinter eine Eiche. Ein Wolke brauner Staub wird in die kalte Herbstluft gewirbelt. In der Fassade zeigen sich zwei tiefe Risse, die wie ein V aus geschwollenen Adern über die Stirn eines zornigen Gesichts laufen. Gratianus springt noch ein paar große Schritte zurück. Dabei bemerkt er das Gewimmel um seine Füße. Er ist mitten auf eine breite Termitenstrasse getreten. Die führt direkt zur Villa. Die Fassade bricht jetzt an den Rissen auseinander. Drei riesige Wandstücke taumeln herum wie von Pfeilen getroffene Krieger. Sie schlagen der Länge nach hin und begraben die Freitreppe vor der Villa unter Ziegeln, Betonbrocken und Holzbalken, die wie angenagte Knochen aus dem Haufen herausragen. Der Schlafraum des Senators steht gähnend offen. Im letzten Licht schimmert dort ein silbernes Bett, das die Form eines Bootes hat. Der Holzboden sackt darunter weg. Das Bett rutscht nach vorne und stürzt auf den rauchenden Schutthaufen – ganz langsam, wie ein Schiff, das zum Meeresboden sinkt. „Doch keine Dämonen", sagt Gratianus leise zu sich selbst. „Termiten fressen gerne Eichenbalken. Aber der Senator wollte nicht auf mich hören."

Bedächtig rückt er das Bündel auf seiner Schulter zurecht und geht weiter durch die Schatten des Parks, geradewegs auf das Feuer der Wachsoldaten am Tor des Krähenhügels zu.

FINIS

≈

*

HISTORISCHE EINFÜHRUNG

Das Goldene Zeitalter

Es ist Spätherbst geworden im Jahr 899 nach der Gründung Roms. Es ist das Jahr 146 unserer Zeitrechnung (nach Christus). Nur noch wenige Monate, bis Kaiser Antoninus Pius die Feierlichkeiten zum neunhundertsten Jahrestag eröffnen will. Die Bürger der Millionenmetropole erwarten von ihm bombastische Spiele im Kolosseum, hochkarätige Wagenrennen im Circus Maximus, lustige Komödien in den Theatern, großzügige Geschenke und erhöhte Weizenzuteilungen. Es kommen Gäste aus allen Provinzen des Imperiums, dazu ausländische Delegationen. Antoninus Pius wird nach diesem Millennium noch weitere dreizehn Jahre regieren, obwohl er, nach Meinung mancher Historiker, von seinem Vorgänger Hadrian nur zum adoptiert und zum Kaiser gemacht wurde, um als Übergangsherrscher vor Marus Aurelius (Mark Aurel) und Lucius Verus zu dienen. Dafür spricht das reife Alter von einundfünfzig Jahren, in dem Pius 138 n. Chr. von Hadrian adoptiert, zum Cäsar ernannt, und mit den Titeln Augustus und Imperator versehen wurde. Pius adoptierte dann seinerseits – auf Hadrians noch zu Lebzeiten ausgesprochene Anweisung – Marcus Aurelius und Lucius Verus. So erbte Pius mit dem Amt auch die Aufgabe, die beiden jungen Männer auf die Herrschaft über das enorm ausgedehnte Reich vorzubereiten. Er regelte die dynastischen Fragen sehr bald auch nach eigenem Sinn und verheiratete im Jahr 145 n Chr. seine Tochter Annia Galeria Faustina mit dem von ihm bevorzugten Marcus Aurelius. Ansonsten blieb Pius dem klugen Plan einer Doppelherrschaft treu. Auch folgte er den bewährten Regeln des Adoptivkaisertums, das mit Nerva 96 n. Chr. begann und nach kaum 100 Jahren mit Commodus' Ermordung 192 n. Chr. zu Ende ging – dem angeblich leiblichen, und zum Regieren eher unfähigen Sohn von Marus Aurelius.

Die gut fünfzig Jahre Herrschaft der Dynastie der Antonine Antoninus Pius, Marcus Aurelius, Lucius Verus und auch noch Commodus werden das Goldene Zeitalter genannt. Es war eine Blütezeit von Kunst, Literatur, Recht und Verwaltung, aber auch ein Zeitalter der dramatischen sozialen und politischen Veränderungen. Diese führten zur Entwürdigung der Herrschaftsform des Prinzipats, denn kurz nach Commodus' gewaltsamen Ende in einem überstürzten Komplott wurde das Kaiseramt im Jahr 192 von der Prätorianergarde an den Meistbietenden versteigert. Auch wenn sich Rom von dieser Schmach unter einigen der nachfolgenden Herrscher zeitweise erholen konnte, war dieser Machtwechsel doch ein Vorzeichen des politischen Verfalls, der im frühen Mittelalter im Zusammenspiel mit vielen weiteren Faktoren zum Niedergang des römischen Reichs im Westen Europas und anderen Teilen führte.

Die Lage des Imperiums

Die Verwerfungen der Machtverhältnisse im Innern des gigantischen Reichsgebiets und an seinen ausgefransten Rändern waren schon unter Antoninus Pius zu spüren. Nur wenige Jahre nach seinem friedlichem Tod 161 auf dem Landgut in Lorium brach ein heftiger Ansturm über die nördlichen Grenzen los. Noch dazu wurde der Osten von den Parthern angegriffen, die den Krieg gegen Rom schon zu Pius' Regierungszeit vorbereitet hatten. Diese Wellen der Aggression und die damit verbundene Kriegsführung bestimmten die neunzehn Jahre der Herrschaft des zum philosophieren neigenden Marcus Aurelius (Wie er dabei zum Schreiben seiner „Selbstbetrachtungen" kam, ist mir ein Rätsel).

Es wird spekuliert, dass Antoninus Pius nur auf den inneren Frieden – seiner selbst und den des Reiches – bedacht war. Die vor dem Limes und im Osten lauernden Gefahren nahm er vielleicht nicht ernst genug. Oder er wollte sie nicht wahrhaben, die Nachrichten von ganzen Völkern, die hinter den römischen Schutzwällen und Kastellen zu wandern begannen und sich untereinander gegen Rom verbündeten. Diese Politik wirkt direkt bis ins 20. Jahrhundert hinein, folgt man den – streitbaren, aber auch anregenden – Ausführungen von Michael Grant in seiner Einleitung zu „The Antonines. The Roman Empire in Transition" (Die Antonine. Das römische Imperium im Wandel, London 1994):

„Es wäre mit Sicherheit wesentlich zufriedenstellender gewesen, wenn Germanien dem römischen Imperium einverleibt worden wäre,

*

und es gibt durchaus Grund zu mutmaßen, dass dieser Schritt seinen Fall im fünften Jahrhundert verhindert, oder zumindest aufgeschoben hätte – wenn uns dadurch nicht sogar die Weltkriege des gegenwärtigen Jahrhunderts erspart geblieben wären."

Hadrians Vorgänger Trajan hatte seine Kundschafter und Legionen, gefolgt von Händlern und Siedlern, weit in andere gefährliche Gebiete hineingeschickt. Seine Truppen unterwarfen in zwei blutigen Kriegen das goldreiche Dakien nördlich der Donau. Aus der enormen Beute wurde das Trajansforum mit der imposanten Säule finanziert, deren Steinreliefs bis heute wie ein Bilderbuch von den Feldzügen berichten. Hadrian gab dann klugerweise einige der schwer kontrollierbaren Gebiete wieder auf und festigte die Grenzen. Antoninus Pius hütete sich davor, das ächzende Gebilde weiter auszudehnen, das aufgrund der großen Distanzen unter Kommunikationsproblemen litt. Statt dessen perfektionierte er den Verwaltungsapparat. In allen Angelegenheiten des Rechts und der Steuern galt Pius als sehr penibel. Über jedes Detail wurde er von seinen zahlreichen Beamten und Beratern persönlich unterrichtet, viele nannten ihn den „Kümmelspalter".

Der Kaiser persönlich

Kaiser Antoninus Pius war mit seinem gepflegten Vollbart ein attraktiver Mensch, den schriftlichen Quellen, Münzen und Statuen zufolge. Eine der besten Porträtbüsten von ihm steht in der Münchner Glyptothek. Sie zeigt Pius mit eindringlichem, gleichzeitig verständnisvollem Blick und angedeutetem Militärumhang. Im gleichen Saal befindet sich ein gleichwertiges Bildnis von Marus Aurelius. Fast nackt und in heroischer Pose (der Umhang bedeckt nur noch die Schulter) kann man Antoninus Pius im Palazzo Massimo des Nationalmuseums von Rom betrachten, der Sammlung antiker Kulturschätze gleich neben dem Bahnhof Termini.

Pius verließ in seiner Regierungszeit Italien nie und regierte oft von einem der beiden Landsitze seiner Familie in den Ortschaften Lorium und Lanuvium im Latium aus. Lorium lag an der Via Aurelia etwa 12 Meilen nordwestlich von Rom. Das Anwesen dort bestand den Funden zufolge aus einer eleganten Villa, um die herum Wein angebaut, Olivenöl produziert, sowie Pferde und Vieh gezüchtet wurden. Lorium war auch für Marcus Aurelius und Lucius Verus ein wichtiger Rückzugsort vom geschäftigen und intriganten Treiben auf dem Palatin in Rom. Hier auf dem Land wurde Marcus Aurelius wohl von Antoninus Pius mit der Begeisterung für die stoische Philosophie angesteckt und von Lehrern wie dem berühmten Marcus Cornelius Fronto in Grammatik, Rhetorik und Rechtswissenschaft ausgebildet.

Das Gesetz

Gut dokumentiert sind die umfangreichen Neuerungen in der Gesetzgebung durch Antoninus Pius zum Beispiel in den Institutiones' des Gaius, die heute noch verlegt und studiert werden. Die allgegenwärtigen und wirtschaftlich unentbehrlichen Sklaven bekamen durch Pius' Erlässe erstmals in der Antike per Gesetz das Lebensrecht zugestanden. Das grundlose Töten eines Sklaven durch seinen Besitzer wurde auf die gleiche Stufe mit dem Mord an einem freien Bürger gestellt. Dazu erhielten Millionen von Menschen, die juristisch und faktisch über Jahrhunderte hinweg mit dem Hausrat gleichgesetzt waren, besseren Schutz für ihre Gesundheit. Übermäßig grausame Behandlung wurde mit der Enteignung des Sklavenhalters bestraft. All dies geschah allerdings eher nicht, um die Nächstenliebe zwischen den römischen Bürgern und ihren Abhängigen zu fördern, sondern aus praktischen und finanziellen Erwägungen. Sklaven brachten beim Verkauf Steuereinnahmen in Höhe von vier Prozent des Preises, durch sie floss zudem reichlich Gewerbesteuer in die Staatskasse, die nicht zuletzt von den zahlreichen, bei den lokalen Behörden registrierten, steuerpflichtigen Prostituierten beiderlei Geschlechts erwirtschaftet wurde.

Die Spiele

Zur Unterhaltung der römischen Massen dienten Wagenrennen, Tier- und Gladiatorenkämpfe, sowie Bühnentheater im erweiterten

*

Sinn. In der Kaiserzeit verlor die anspruchsvolle griechische Tragödie schnell an Popularität. Die Masken der Darsteller wurden als fremd und altmodisch empfunden, von manchen sogar als abstoßend. Um weiter konkurrenzfähig zu bleiben, setzte die Tragödie auf immer prächtigere und aufwändigere Ausstattung. Pferde und Karren, auch ganze Schiffe wurden auf die Bühne gebracht. Dennoch verschwand die klassische Tragödie in der ersten Hälfte des 1. Jahrhunderts fast vollständig aus den Theatern, es war das Ende der Ludi Graeci. Die Ludi Romani, vor allem der Mimus, setzten sich weiter durch. Die „Kömödie im römischen Gewand (fabula togata)" blieb durch die folgenden Zeiten beliebt, vor allem die Stücke des Autors Plautus. Um dem Auge des Zuschauers noch mehr Reize zu bieten, entstand auch eine frühe Form des – oft nackten – Tanztheaters und der bis heute lebendige Pantomimus.

Die Rechte der Frauen

Frei geborene römische Frauen genossen in der hohen Kaiserzeit einige Privilegien und Unabhängigkeit, entsprechend ihrem sozialen Rang. Doch ihre Hauptaufgabe war die Aufsicht über das Haus. Die Römerin war für die Organisation des Haushalts, die Zusammenstellung des Essens, die Überwachung der Sklaven, sowie die Aufzucht der Kinder verantwortlich, soweit dafür keine, oft verskalvte, Amme zuständig war. Doch es gab Ausnahmen von dieser umfassenden, aber starren Rolle, denn Sklaven und Bedienstete konnten so gut wie alle Aufgaben wohlhabender Frauen übernehmen, also blieb ihnen Zeit. Bekannt wurden die fast modern anmutenden Freiheiten der mächtigen Frauen im Umkreis des kaiserlichen Hofs.

Mädchen waren immer abhängig vom pater familias. Der Familienvater konnte sie verloben und vermählen, wann und mit wem er wollte. Mit der Heirat tauschte die Frau dann die Abhängigkeit von ihrem Vater durch die Abhängigkeit vom Ehemann aus.

Politisch existierten Frauen offiziell nicht. Sie durfte weder wählen, noch an Versammlungen teilnehmen, noch konnten sie politische oder öffentliche Ämter wahrnehmen. Doch ist anzunehmen, dass sie ihre Ehemänner in den entsprechenden Positionen beinflussten. Beruflich waren Frauen als Heilerinnen und Geburtshelferinnen erfolgreich, aber auch Händlerinnen und Juristinnen kamen in der Kaiserzeit zu Ansehen und Reichtum. Von echter Unabhängigkeit zu sprechen wäre jedoch sicher falsch.

Der Glaube

„Seine Gottesfurcht, die weit entfernt war von jeder Art von Aberglauben, verleiht seiner Frömmigkeit den Charakter einer erleuchteten Religion." [...] „Freilich sehen wir auch andererseits vielfach den neuerwachten Glauben zu krassem Aberglauben, Wundersucht, Frömmelei und Schwärmerei ausarten."
(Willy Hüttl in: Antoninus Pius, Seiten 177 & 181, Prag 1936)

Früh in seiner Regierungszeit bekam Antoninus vom Senat den Beinamen Pius verliehen: der Fromme. Er wahrte und belebte die altrömischen religiösen Bräuche und Traditionen. Doch im zweiten Jahrhundert bekam die mit dem offiziellen Kaiserkult untrennbar verbundene Götterwelt immer stärker Konkurrenz aus dem Osten. Die Kulte der ägyptischen Isis, der „großen Mutter" Kybele, des persischen Mithras, und des Jesus Christus zogen die Bürger Roms wegen ihrer mystischen Tiefe und der Verheißung der Möglichkeit eines angenehmen Lebens nach dem Tod an. Die diffus-grauen Vorstellungen der altrömischen Religion vom Totenreich wurde immer unattraktiver im Vergleich zu den neuen Kulten, auch wenn ihre Anhänger oft verfolgt wurden und die Riten im Verborgenen vollziehen mussten. Das Beharren der Christen auf der Existenz nur eines Gotts galt bis zur Herrschaft Konstantins im vierten Jahrhundert mit der staatstragenden Verehrung der gottgleichen Kaiser unvereinbar. Zur Regierungszeit von Antoninus Pius hatten die Christen eine Zeit relativer Ruhe, erst unter Marcus Aurelius kam es wieder zu starken Verfolgungen, hauptsächlich aus machtpolitischen Gründen.

Auch okkulte Todesriten, wie die des ursprünglich thrakischen Orphismus, lebten zu Pius' Zeiten auf. Zeugnis davon geben in die Hohe Kaiserzeit datierte Grabmale am Kanal von Portus, die heute im Stadtgebiet von Fiumicino gelegen sind. So feierten die Bacchanten wohl weiterhin ihre seit Jahrhunderten offiziell verbotenen, von Wein, Haschisch und Opium berauschten dionysischen Orgien, die

*

mutmaßlich in den Wandgemälden der Mysterienvilla bei Pompeji dargestellt werden.

Die Verschwörungen

„Fronto erwähnte das Banditentum, wovon es zu verschiedenen Zeiten mehr als genug gab, wenn wir das Wort wie die Römer verwenden – also auch jede Revolte gegen die Obrigkeit damit meinen." (Michael Grant in: The Antonines – The Roman Empire in Transition, Seite 148, London 1994)

Antoninus Pius hatte wie alle seine Vorgänger mit machthungrigen Neidern zu ringen, die ihm die Herrschaft streitig machen wollten. Durch die, mehr oder weniger zuverlässigen, römischen und griechischen Geschichtsschreiber sind uns heute die Komplotte des Attilus Tatianus und eines gewissen Priscianus im Jahr 145 (oder danach) bekannt. Attilus Tatianus drängte der Senat in den Selbstmord, Priscianus wurde verbannt oder zum Tod verurteilt. Auf Geheiß des Kaisers wurde in keinem Fall nach den Komplizen gefahndet (wie im Vorwort erwähnt). Im Dunkel der Geschichte bleibt auch, wie Pius mit weiteren Konkurrenten um die Macht verfuhr, er hinterließ keine Memoiren oder sogar philosophische Selbstbetrachtungen wie Marus Aurelius. Die Aufzeichnungen zu seiner Regierungszeit und spätere Kaiserbiografien sind voller Lücken und bleiben bei Hinweisen auf Verschwörungen mehr als vage.

In jedem Fall konnte sich Antoninus Pius auf ein gut ausgebautes Spionagenetzwerk in Rom und in den Provinzen stützen. Trajan hatte die Frumentarii zu seinen Informanten gemacht. Ein Frumentarius war ursprünglich für die Beschaffung von Verpflegung (frumentum – Getreide) für seine Legion zuständig. So kam er in Kontakt mit der Bevölkerung der eroberten Provinzen und der Grenzbereiche, konnte dort Stimmungen aufschnappen, Fragen stellen, im Ernstfall Aufstände voraussagen und die Stärke eines Gegners auskundschaften. Diese Agenten waren nicht nur über Land, sondern auch auf den Flüssen unterwegs. Ihre Kenntnisse bildeten zu Beginn des dritten Jahrhunderts unter Kaiser Caracalla die Grundlage für ein Verzeichnisse der Straßen und Schifffahrtswege des Imperiums (Itinerarium

Antonini Augusti & Itinerarium Antonini Augusti maritinum), die in Teilen sicher schon früher entstanden sind.

Die Frumentarii setzten sich im 2. Jahrhundert aus Provinzbewohnern und römischen Bürgern zusammen. Ein Numerus (Zahl, Einheit, Schar) war auch in Rom in der Castra Peregrina stationiert. Eine solche Spezialeinheit umfasste unter Trajan um die 150 Männer, zur Zeit der Antonine wohl bis zur doppelten Anzahl. Ihre Aufgaben reichte von Botendiensten über Spionage bis hin zu Auftragsmorden im Namen des Kaiserhauses (nachgewiesen ab dem dritten Jahrhundert), was die Agenten den Bewohnern Roms nicht sympathischer machte. Die Frumentarii wurden unter Diokletian um das Jahr 300 n. Chr. durch die agentes in rebus ersetzt, deren Ruf allerdings von Beginn an nicht besser war.

*

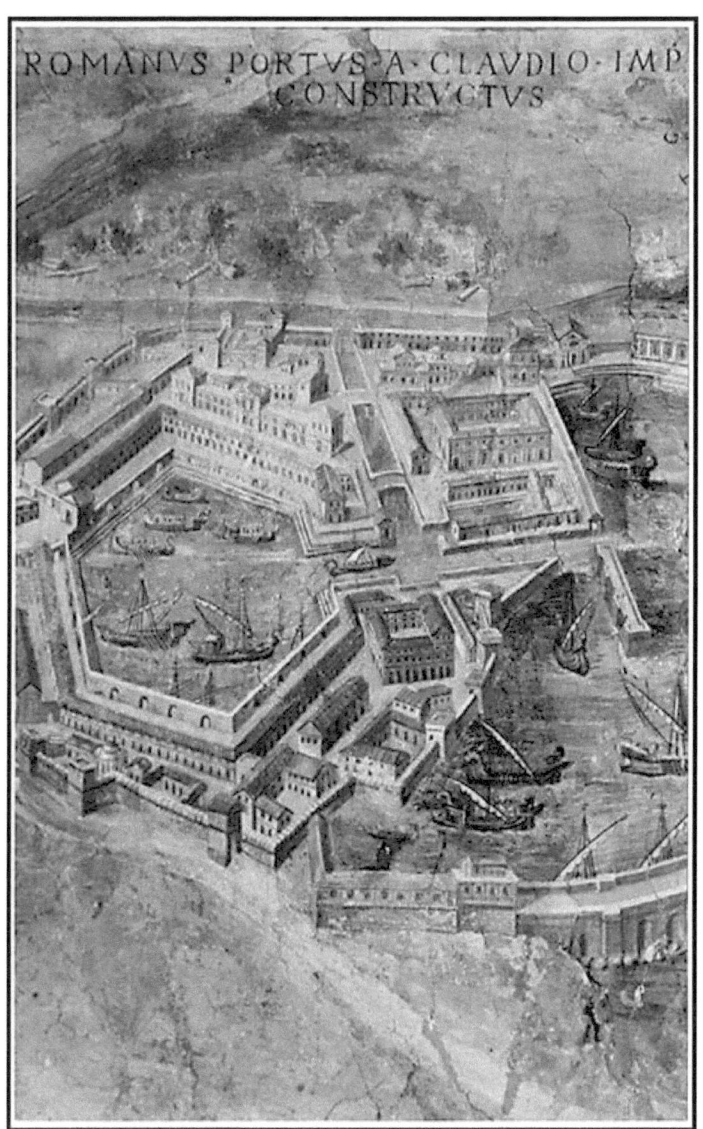

ROMANVS PORTVS A CLAVDIO IMP
CONSTRVCTVS

*

*

*

*

.

*